KB237350

여성, 남성의 거울

문지푸른책 **제재문학선002** 여성

여성, 남성의 거울

펴낸날_ 2002년 8월 22일

엮은이_ 김경수
펴낸이_ 채호기
펴낸곳_ ㈜**문학과지성사**

등록번호_ 제10-918호(1993. 12. 16)
주소_ 서울 마포구 서교동 363-12호 무원빌딩(121-838)
편집_ 338)7224~5 FAX 323)4180
영업_ 338)7222~3 FAX 338)7221
홈페이지_ www.moonji.com

ⓒ 김경수, 2002. Printed in Seoul, Korea

ISBN 89-320-1358-6

값 8,500원

문지푸른책 **제재문학선 ００２ 여성**

여성, 남성의 거울

김　경　수　엮음

문학과지성사
2002

컴퓨터가 발명되기 이전에도 가상 공간cyberspace은 있었다. 본래 사람 속에는 온갖 것을 다 그리고 만들어낼 수 있는 공간이 있기 때문이다. 지금 컴퓨터가 없는 사람도 그 공간에, 이 세상에서 일어날 수 없는 일까지 마음껏 떠올리고 상상할 수 있다. 사람이 사는 세상은 밖에만 있지 않고, 그것을 보는 눈 또한 얼굴에만 있지 않은 것이다.

사람 속의 그 공간에서 어떤 일이 아주 활발하게, 구체적으로 일어나는 것은 무엇보다도 문학 작품을 읽을 때이다. 시, 소설 등을 이루고 있는 말들을 읽으면서, 우리는 어떤 모습이나 상황을 '그려내고 만들며,' 그 허구 세계 혹은 가상 현실에 '들어가,' 다양한 체험을 하면서 온갖 생각과 느낌을 표현하고 얻는다. 문학 작품의 독서는 이렇게 종합적으로, 또 독자가 참여하므로 매우 재미있게 이루어지는 고도의 정신 활동이요 체험이다. 시를 읽으면서 감정이 깊어지고 예민해짐을 느낀다든가, 소설을 읽고 나면 어떤 인물과 그의 환경에 대해 깊이 알게 되는 현상은(실제 현실에서는 그런 일이 드물게 일어난다), 다 그럴 만한 까닭이 있다.

따라서 문학 작품을 읽는 일은, 아주 유익하고 중요하다. 그 자체가 요긴한 공부, 지식을 암기하는 게 아니라 인간답고 세련된 정서와 사고 능력을 '체험을 통해' 기르는 학습 활동이기 때문이다. 그것이 그저 재미만 맛보는 데 그치지 않으려면, 좀 더 느끼고 생각하는 힘을 기르면서 차원 높은 재미를 맛보는 학습이 되려면, 여러 사람이 함께 읽고 감상을 주고받으며, 제재가 비슷한 여러 작품을 겹쳐서, 서로 비교하며 읽어보는 방법이 효과적이다. 이 '제재문학선'은 바로 거기에 도움을 주고자 기획된 총서이다.

제재(題材)란 중심된 이야깃거리 혹은 소재(素材)로서, 주제(主題)를 표현하기 위한 재료이자 바탕이다. 그것은 주제를 형성하기 위해 작품 구조의 핵심적 부분이 되었다는 점에서 일반 소재와 구별된다. 또 작품 전체 구조의 작용으로 생성되는 어떤 관념, 사실, 분위기, 이미지 등이 아니라 그런 것들을 생성하는 데 쓰이는 재료이자 바탕이라는 점에서 주제와 구별된다. 예를 들어 작가는 가족 혹은 어느 가족의 하루 일과라는 제재를 가지고 '자본주의 사회는 인간까지 상품으로 만들기 쉽다'는 주제를 표현할 수도 있고, '가족은 안식처이자 굴레이다'라는 주제를 제시할 수도 있다. 제재와 주제를 구별하지 않는 경우도 있지만, 이렇게 둘을 구별하면 작품을 좀 더 구체적으로 분석하고 비교할 수 있게 된다.

사람의 욕망과 삶의 모습 자체는 언제 어디서나 비슷한 데가 있다. 그러므로 작품들에 공통된 제재는 크게 나누면 그 수가 많지 않다. 이 총서는, 한국 작품이므로 한국의 문화와 역사를 고려하면서, 그런 제재를 다룬 작품들을 각각 한 권의 책으로 묶었다. 기존의 전집에서 추려내는 관습을 버리고 문예 잡지와 작가들의 작품집까지 폭넓게 뒤져서, 누구나 재미있게 읽고 감동을 맛볼 수 있는 작품을 찾고자 힘썼다. 그리고 장르별 특성에 맞는 읽기 원리를 바탕으로, 책머리에는 '감상의 길잡이,' 각 작품들 뒤에는 '생각할 문제'들을 마련하고, 말미에 '생각할 문제 해설'을 붙여서, 스스로 읽는 힘을 기르는 동시에 깊이 있는 의견 교환이 이루어질 수 있게 하였다.

　가치 있는 삶을 꿈꾸는 사람은, '인간답고 세련되게 느끼고 생각하는 힘'의 중요성을 안다. 이 제재문학선 한권 한권이 문학을 통해 그 힘을 기르며, 사람의 보편적 관심과 고민을 이해하는 데 큰 도움이 되기 바란다.

차례

우리에게 '여성'은 무엇인가

일반적으로 여성에 대해 모르는 사람은 없다. 생물학적으로 남성과 짝을 이루는 이성(異性)으로서, 아이를 낳을 수 있는 잠재적인 어머니라는 것 정도가 누구나 동의할 수 있는 여성에 대한 정의일 것이다. 그러나 생물학적인 차원을 넘어서서 사회적으로 여성이 어떤 존재인가 하는 물음에 답하기란 그리 쉽지 않다. 전통적인 가부장제 사회에서 여성은 많은 경우 한 남편의 아내이자 아이들의 어머니 정도로 이해되어왔는데, 여성들에게 기대되고 요구된 이런 역할만으로 여성이 온전히 설명될 수 없다는 것은 너무도 분명하다. 물리적인 강/약, 이성적/감정적, 주체적/의존적 등등의 자질로 남성과 여성을 구별하고 정의해왔던 전통적인 이해 방법은, 오늘날과 같이 변화된 사회에서는 더 이상 유효하지 않다. 지금 여기에서, 여성은 과연 어떤 존재이며 또 어떤 존재여야 하는가?

자신의 성에 대한 올바른 인식은 자신과 짝을 이루는 이성에 대한 올바른 인식을 전제로 한다. 따라서 앞으로도 남성과 여성이 전통적인 가부장제 사회에서 그랬던 것처럼 서로에 대한 그릇된 인식을 가지고 서로 결합하고 가정을 꾸민다면, 그들 개개인과 가족은 물론 그런 가정들로 이루어진 사회도 분명 건강하지 못하게 될 것이다. 그럼에도 불구하고 우리 사회에서 여성은, 남성들은 물론 심지어 여성들 자신에게조차 여전히 '익숙하게 알고 있는 존재'로 받아들여지고 있으며, 그런 인식 위에서 남성들은 여러 가지 방식으로 자신들의 왜곡된 남성다움을 자연스럽고도 당연한 것으로 표출한다. 이런 현상은 여성들에게는 물론이려니와 남성들에게도 결코 바람직하지 않다.

우리가 여성이라는 존재를 새롭게 인식해야 할 필요성과 당위성은 바로 여기에 있다. 이 책에 수록된 작품들은 일제 강점기 시대에서부터 최근에 이르기까지 우리 사회의 여성들의 다양한 삶의 모습을 담고 있는 작품들이다. 가부장제 사회에서 여성이 겪었던 질곡의 삶에서부터 그에 대한 자각과 다양한 대응의 모습을 담고 있는 이 작품들은, 우리로 하여금 우리 시대 여성의 위기가 남성의 삶의 위기와 결코 동떨어져 있는 것이 아니라는 것을 일깨워줄 것이다. 여성 문제와 관련하여 이 작품들이 전해주는 여러 문학적 메시지들은, 여성에 대한 올바른 이해는 물론 그들과 함께 관계를 맺으면서 살아가야 하는 남성들의 삶에 대해서도 분명 의미있는 인식 전환의 계기가 될 것임을 믿어 의심치 않는다.

1

여성의 운명

동구 앞길
_김동리

과 부
_황순원

동구 앞길

지은이 이 글을 쓴 **김동리**(1913~1995)는 1913년 경주에서 출생하여 경신고보에서 수학하였다. 1935년 「화랑의 후예」를 발표하면서 등단하여 『무녀도』 『황토기』 『귀환장정』 등의 작품집을 발간하였다. 「무녀도」와 장편 『을화』에서 보듯이 향토적이고 무속적인 세계에 깊은 관심을 보인 작가로서, 샤머니즘적 문학 세계를 탐구한 독특한 작가로 평가받고 있다. 한국 전쟁에서 피난 과정에 이르는 시기의 현실을 실존주의에 입각해 날카롭게 묘파해낸 작가로도 알려져 있다.

발표 『문장』, 1940. 2.

출전 『김동리 전집』, 민음사, 1995.

오늘도 역시 좋은 날씨건만 선이는 아직 보이지 않는다.

뜰은 아침에 갓 쓸어놓은 그대로 깨끗하고 장독 곁 감나무 그늘 밑엔 새빨간 수탉 한 마리가 웅크리고 누워 있다. 감나무에서는 이따금씩 하얀 감꽃이 하나씩 내려와 장독을 때리고는 뜰로 굴러 떨어진다.

순녀는 따뜻한 툇마루에서 어린것에 젖을 먹여 재워놓고 아까부터 씻다 둔 고무신짝을 다시 닦기 시작하였다. 씻어보니 의외로 많이 낡았으나 그래도 친정 어머니나 올케들이 사뭇 맨발로 지낼 것을 생각하니 그나마 깨끗이 씻어 아껴 신고, 그리고 며칠 전에 사다 준 새 신은 이번 친정 갈 때나 가져가고 싶다.

오늘이 오월 초하루라 인제 보름만 지나면 바로 친정 어머니 생신날이다. 그때엔 이웃집 옥남이에게 어린 놈을 업히고 자기는 닭이나 안고 어머니를 보러 갈 것을 생각하니 순녀는 시방도 곧 가슴이 두근거린다.

생각하면 그동안이 어느덧 칠 년, 한 해를 삼백예순 날씩으로만 잡아도 이천하고 오백 날에, 순녀가 진정으로 살아본 성싶은 날은 그나마 그 한 이레뿐이었다고 생각된다. 한 해에 한 번씩밖에 오지 않는 어머니의 생신이다. 순녀에게 있어서는 일 년 삼백예순 날이 모두 이 하루를 위해서 있는 겐지 모른다. 게다가 올해엔 또 어린 놈까지 옥남이에게 업혀서 갈 것을 생각하니 사뭇 즐겁지 않을 수 없다.

그렇다고 무어 순녀가 이번 첨으로 아이를 낳았다거나 하는 것은 아니다. 이렇게 살림이라고 든 지 칠 년 만에 그새 아들만 연달아 셋을 빼 낳았다. 사십 줄에 들도록 아들 구경을 못 해서 잔뜩 기갈이 들었던 참에 갑자기 이런 복덩이들이 셋이나 잇따라 쏟아졌으매 영감님께서도 인젠 그 아들 기갈이 반이나 풀린 셈인지 이번엔 어째 백날이 다 가도록 업어가는 둥 져가는 둥 하는 말이 들리지 않는다.

그날 영감이 흰 고무신 한 켤레와 시방 저 감나무 밑에 웅크리고 누워 있는 수탉 한 마리를 사가지고 와서 신은 네 신이다, 어디 발에 맞느냐, 닭은 이번 보름날 가져갈 게다, 그동안 어디 얼마나 키워서 가는가 보자는 둥 하며 제법 흐뭇한 눈치이기에, 그래 이 짬을 타서 순녀도 영감의 속셈을 좀 다뤄볼밖에 없어,

"나도 늘 혼자서 너무 심심코 하니 이번 아길랑은 그만 여기서 기뤄볼란요."

여러 번 두고 벼르던 걸 한번 이렇게 넌지시 물어보았는데,

"……"

영감은 그냥 못 들은 체하고 궐련만 빨고 있었다.

이러고 보니 순녀도 한 번은 더 다잡을밖에 없었으므로,

"큰댁엔 그렇게 아이들이 둘이나 있고 하니 마누라님도 늙마에 그것들 길르느라고 매양 그렇게 애쓸 것 없이 여기선 이렇게 젖도 넘고, 나도 늘 혼자서 너무 서운코 하니……"

한즉, 영감은 그제야,

"그렇게 늘 심심커든 밖에 나가 자꾸 일이나 하지."

하는 것이다.

순녀는 어안이 벙벙하여 그대로 입을 다물어버리려다 어느덧 속으로 뽀로퉁한 설움이 솟아올라,

"허기야 머 늘 노는 줄만 아시나 베, 저 앞밭에 한번 나가보셨으면 그 보리랑 감자랑 마늘이랑 목화랑 모두 뉘 손으로 그렇게 가꿔놨게요. 것두 낮뿐이면야 무슨 짓을 한들 무에 그리 갑갑할 겝네까. 사철 자나 새나 한번 들여다볼 아이 하나 없고 하니 그런 게지."

아까부터 옷고름은 눈에 갖다 대고 있었으나 그것은 그저 그런 습관뿐이요, 눈물은 노상 방바닥으로만 떨어졌다.

"……"

영감은 담배만 피우고 앉아 있으면 그만인 것이었다.

순녀도 이번엔 한사코 한번 해보고 말 참이니, 이번조차 그렇게 앗아간다면 사실 그녀에게 세상 살 맛이라곤 조금도 없었다. 본래가 부모 형제를 위하여 거의 팔려오다시피 된 몸이라고는 할망정 이미 아들을 둘이나 앗아갔으면 그만이지 이 위에 또다시 은혜를 더 갚아

야 하는 겐가. 또 은혜래야 실상 별것이나 있나, 그때 논 다섯 마지기 얻어 부치게 된 것뿐인 걸 그걸 가지고 무어 그리 두드러진 은혜라고 들 하는가.

맥 모르는 이웃 사람들은 언필칭 인사라고,

"그렇게 편하구두 왜 이리 말르누?"

고들 하지만, 그러게 사람이란 본래 남의 속 모른다는 게지. 사람이 마음속이 편해야 편한 게지 옷 밥 굶주리지 않는다고 마르지 않을까. 누구나 자식 낳아 기르지만 제 속으로 난 자식 남에게 앗기고도 먹는 것이 참으로 살로 갈까. 그것도 십 년이나 이십 년쯤 지낸 뒤엘망정 도로 제 어미라 찾아나 줄 게라면, 그만큼 철이나마 든 것이라면 그래도 그때를 바라보고나 살아본다지만, 이건 행여 제 난 어미 낯짝이라도 익힐까 봐 채 인줄도 걷기 전에 들싸안고 가지 않았는가. 그러고서도 큰집 마누라의 하는 꼴이란 이건 일껏 아들을 낳아주어도, 아니 그럴수록에 원수로 친다. 본디 제 복에 없던 아들이 셋이나 늘어져놓고 보니 인제 순녀는 갈 데 없이 마누라의 혹이 된 셈이다. 그러니까, 먼저 아직 이 셋째놈이 나기 전에만 해도 마누라는 허줄한 논이나 댓 마지기 제 앞으로 떼어주어서 아주 손을 끊어버리라고 영감을 들쑤시더란 소문은 이제 온 동네에 모르는 사람이 없지만, 그때 영감이 그저 그만 하고 있은 것은 무어 마누라보다 그가 순녀를 그리 끔찍이 생각해서가 아니라, 아무리 허줄한 논이라고는 할망정 한참에 논을 다섯 마지기나 떼어 내주기란 참말이지 아까워서 못 할 노릇이었을 게라고도 또한 이웃 사람들이 쑥덕거리는 그대로다.

속 모르는 친정 오라버니만 공연히 어리석은 헛욕심에 들떠서 제 발 영감님이 그러라고만 하거든 두말 말고 선선히 그러란 부탁이다. 하나 이건 남의 속을 몰라주어도 분수가 있지 그까짓 논 댓 마지기에 속아 떨어질 순년 줄 아는가 보다. 이젠 친정도 영감도 아무것도 대수롭질 않다. 제 속으로 난 자식을 셋이나 두고 왜 남이 된단 말인가. 그까짓 친정 오라버니야 목이 달든 말든, 그리고 영감이야 돌아보든 말든, 순녀는 인제 아들만 바라보고 살아갈 참, 열 번 죽더라도 찰거머리가 아니 될 수 없다.

순녀도 처음부터 아주 이렇게만 생각했던 것은 물론 아니다. 첨으로 순녀가 이 살림을 들기로 한 것은 말하자면 순전히 친정을 위해서였다. 아버지는 이제 겨우 한 오십밖에 안 된 이가 벌써 여러 해째 천만으로 드러누워 주야로 들볶느니 약 타령뿐이요, 집안일이라곤 손 하나 까딱할 줄 모르는 형편이고, 그중에 보통학교 졸업이라도 했다는 둘째아들은 만준가 '대국'인가로 가버린 채 그뒤 소식도 없고, 그 밖에 들끓는 건 모두 입 벌리고 먹으려고나 하는 어린 조카와 동생들뿐, 맏오라비 혼자 손으로 남의 논 서너 마지기 부치는 걸 가지고 그 많은 식구들이 어떻게 다 입에 풀칠인들 할 수 있겠는가. 이 짬을 넘겨다보고 웃마을 양주사 영감이 사이에 사람을 넣어서 순녀를 달란다고 하였다.

윗마을 양주사라면 첫째 돈 많고 토지 많은 사람인 줄 이 근처에선 모르는 사람이 없지만 그가 또 여태껏 아직 아들 없는 사람인 줄도 다 안다. 그때 그 중매를 들러 온 하생원의 말을 들으면 누구든지 거기 살림만 들게 되면 제 자신 호강은 다시 말할 것도 없고 저희 친정 권속까지 농사 한 가지는 으레 실컷 얻어 부치는 게고, 게다가 아들자식 하나만 낳고 보면 그 많은 살림이 모두 뉘 것이 될까 보냐고, 골골골 목구멍에 해소를 끓이며 귓속말로 일러주던 것이다. 순녀라고 그 말을 그대로 다 믿은 것은 아니지만 그래도 그중에 어쨌든 친정에서 농사 한 가지라도 실컷 얻어 부치리라고 믿지 않았더라면 당초 그의 소실을 들려고는 안 했을 것이다.

과연 그뒤 동네 사람들이 쑥덕이는 것처럼 그렇게 친정 형편이 정말 제법 늘어진 건 아니지만 그래도 이전보다는 숨 돌리기가 좀 나아졌다고는 그 어머니나 오빠로부터도 듣는 바이다.

그러나 이제 와 순녀에게 있어 제일 목마른 문제는 친정도 아니요 살림도 아니요, 다만 한 가지 제가 낳은 자식 셋뿐이다. 어떻게 하면 제가 낳은 자식을 제 자식이라 부를 수 있고, 그 자식들을 위하여 마음껏 어머니 노릇을 해볼 수 있을까 하는 것이다, 라기보다도 우선 어떻게 해야 그 그리운 자식들의 얼굴을 한 번이라도 더 만나볼 수 있을까가 더 적실한 소원이다. 그는 시방도 이렇게 따뜻한 툇마루에다 어린것을 재워놓고 바로 그 곁에 앉아 고무신을 씻느란 둥 하는 것도 무어 저 감나무 밑에 웅크리고 누워 있는 새빨간 수탉을 곧장 지켜보련 것도 아니요, 그냥 햇볕을 흠씬 쬐어보련 것도 아니고, 실상은 저쪽 묵은 성(城) 모퉁이를 돌아 이쪽으로 개천을 끼고 들어오고 있을 선이를 기다리는 터이다. 아니, 선이를 기다린다기보다 그 선이에게 이끌리어 올 자기의 맏아들 영준이나 혹은 선이의 등에 업혀서 올 기준이를 맞고자 함이다. 순녀는 선이를 시켜 아이들을 꾀어 오게 하는 데 지금껏 갖은 애를 다 썼다. 그것도 선이로 보더라도 어른들의 눈을 속이고서 아이들을 꾀어내 오기란 여간 큰 모험이 아니다. 한번 들키기만 하는 날이면 그날로 당장 쫓겨나기는 물론이지만, 우선 그 매를 어찌 다 맞아내겠는가, 그러매 밥도 주고, 떡도 주고, 혹 엿도 사주고, 꽃주머니도 채워주고 하여, 보는 족족 꾀고 달래었다.

나중에는 저희 어머니에게까지 청을 넣고 애원을 하여 마침내 선이도 그 모험을 승낙했던 것이다.

달포 전에 선이는 이 모험에 한 번 성공한 일이 있었다. 그때 선이는 작은놈인 기준이만 업고 왔다. 하나 그것만으로도 선이는 순녀로부터 충분히 환대를 받을 수 있었고 또 순녀 자신으로는 오래 두고 가슴에 새긴 설움을 이에 눈물로 풀기에 족하였던 것이다.

선이를 달래어 어른들의 눈을 속이게 하는 것이 결코 떳떳하지 못한 일인 줄은 순녀도 모르는 바 아니나, 하지만 남의 자식을 낳는 대로 번번이 앗아가서는 여러 해가 되도록 아이들의 코빼기도 보여주지 않는 것은 그래 떳떳한 일인가. 그것도 몇천 리 먼 곳에 떠나가거나 한 것이라면 또 모를 일이지만 바로 동네 하나 사이에 두고 이렇게 몇 해 동안이나 한 번 보기도 어려우니 이 어찌 답답한 노릇이 아닌가.

감나무 그늘 밑에 웅크리고 누워 있던 새빨간 수탉이 활개를 털고 일어나 제법 늘어지게 낮 울음을 세 번이나 울었다. 저쪽 묵은 성 모퉁이를 돌아 이쪽으로 개천을 끼고 돌아 들어올 선이는 아직 보이지 않는다.

동향채 집 그늘이 뜰로 서 발도 더 내려와 순녀가 그제야 점심을 마악 들고 앉으려 할 때에 토닥토닥 아이들의 발소리가 나기에 가슴이 덜렁하여 눈을 들어보니 이윽고 문에 들어서느니 선이요, 선이 등에 업힌 기준이요, 선이에게 손목을 잡힌 영준이 들이다.

순녀는 처음 아이들을 멀거니 바라보고 서서 등신처럼 비죽이 웃고 있었다. 다음 순간 문득 그녀는 미친 것처럼 뛰어들어 영준이를 덥석 품에 안았다.

─영준아 ─ 영준아 ─

그러나 그 소리는 그녀의 목구멍 밖에 들리지 않았고 영준이의 등 너머로 수그린 그녀 낯에서는 눈물만이 쏟아져내렸다.

선이는 순녀의 형편을 잘 알고 있는 터이지만 같이 덩달아 눈물을 흘리기도 쑥스런 노릇이고 그렇다고 그것을 빤히 쳐다보고 구경을 한달 수도 없어서 툇마루 난간에 궁둥이를 대고 비스듬히 선 채 고개만 수그리고 있다.

그러나 놀란 것은 영준이다. 암만 봐야 낯선 아줌만데 왜 이렇게 저를 꼭 부둥켜안고는 놓아주질 않는 것일까. 게다가 이 낯선 사람은 눈물까지 흘리는 눈치가 아닌가.

"영준아!"

낯선 사람은 상기 눈에 눈물을 담은 채 이렇게 부른다. 가뜩이나 울 짬만 엿보고 있던 참이라 이 판에 그만,

"응애애!"

하고 울음보를 터놓았다.

"왜 울어? 울지 마, 울지 마, 응 아가."

순녀는 일어나 벽장 문을 열고 준비해두었던 백설기와 사탕 가루와 엿과 과자를 내놓았다.

"자 이거 먹고 울지 마, 자아, 자아, 그래야 착하지."

순녀는 백설기를 집어 영준이의 손에 쥐여주었으나 영준이는 기어이 주먹을 쥔 채 그것을 밀어내버렸다.

선이가 그것을 보고 딱했던지,

"영준아 받아라, 엄마다."

한즉, 영준은 잠깐 울음을 그치고 고개를 들어 선이를 빤히 바라본다.

"받아라, 응 받아라."

이번엔 선이가 손수 그것을 집어 영준이의 손에 들려주려니까 그제야 슬그머니 손을 편다.

순녀는,

"옳지 그래야 착하지, 참 예쁘지……"

이렇게 입은 놀리면서도 문득 눈물이 핑 쏟아졌다.

순녀는 아이들이 보지 않게 얼른 눈물을 닦고 나서,

"영준아 내가 누고? 어디 한번 알아맞혀보렴. 맞히면 내 참 존 거 주지."

"……"

"자아, 어디 내가 누구지?"

그러나 영준이는 어리뚱한 눈으로 순녀의 낯을 멍하니 바라볼 뿐이다.

"영준아, 엄마다 엄마."

선이가 곁에서 나지막한 목소리로 이렇게 일러주어도 역시 곧이 들리지 않는 눈치다.

그래 순녀가,

"너이 엄만 집에서 뭐 하던?"

이렇게 물어본즉, 그제야,

"엄마 잔다."

하고 입을 뗀다.

"왜, 아파서?"

"응."

"어디가?"

"머리가."

"어디, 머리가 아파? 아이도 거짓말은……"

하고 선이가 참견을 한즉,

"그때 아팠거든 그때……"

영준이는 선이를 향해서만 대꾸를 한다.

순녀가,

"그래 너이 엄마 참 좋든?"

한즉,

"……"

영준이는 고개를 끄덕끄덕한다.

선이는 등에 업고 있던 기준이를 끌러 순녀에게 주고 뜰로 내려가 감꽃을 주웠다. 영준이도 따라 내려갔다.

순녀는 기준이를 받아 안고 젖을 먹이었다. 영준이가 감꽃을 주워
서 좋아라고 뛰어오는 것을 보고,

"영준아! 앤 누고?"

하고 또 물어본즉,

"우리 기준이."

"기준이 네 동생이지?"

"그럼."

"그러면 저 앤 뉘고?"

방에 누운 성준이를 가리켰다.

"……"

영준이는 그냥 생긋이 웃었으나 그건 무어 영문을 알아서가 아니
라 아이들이 저보다 더 어린 애를 보면 으레 잘 웃는 그러한 웃음일
따름이었다.

선이가 있다,

"영준아 네 동생이다, 동생."

하고 가르쳐준즉,

"거짓말."

한다. 순녀는 영준이의 대답이 으레 그러려니 하는 생각은 미리부터
들었으나 홧홧 달아오르는 그 어떤 목마름에 쫓기듯 하며 그래도 행
여나 싶어서,

"영준아 너 날 모르겠나? 정말 내가 누군 줄 모르겠나?"

다시 한 번 이렇게 물어본즉, 영준이는 곧,

“선이 늬 엄마.”

하였다. 선이 엄마란 뜻이었다.

순녀는 갑자기 달아나듯 부엌으로 펄쩍 뛰어가 사발로 냉수를 퍼 먹었다.

그날 밤으로 큰댁 마누라가 얼굴이 파랗게 되어서 뛰어왔다.

참 할 수 없는 것은 아이들이었다.

돌아가는 길, 집에 가서 암말 말라고 선이가 그렇게 당부를 하고 영준이 제 쪽에서도 이에 응하여 약속까지 했건만 그놈의 백설기랑 감꽃이랑 하는 이야기 통에 그만 선이와의 약속은 깜박 잊어버리고 말았던 것이다.

이에 눈치를 챈 마누라는 온갖 음식과 노리개로 꾀어서 별별 거짓 말까지 다 보태 듣고 나서 이번엔 매를 들고 선이를 닦달하기 시작했던 것이다.

그는 지금까지 이 어린것 둘을 비록 제 몸으로 낳지는 못했을망정 제 자신이 낳은 거나 다름없이 할 양으로 제 어미의 뱃속에서 떨어지는 대로 곧 가져다 유모를 데려 길러오던 것이었다. 그리하여 아이들에게뿐만 아니라 유모와 이웃 사람들과 온 동네 사람들에게까지도 이것을 부탁하여 행여 눈치나 챌까 봐 주야로 쉬쉬하고 다닌 보람도 없지 않아, 사실 아이들은 마누라의 계획대로 저희 생모가 달리 있으려니 하는 빛은 보이지도 않던 터이었다. 혹 이웃집 마누라쟁이들이,

“아이고 영준네야, 그것들이 질내 그렇기나 하면사……”

할 양이면, 그녀도,

"아이고 말도 마라, 괭이 새끼 호랭이 되겠나…… 그저 우선 사람 욕심에 그러는 게지……"

하며 서글픈 낯빛까지 짓곤 하던 것이었다. 그러니 만큼 처음으로 자기의 지금까지의 모든 계획과 노력과 희망이 수포로 돌아간 사실이 발생한 데 대하여는 한층 더 분하고 억울하고 괘씸함을 금할 길 없는 것이다.

그러나 본디 아이 못 낳는 사람에 대개 차고 모진 이가 많아 이 마누라 역시 그러한 축의 한 사람으로 그 가무파리한 낯빛부터 찬바람이 일 듯한 서슬이 느껴진다. 워낙이 키는 작은 편이나 광대뼈에서 어깨통, 엉덩판 이렇게 모두 딱딱 바라지게 생긴 체격인 데다 여러 해 동안 무슨 아이 낳는 약이다 속 편한 약이다 하고 별별 가지 좋은 약만을 사철 대고 연복을 하고 보니 가뜩이나 늙마에 너무 편한 몸인지라 곧장 살이 찔밖에 없어 이건 속담 그대로 아래위가 톰박한 절구통이 되었다.

마누라는 섬돌 위에 신을 벗고,

"에헴."

하며 툇마루로 콩 하고 올라서자 마침 기미를 알아채고 반색을 하며 미닫이를 여는 순녀의 앙가슴을 향해 절구통은 그냥 철환이 되어 뛴다.

"아이구머니이!"

순녀는 고대 뒤로 휘딱 자빠졌는데,

"허억, 끄륵! 끄륵!"

하고 혀가 목구멍 속으로 당겨 들어가고 얼굴이 금세 흙빛이 되었다.

"흥! 이년! 누구 앞에 엄살이야! 엄살이……"

그래 이번엔 집에서 일껏 벼르고 온 대로 즉 손에 머리채를 회회 감아쥐는 것이었다.

"이녀언! 네 이년!"

마누라는 너무나 억울하고 분이 차서 떨리는 목소리다.

"이녀언! 네 이년! 네 죄 네 알지, 네 이년 네가 누굴 악담해, 네 이년, 목을 천 동강을 내어도 쥔 죄대로 남을 년, 네 이년아! 네년의 간을 다 내어 씹어도 원술 못 갚겠다. 간을 씹어도…… 간을…… 네 이년아, 네가 날 죽으라 밤마다 축수하고 주문 왼다지, 네 이년! 이년아! 간을 내어 씹어도 쥔 죄대로 남을 네 이년아!"

마누라는 몇 번이나 거듭 이렇게 외치곤 하면서 손에 감아쥔 머리채로 골이 부서져라고 방바닥에 짓찧고 또 온 낯과 가슴과 젖통을 닿는 대로 물어뜯어서 제 낯과 순녀의 상반신을 온통 피투성이로 만들었다.

이웃 사람들이 와서 말리려고 집적거려보다가 모조리 모진 매만 한 번씩 얻어맞고는 다 물러섰다. 말리는 사람이라고 사정을 두는 일도 없다. 닥치는 대로 물어 떼고 머리채를 잡아채고 이 모양으로 두 눈에 불을 켜서 덤비는 데야 바로 제 형제나 제 부모 아니고는 굳이 항거해볼 사람도 없다.

그러나 마누라의 분통은 역시 절반도 풀린 것이 아니다.

순녀의 상반신이 이제 아주 피투성이가 되자 이번엔 그 치마와 속곳을 입으로 뜯고 손으로 찢고 그러고는 거기 나타난 허연 배와 두 다리 위에 마악 엎어져 입질을 시작하려 할 무렵, 진작부터 이웃 사람들의 기별을 받고 그러고도 그냥 드러누워 한참이나 담배를 피우고 나온 영감이 그때야 비로소 방문을 열고 들어왔다.

"아아니 이거 웬일들이여! 응? 웬일로 이렇게 야단들이여! 응?"

영감은 방 안에 들어서자 얼굴이 시뻘게져서 방 안이 떠나가도록 고함을 질렀다.

그러자 마누라는 또 한 번 목청을 돋우어,

"이녀언! 네에 이년, 순녀야! 이년 네가 날 죽으라 축수한 년 아니가! 네 이녀언! 간을 내서 씹어도 쬔 죄대로 남을 네 이년, 네 죽고 나 죽자! 네에 이년아!"

이렇게 외치며 또다시 그 하얀 이를 악물고 두 다리 위에 엎어졌다.

보니, 온몸이 피투성이가 되다시피 한 순녀는 아무런 반항도 못할 뿐 아니라 아주 숨기도 멎은 모양이다.

그제야 영감도 가슴이 철렁하여 황망히 마누라의 덜미를 잡아 뒤로 떼내놓은 다음에 곧 사람을 시켜 의사를 부르게 하였다.

뒤로 한 번 자빠졌던 마누라는 곧 벌떡 일어나 앉아 입에 게거품을 물고,

"네에 이년, 순녀야, 이년, 너는 서방 있구나, 나는 서방 없단다. 너는 자식 있구나, 나는 자식 없단다. 나는 내 혼자뿐이다! 네에 이년 순녀야 일어나거라! 너는 서방 있고 자식 있는 년이구나, 나는 서방도 자식도 없는 년이다! 네에 이년 일어나거라!"

이렇게 시작한 넋두리는 거의 한 시간이나 계속하여 의사가 들어온 뒤 여러 사람들이 억지로 떠밀고 나가기까지 그치지 않았다. 여자는 제 손으로 제 머리를 다 뜯고, 제 옷을 다 찢고, 제 손등을 다 물어 뗴고, 그리고 그 주먹으로 제 가슴을 마치 방망이질이나 하듯 두드리며 몸부림을 치다가는 다시 일어나 이를 갈고 또 대성통곡을 하는 것이다.

"오냐, 오냐, 이년아 순녀야 너는 아들 낳았다. 자식 낳았다. 오냐 그래 늙은 년 괄시 마라, 오냐, 오냐, 이년아 서방 있고 자식 있다. 불쌍한 년 괄시 마라, 나 같은 년 괄시 마라…… 어떤 년은 팔자가 좋아서 아들 낳고 서방 뻬앗노. 아이고, 아이고 내 팔자야, 분해라 억울해라. 엉이 엉이, 내 팔자야 내 팔자야, 아이고 원통해라. 절통해라, 엉이 엉이 엉이 엉이……"

상기 주먹으로 가슴이 터져라고 두드리며 입을 벌리고 울어대는 것이다.

이때 옥남 할머니가 또 밖에서 눈물을 찔끔거리며 추창한 듯이 혀까지 끌끌 차고 한 것은 그새 무슨 순녀의 분하고 원통함을 깜박 잊은 바는 아니나 마누라의 넋두리에 문득 자기의 만딸을 생각하고, 자기의 만딸도 아직 딸만 둘을 낳고 아들은 하나도 없음을 깨닫고 그 만딸의 신세를 서러워한 것이었다.

의사가 와서 주사를 놓은 지 거의 한 시간이나 지난 뒤 순녀는 그동안의 혼수 상태에서 다시 한 번 세상으로 눈을 뜨지 아니하지 못했다.

그날 밤 의사가 돌아가고 온 동네 수탉들이 홰를 칠 무렵까지 동구 앞길 위에선 마누라의 울음 소리가 들려왔다.

그리고 이튿날 역시 아직 기진하여 누워 있는 순녀의 귀에,

"어차피 낼 모렌 데려갈 아이니까…… 젖이…… 보채고……"

하는, 영감님의 목소리가 꿈결같이 어렴풋이 들리었다.

그런 지 한 보름이나 지난 뒤다.

푸른 버들(수양)개지는 아침 햇볕에 젖어 흐르고 제비들은 서로 부르며 어지러이 나는 동구 앞길 위에 역시 그 낡은 흰 고무신에 새빨간 수탉을 안고 가는 것은 한 보름 전보다 좀 더 해쓱해진 순녀의 얼굴이다.

다만 성준이를 업고 그 뒤에 따라야 할 옥남이만은 보이지 않았다.

1. 이 작품은 아들 없는 집에 소실로 들어간 한 가련한 여인의 삶을 그리고 있다. 말하자면 그녀는 일종의 씨받이인 셈인데, 이런 씨받이 여인을 만들어낸 사회적 요인은 무엇인가?

2. 이 작품에는 씨받이인 순녀의 삶과 더불어 아이를 낳지 못한 본처의 삶도 사실적으로 그려져 있다. 그녀는 소실로 들어와 아들을 잘 낳아주는 순녀를 아주 모질게 대하는데, 이런 행위를 하는 심리적 동기는 과연 무엇인가?

과부

지은이　이 글을 쓴 **황순원**(1915~2000)은 1915년 평남 대동에서 출생하였고 와세다 대학 영문과를 졸업하였다. 초기에는 시를 썼으나 1937년 이후 소설로 방향을 바꿨다. 작품집으로 『늪』과 『기러기』 『목넘이 마을의 개』가 있고, 『별과 같이 살다』 『카인의 후예』 『인간접목』 『움직이는 성』 등의 장편소설이 있다. 그의 단편소설들은 사춘기 소년 소녀들의 미세한 의식을 잘 포착하고 있으며, 해방 이후부터 시작된 일련의 장편소설들은 근대화 과정에서 한국인들이 겪었던 좌절과 정신적 위기 상황들을 꼼꼼하게 증거하고 있다는 평가를 받고 있다.

발표　미발표작.

출전　『황순원 전집』, 창우사, 1964.

몸에는커녕 머리칼 한 오라기에도 사내의 손을 대보이지 않았다는 게 한씨 부인의 자랑이었다.

열다섯에 이곳 김진사댁 맏아들과 혼약이 맺어졌다. 아직 정말 부끄럼이 무언지도 모를 나이였다. 그것이 성례도 이루기 전에, 신랑 될 사람이 나무에서 떨어진 게 탈이 되어 죽고 말았다. 한씨 부인의 아버지 한초시는, 신불사이군이요 여불사이부니라, 즉 남의 신하 된 자 두 임금을 섬겨서 안 되고 남의 지어미 된 자 두 지아비를 섬겨서 안 되느니라 하여 딸에게 고스란히 삼년상을 입게 한 후, 남편도 없는 시가로 보내어, 칠순이 가까운 오늘날까지 차돌 같은 처녀 과부로 이름 있게 늙어오는 터였다.

한씨 부인은 언제부터인지 사내를 무슨 더러운 물건이나처럼 대했다. 칠순이 가까운 오늘날이건만, 곧잘 사내의 냄새를 맡고는 콧살을 찌푸렸다. 땀냄새를 피우는 사내는 옆에 얼씬도 못하게 했다.

한씨 부인은 또 어린애도 좋아하지 않았다. 홀가분하게 혼자 살아온 버릇이 몸에 밴 탓인지 몰랐다. 벌써 전에 문중에서 조카아들을 하나 양자로 들이기로 말이 있었으나 싫다고 했다. 한편 애놈들은 또 애놈들대로 자기네의 빠른 육감으로써 자기네를 달가워하지 않는 이 할머니를 좋아 따르지를 않았다.

언제인가 조카딸들이,

"할머니, 옛날애기 하나 해주세요."

하고 졸랐을 때,

"옛날엔 참 무서운 일이 많았단다."

"머가요?"

"밤중에 막 과부 색시들을 업어갔지."

"어머나! 누가 업어가요?"

"부랑패들이……"

"멋 허러요?"

"그렇게 업어다간 욕을 뵈구 그랬다."

"욕뵈는 게 머예요, 할머니?"

"너희들은 몰라두 좋와. ……그래 할머닌 밤마다 무서워서 으떻게나 벌벌 떨었는지 모른다."

"할머닌 왜요?"

"예쁜 색신 막 업어가니깐."

"저렇게 늙은 할머닐?"

"그땐 나두 참 예뻤다. 그래 부러 얼굴에다 숯검정이 칠을 허구 그랬지."

"어쩌면!"

그후에도 한씨 부인은 손자딸들을 상대로 같은 이야기를 하는 수가 있었다. 처음 몇 번은 손자딸애들도 호기심에 말대꾸를 하곤 했다. 그러나 같은 이야기를 거듭 듣는 동안 그만 싫증이 나, 드디어는 이 과부 할머니한테 붙들려 또 같은 이야기의 상대가 될까 보아 제 편에서 슬슬 피하게쯤 되었다.

그러면 한씨 부인은, 요새 계집애들이란 모두 저렇게 앙큼해서 무슨 짝에다 쓸지 모르겠다고 자기 방으로 들어가 눕고 마는 것이었다. 방 안은 늘 정결했다. 손수 쓸고 또 쓸고 했다. 누구 방을 치워줄 사람이 없어 그러는 것은 아니었다. 단지 혼잣몸으로 늘 제 몸가짐새며 주위를 말쩡히 해오는 버릇에서 온 것이었다.

온 집안이 두루(어른들일수록 더욱) 한씨 부인을 받들어 모셨다. 부인이 문중에서 제일 연로인 데다가 종가 할머니인 것이었다. 이렇게 곱게 늙어오는 한씨 부인은 본시 뼈대가 굵어, 젊어서도 자기 말대로는 애리애리하니 예뻤을 사람은 아니나, 처녀 과부로 늙은 사람 특유의 허리 하나 굽지 않고, 눈도 어둡잖고, 코는 코대로, 귀도 여간 자상한 게 아니었다. 얼굴의 주름도 곱게 잡히고, 손가락 마디도 연할 대로 연했다.

한씨 부인은 적적할라치면 아랫마을 팔촌동서네 집으로 마을을 가곤 했다.

팔촌동서 박씨 부인도 과부였다. 그러나 한씨 부인처럼 처녀 과부는 아니었다. 열일곱에 한씨 부인의 팔촌시동생한테 시집을 왔다. 신랑이 열두 살이었다. 이 신랑이 이태 만에 돌림병으로 죽고 말았다. 그로부터 박씨 부인은 소년 과부로 이십여 년 간 시부모를 모시다가 시아버지마저 세상을 떠나자, 이 아랫마을에 초가집 한 칸을 짓고 나와 호락질 농사를 지으며 살아오는 것이었다. 나이는 한씨 부인보다 너덧 살 아래였으나, 누가 보나 더 늙어 보였다. 검게 탄 얼굴에는 굵직한 주름살이 파이고, 손도 사내들처럼 매듭져 있었다.

한씨 부인은 팔촌동서 박씨 부인네 집에 와서는 혹 박통 타는 것쯤 맞잡아주기도 하고, 물레질을 할라치면 심심파적으로 옆에서 솜을 말아주기도 했다. 혹은 팔촌동서가 피곤해 누워 있으면 같이 누웠다 오기도 했다. 특히 이런 때면 한씨 부인은, 왜 이 사람은 혼잣살림에 이렇게 방 안을 지저분하게 늘어놓고 산담, 하는 생각을 하면서.

한번은 그리 춥지도 않은 날, 한씨 부인이 아랫마을 이 팔촌동서네 집에 마을을 가 얼마 동안 누워 있다가 온 것이 빌미가 되어 감기가 들렸다. 곧 오 리나 남아 떨어져 있는 의원한테서 약을 지어 왔다.

조카아들이 약탕기를 들고 들어가자 한씨 부인은 불쑥 밑도 끝도 없이,

"나 죽거든 선산에나 묻어다오."

했다.

"그런 말씀은 왜 하십니까. 이 약만 잡수시면 곧 나으실 텐데."

그러면서 조카아들은 이런 생각을 해보는 것이었다. 사실 이렇게 나이 많은 늙은이란 언제 기름 다한 등잔불처럼 껌벅해버릴는지도 모를 일이 아닌가. 그러면 그런 문제도 이 기회에 밝혀두는 것도 무방하리라고.

"참, 백모님 산수는 돌아가신 백부님 산수와 합장을 했으면 어떻

겠습니까? 백부님 산수가 아주 명당자리라구들 허는데요."

푸뜩 한씨 부인의 눈이 똑바로 조카아들을 치어다보며,

"난 싫다. 하기야 내 남편 옆이기야 허지. 그렇지만 칠순이 다 되도록 처녀로 늙어온 내가 이제 멋 허러 사내 곁으로 간단 말이냐. 이젠 이미 뼈두 다 썩어서 흔적조차 없긴 허겠지. 그러나 역시 사내가 묻혔든 자리가 아니냐. 아예 다시는 그런 숭헌 소리는 허지 말아라."

한씨 부인은 열 때문만이 아닌 소녀다운 홍조가 볼 위에 내돋치면서 이어 무엇에 놀란 듯이,

"아이구 저리 좀 물러앉거라. 네게서 무슨 냄새가 그리 나냐? 사내자식이란 사내자식은 너나없이 그 몹쓸 냄샐 피우니……"

어서 저리 가라고 손짓을 하면서 콧살을 찌푸리고 제 몸부터 돌아눕는 것이었다.

사흘 뒤에 한씨 부인은 자리에서 일어났다.

어느 따뜻한 날이었다.

한씨 부인은 마고자까지 든든히 입고 팔촌동서네 집에 마을을 갔다. 감기를 앓고 난 뒤로 처음이었다.

박씨 부인은 부엌으로 나가 불을 지핀 후, 아랫목을 쓸고 한씨 부인을 눕게 하였다.

"그동안 몸이 편찮으셨다지요?"

"저번 여기 댕겨가서 한 사날 몸살을 앓았지."

"그래두 성님은 정정하셔서……"

“웬걸. 인제 저승에 갈 날두 머지 않았지.”

“그래두 저보담은 오래 앉아 계실 겝니다.”

“그렇게 오래 살면 또 무엇 하노. 살아 낙 볼 일이 더 있는 것두 아니구, 죽어 서러울 것두 없는 몸이……”

“그래두 성님이야말루 평생 아무 근심 걱정 없이 사셨지요.”

“허기야 한평생 누구 부끄럽지 않게 깨끗이야 살었지.”

박씨 부인은 잠시 실꾸리만 곁다가,

“같은 소년 과부루 성님처럼 살아온 사람두 드물 거에요.”

박씨 부인은 꾸리 곁던 손을 잠깐 멈추고 무엇을 생각하는 듯하더니,

“글쎄, 세상에는 이런 소년 과부도 다 있지 않어요?”

하며 한씨 부인 쪽을 바라보았다.

한씨 부인은 그저 좀 전에 쓸어낸 베개 밑이건만 그냥 마음에 걸리는 듯, 훅훅 먼지를 불어내고 나서, 윗목에 널려 있는 바가지쪽이며 호박이며 걸레 조각에로 눈을 주는 것이었다. 어쩌면 이 사람은 혼잣살림에 날마다 이렇게 방 안을 지저분하게 늘어놓고 산담.

박씨 부인은 무슨 하기 힘든 이야기나 꺼내듯이 적이 망설이다가 다시,

“세상에는 이런 소년 과부도 있답니다……”

……시집이라고 와보니 아기 새서방은 서당에를 다니고 있었다. 글씨를 곧잘 썼다. 남편이라는 데보다도 이 글씨에 더 마음이 쏠렸다. 새서방이 쓴 장지를 차곡차곡 모아 간직해두는 것으로 시집살이 보람을 삼았다.

시집온 지 이태째 되는 여름철에 염병이 돌아 위아랫마을에서 여러 사람이 죽어나갔다. 거기에 어린 새서방도 앓아 누운 지 열흘 만에 숨을 지웠다. 색시는 어른들이 시키는 대로 단지까지 해보았으나 아무 효험을 보지 못했다. 삼년상을 치렀다. 때때로 남편의 장지 글씨를 꺼내어 보며, 이렇게 일생을 살아가는 게 자기의 팔자거니 했다.

시집에서는 꽤 큰 자작농을 짓고 있었다. 시부모를 도와 안팎일을 다 했다.

한번은 심한 가물이 들었다. 온 집안이 밤을 도와 앞 개울둑에 있는 논에 물 퍼넣기에 법석들을 했다.

그러한 어떤 날 밤중이었다. 잠결에 소년 과부가 눈을 떴다. 분명히 자기 방문 소리가 났다고 생각했다. 어둠 속에 꼼짝 않고 있노라니까, 곁에서 사람의 거친 숨결 소리가 들렸다. 소년 과부가 소스라쳐 몸을 일으키려 하자, 가슴을 와 붙들었다. 억센 사내의 손길이었다. 고함을 지르려 했다. 그러나 콱 숨결을 가로막는 것이 있었다. 흙물 냄새였다. 분명히 좀 전까지 흙탕물 속에 젖어 있던 몸이 풍기는 냄새였다. 소년 과부는 그만 온몸의 기운이 탁 풀림을 느꼈다.

틀림없이 그 사람이었다. 올봄부터 소년 과부의 시집에 사내 손이 하나 늘었다. 먼 시형뻘 되는 청년이었다. 일찍 부모를 여의고 타관으로 나돌아다니다가 이번에 고향에 돌아온 사람이었다. 마침 소년 과부네 시집에서 어린 시동생 하나로는 손이 부족하던 터이라 붙들어두었다.

키가 훤칠하고 콧날이 선 청년이었다. 당찮은 일에는 좀처럼 입을 열지 않는 성미였다. 어디선가는 여러 해 머슴을 살다가 고만 뜻이 맞지 않아 주인을 논바닥에다 메꽂고는 그동안 사경 셈도 집어치우고 나와버렸다는 말도 있었다.

가끔 마당 같은 데서 소년 과부는 이 청년과 눈이 마주치는 수가 있었다. 그것은 전에 어린 남편에게서는 볼 수 없던 사나이의 눈이었다. 절로 소년 과부의 가슴이 활랑거려지고 얼굴이 달아오르곤 했다.

요새 와서 청년은 시아버지와 함께 논물 푸기에 바빴다. 오늘 밤만 해도 으레 논에 나가 있어야 할 사람이었다.

소년 과부는 흙탕물 냄새 풍기는 사내의 피부 밑에서, 모든 문제는 자기가 죽으면 그만이라고 생각했다.

사실 소년 과부는 죽으려 했다. 물에 빠져 죽을까, 목을 매어 죽을까? 왜잿물을 먹으리라.

다음날 아침, 소년 과부는 헛간으로 갔다. 왜잿물 그릇을 들치니 바닥이 나 있었다. 그제야 엊그제 시어머니가 남은 왜잿물을 누구에게 꾸어준 일이 생각났다. 오는 장날까지 기다리는 수밖에 없었다.

그날 밤 소년 과부는 안으로 문을 잠갔다. 잠이 올 리 없었다. 저도 모르게 자꾸만 귀가 기울여졌다. 그러다가 추녀 끝에서 밤새들이 자리 옮겨 잡는 소리에도 깜짝 놀라곤 했다. 소년 과부는 종시 잠갔던 문고리를 열어놓고 말았다. 문을 잠가두었다가 누가(사내) 와서 잡아당길 때 그 소리가 안방에라도 들리면 큰일일 것이었다.

다음 장날 꾸어갔던 왜잿물이 오자 소년 과부는 그날로 빨래를 다 삶고 말았다. 그리고는 언제부터인가 어두운 밤을 기다리는 몸이 되었다.

앞 냇가에 서 있는 버들가지에 새로 물이 오르기 시작할 무렵, 소년 과부의 몸이 알아볼 만큼 무거워졌다. 자꾸 허리띠를 졸라매었다.

하루는 사내가 어둠 속에서 속삭였다.

—이곳을 떠나 다른 고장으로 가 삽시다. 홍수와 가물이 심한 여기보다는 수리조합 지대가 훨씬 더 살기 좋을 거요.

소년 과부는 어둠 속에서 잠자코 있었다. 그러나 속마음으로는 다져먹고 있었다. 이미 사내에게 좋은 일은 자기에게도 좋은 일이요, 사내에게 궂은 일은 자기에게도 궂은 일이라고.

그믐밤을 택했다. 사내는 먼저 동구 밖 방죽에 나가 기다리기로 했다.

닭이 두 홰 치기를 기다려, 소년 과부는 살그머니 자기 방을 빠져나왔다.

섬돌을 내려서 발자취를 죽여가지고 대문께로 향했다. 그러다가 소년 과부는 문득 발걸음을 멈추었다.

안방 쪽에서 나지막하나마 엄한 시아버지의 말소리가 귓전을 때린 것이었다.

—당신은 잠자쿠 있어. 벌써부터 나두 눈치 채구 있었어.

시어머니의 무어라 대꾸하는 소리가 들리고, 뒤이어 시아버지의,

—어쨌든 당신은 잠자쿠 있어. 조금이래두 주둥아릴 놀렸단 당장 도끼루 패 없앨 테야. 그저 뒷일은 내 처리할게 당신은 잠자쿠 있어.

소년 과부는 번쩍 정신이 들었다. 실로 자기는 무슨 행복 같은 것을 찾아 떠날 몸이 아니라, 여기 남아서 시아버지의 처분을 기다려야

할 몸인 것이다.

자기 방으로 되돌아 들어온 소년 과부의 가슴은 오히려 여태껏보다 가라앉는 편이었다. 사내만을 떠나보내자. 사내 편에서 자기를 기다리다 못해 어서 혼자 떠나가주기만 바랐다.

날이 새기 전에 사내가 돌아왔다. 어떻게 됐느냐고 묻는 사내의 숨결은 자못 거칠었다. 혹시 시아버지한테 붙들리지나 않았나 해서, 그랬으면 이걸로 영감쟁이를 까 죽이고 말려고 했노라면서, 큰 돌멩이 하나를 내려놓는 것이었다. 소년 과부는 이렇게 돌아와준 사내가 무섭고도 반가워 소리 없이 엎드려 울었다.

다음날 시아버지는 조용한 틈을 타 소년 과부에게, 앞으로는 물 길러 밖에 나들지 말라고 했다. 어디까지나 부드럽게 타이르는 말씨였다. 그것이 도리어 소년 과부에게는 더할 나위 없이 무섭기만 했다. 어젯밤 말대로 어서 처분을 내려줬으면 했다.

여름철에 접어든 어느 날 밤, 소년 과부는 드디어 몸을 풀었다. 밖에 조각달이 걸려 있었으나, 하여튼 밤중이어서 다행스러웠다.

가마니 한 닢을 들여다 깔고 그 위에서 과히 심한 산고도 없이 몸을 풀었다. 소년 과부가 제 손으로 탯줄을 잘랐다.

사내가 들어왔다. 그리고는 희미한 등잔 밑에 바둥거리는 핏덩이에게로 손을 내미는 것이었다. 순간, 소년 과부의 손길이 잽싸게 사내의 손을 밀어 팽개쳤다. 물론 이제 이 조그만 핏덩이는 어느 깊숙한 산속으로나 냇가로 내다버려야 하는 것이다. 그것은 이미 소년 과부와 사내 사이에 말없이 약속된 일이었다. 그러나 소년 과부는 이 조그만 핏덩이를 그때까지만이라도 살려두고 싶은 것이었다.

사내가 어린 핏덩이를 가마니에다 말기 시작했다.

소년 과부가 무엇을 생각했는지 농을 열고 한 뭉텅이의 종이를 꺼냈다. 전 남편의 장지였다. 이미 아깝다는 생각은 없었다. 마침 이것이 있어주어서 어린 살결을 감싸줄 수 있다는 게 고마울 따름이었다.

사내가 핏덩이를 싸안고 방을 나갔다.

섬돌 아래서 사내 아닌 또 한 사람의 인기척이 났다. 시아버지인 것이다. 소년 과부의 눈앞에 도낏날이 번뜩이었다.

소년 과부는 그 도낏날은 자기가 받아야 한다고, 허둥지둥 문을 박차고 달려나가 시아버지와 사내 새로 뛰어들었다.

시아버지가 조용히 손에 들었던 종이 조각 하나를 사내에게 내밀며,

—이 편지에 씌어 있는 곳으로 찾아가거라. 거기 사는 내 외조카딸이 요새 몸을 풀었다가 애를 잃었다는 소문이 있다. 애는 거기다 맡겨라.

어디까지나 조용한 말씨였다. 그저 종이 조각을 내미는 손만이 조각달빛 속에서 후들후들 떨리었다.

사내는 사내대로 두 눈을 확 빛내더니 말없이 종이 조각을 받아들고 돌아섰다.

—아가, 너는 어서 들어가 뉘라.

뒤이어 시아버지가 손수 아궁이에 불 지피는 소리가 들렸다.

이 밤따라 밤새도록 앞 벌에서 개구리가 무성히 울어댔다.

달포쯤 지난 어떤 날, 시아버지가 소년 과부에게, 거기 보낸 애는

젖도 많고 해서 잘 자라니 그리 알라고 했다.

제닢이 되자 또 시아버지는, 거기 보낸 애는 며칠 전에 제 아비가 와서 찾아갔다는 말이 있으니 그리 알라고 했다. 그날 밤도 하늘에는 조각달이 걸리고, 앞 벌에서 밤새도록 개구리가 울어댔다.

그로부터 이십여 년이 지나 시어머니가 먼저 세상을 떠나고 이듬해에 시아버지마저 돌아갔다. 시아버지가 돌아가기 며칠 전이었다. 조용히 소년 과부를 옆에 불렀다.

—내 너한테 큰 죄 지었다. 그때 나는 그저 집안 체면만 생각했다. 후에 내 잘못을 깨닫구 애아비의 행방을 탐문두 해봤지만 통 알 길이 없구나. 앞으루 네 살아 있는 동안 얼마나 가슴이 아프겠느냐.

지그시 감은 시아버지의 움푹 꺼진 눈시울에 이슬방울이 내돋쳤다.

—아닙니다, 아버님.

소년 과부는 이 늙은 시아버지를 그처럼 괴롭힌 것은 다른 사람 아닌 자기였다는 생각에 그만 고개를 시아버지 옆구리에 묻고 말았다.

소년 과부는 오른손 무명지마저 단지를 하였다. 시아버지가 회생만 된다면 자기 온몸의 피라도 다 뽑아주고 싶은 심정이었다.

시아버지가 돌아가자, 소년 과부는 큰집을 시동생에게 맡기고, 자기는 아랫마을에 초가집 한 칸을 짓고 나와 살았다.

올 여름이었다. 어느 날 캐다 남은 감자를 늦게까지 다 캐고 나서, 저녁쌀을 안치려고 할 때였다. 누가 주인을 찾는 소리가 들려 내다보니, 사립문 밖 저녁 그늘 속에 웬 중년 사내 하나가 서서, 하룻밤 신세질 수 없겠느냐는 것이다. 원체 동구 가까운 집이라 오가는 나그네들이 가끔 하룻밤 묵어 가는 수가 있었다.

저녁상을 물리며 나그네는 감자찌개가 유별나게 맛난다고 하면서, 담배를 한 대 피워 물더니, 이 동네에 아무씨 부인이 살고 있지 않느냐고 묻는 것이었다. 소년 과부의 가슴이 철렁했다. 떨리는 손으로 등잔불을 돋우었다. 아, 저 우뚝한 콧날이! 소년 과부는 저도 모르게 등잔불을 혹 꺼버리고 말았다.

나그네는 이 주인 할머니가 귀가 어두워 자기 말을 못 알아들은 줄로만 안 듯, 이 동네에 아무씨 부인이 살고 있지 않느냐고 다시 한 번 묻는 것이었다.

—그런 사람은 벌써 전에 죽었소.

소년 과부의 목소리가 떨리어 나왔다.

—역시 그랬군요.

나그네는 한 번 길게 담배 연기를 내뿜었다.

소년 과부는 문득 등잔불을 꺼버린 게 뉘우쳐졌다. 그러나 다시 켤 용기는 없었다. 벌써 전에 죽어버렸다고 한 말이 뉘우쳐졌다. 이 한마디가 자기에게서 가장 귀중한 물건을 아주 잃어버리게 하는 것만 같았다. 그러나 다음 순간, 역시 잘했다고 생각했다. 세상을 떠나기 며칠 전 시아버지의 모습이 떠올랐다. —내가 네게 큰 죄를 지었다. 나는 그저 집안 체면만 생각했다. 앞으로 네가 살아 있는 동안 얼마나 가슴이 아프겠느냐. ……아닙니다, 아버님, 아닙니다.

소년 과부는 밖으로 나왔다. 하늘에는 조각달이 걸려 있었다. 앞 벌에서 개구리가 무성히 울어댔다.

나그네도 잠이 오지 않는지 뒤따라 밖으로 나왔다. 한참이나 소년 과부 곁에 말없이 앉았더니,

—이렇게 앉았으려니 돌아가신 아버님 생각이 납니다. 아버지는 이렇게 개구리 울어대는 밤이면 언제나 뜰에 나와 밤이 깊는 줄두 모르시구 앉았는 습관이 있었습죠. 그것이 또 어느새 이렇게 제 버릇이 되구 말았습니다.

—아버지께서는 언제 세상을 떠나셨소?

—오늘째 이레 됩니다. 돌아가시기 전날 비로소 제게두 어머니가 계시다는 걸 알려주셨습니다. 그때까지는 그저 어려서 어머닐 여읜 줄만 알구 있었지요. 아무 데 사는 아무 성 쓰는 이가 네 어머니라고 알려주시드군요. 삼우제가 끝나는 길로 이렇게 달려왔습죠. 그러나 이미 어머니는 이 세상 사람이 아니군요. ……노인께서는 저의 어머니를 잘 아십니까?

—알지요…… 아마 인제는 이 동네에서 아는 사람이라곤 나 혼자뿐일 게요. 한 사십 년 전 일이니까. 지금 생각해두……

—지금 생각해두?

간신히 소년 과부는,

—마음씨가 고왔지요.

—지금은 분묘조차 찾아볼 길이 없겠군요.

어둠 속에서 소년 과부는 떨리는 고개를 끄덕여 보이며,

—그렇지요…… 벌써 사십 년 전 일이니까…… 그런데 참 집에는 어린애가 몇이나 자라오?

─사내자식 셋에 기집애가 둘입니다. 큰녀석이 금년부터는 한몫 일을 허게 되어 좀 편해지실까 했드니, 그만 아버지가 세상을 떠나셨죠. 참말 아버님은 살아생전 저 하나 데리구 고생만 하셨답니다.

새벽녘에야 눈을 붙인 소년 과부는 꿈만 꾸었다. 앞 벌에서 울어대는 개구리만큼 많은 손자애놈들이 개구리만큼이나 떠들어대면서 좋아라 할머니를 둘러싸는 것이었다. 할머니 되는 소년 과부는 그러지 않으리라 마음먹으면서도 자꾸만 이 손자애놈들한테서 도망쳐 달아났다. 그러면서 이러한 자기가 서럽고 안타까워 혼자 울었다.

이튿날 조반을 짓는 동안, 나그네는 밖으로 나와 뜰을 쓸어주었다. 그냥 두라고 해도, 나그네는 집에서 매일같이 하던 일이라 잠자코 있을 수 없노라고 했다.

나그네는 다시 뜰에 있는 감자를 가마니에 담아도 좋으냐고 하더니, 흙을 일일이 떨어내어 가마니에 넣어서는 냉큼 헛간에까지 들여다 놓는 것이었다. 소년 과부는 그러지 않으리라 마음먹으면서도 자꾸만 이런 믿음직스러운 나그네의 모습을 부엌 문밖으로 내다보지 않고는 견디지 못했다.

나그네가 떠날 때에, 소년 과부는 바가지 한 쌍을 골라 꿰매주었다. 나그네는 신세진 거만도 뭣한데 그것까지 어떻게 받아가겠느냐고 하는 것을 이건 지난해 유달리 잘 굳은 박이니 가져다 써보라고 하며 굳이 들리어주었다.

그리고 소년 과부는 종내 사립문을 나서는 나그네를 향해,

─잠깐만,

하고 불러 세우고야 말았다.

　어젯밤부터 속마음으로 별러오던 나그네의 사는 고장을 알아두려고 한 것이었다. 그러나 나그네가 걸음을 멈추고 돌아서자, 소년 과부는 가까이 가 먼지를 터는 체 잔등을 어루만져보고, 두루마기 깃을 바로잡아주었을 뿐이었다.

　—아,

하고 나그네가 갑자기 소년 과부의 한 손을 덥석 붙들었다.

　—아버지 말씀이 제 어머님두 왼손 무명지가 없다구 하셨습니다.

　소년 과부는 간신히 떨리는 다른 한 손마저 펴 보였다.

　—아, 노인께서는 오른손마저 단지를 하셨군요…… 그리구 무척 고생하신 손이군요.

　그러면서 나그네는 자기 어머니가 지금 살아 있대도 꼭 이 노인 같으리라는 생각을 해보는 것이었다.

　나그네는 동구 밖을 벗어나면서도 몇 번이고 이리 고개를 돌렸다. 그러나 소년 과부는 이 나그네가 동구 밖 고개 굽잇길에서 다시 걸음을 멈추고 고개를 돌렸을 때, 더 오래 그 자리에 그러고 서 있지를 못하고, 거기 사립문 말뚝을 붙들고 만다. ……

　"……성님, 세상에는 이런 소년 과부도 있습니다."

　꾸리 겯는 박씨 부인의 양쪽 다 무명지 끊긴 손이 잠시 못이라도 박힌 듯이 굳어졌다.

　한씨 부인은 어느새엔가 입을 반쯤 벌리고 잠이 들어 있었다.

생각할 문제

1. 이 작품에는 젊은 시절 수절을 하지 못한 한 과부의 삶이 그려져 있다. 그녀의 시아버지 되는 사람은 며느리의 훼절(毁節)과 그녀의 출산을 눈감아주기는 하지만 그녀를 놓아주지는 않는다. 그러나 죽기 바로 직전에 며느리에게 자신의 행위를 사죄하고 있다. 시아버지의 그러한 태도 변화에서 읽을 수 있는 사실을 두 가지 말해보시오.

2. 작품 후반부에서 박씨는 뜻하지 않게 자신의 아들로 여겨지는 한 사내의 방문을 받게 된다. 이때 그녀는, 혹시 그녀가 자신의 어머니가 아닌가를 묻는 사내에게 끝까지 자신의 정체를 숨긴다. 그녀는 왜 자신의 정체를 숨겼는가? 그리고 사내 또한 어느 정도 그녀가 자기 어머니임을 눈치 챘음에도 불구하고 자기가 아들임을 끝내 말하지 않는 것으로 보인다. 그 이유는 무엇일까? 그리고 어머니와 아들의 이런 행동에 대한 자신의 생각은 어떠한가?

2 새로운 여성 의식의 태동

경경

희 __나혜석

영 __김남천

경희

지은이　이 글을 쓴 **나혜석**(1896~1946)은 수원 출생으로 근대 문학 초창기의 대표적인 신여성이자 작가이다. 1916년 도쿄에서 유학생들과 함께 『여자계』를 창간하기도 한 그녀는 1918년 도쿄여자미술학교를 졸업함과 동시에 작품 「경희」를 발표한다. 유학 중에는 여권 주창자로 활동했으며 귀국 후에는 최초의 여류 화가로서 활동했다. 이혼까지 마다하지 않는 급진적 삶으로 인해 화제를 뿌렸던 작가였으나 불우하게 무연고자 병동에서 사망하고 만다. 「경희」는 가부장제의 압제 속에서 신지식을 획득한 여성의 내적 고뇌를 다룬 수작으로 평가받고 있다.

발표　『여자계』, 1918. 3.

출전　『한국 현대 소설선 1』, 창작과비평사, 1996.

1

"아이구 무슨 장마가 그렇게 심해요."

하며 담배를 붙이는 뚱뚱한 마님은 오래간만에 오신 사돈마님이다.

"그리게 말이지요. 심한 장마에 아이들이 병(病)이나 아니 났습니까. 그동안 하인도 한 번도 못 보냈어요."

하며 마주 앉아 담배를 붙이는 머리가 희끗희끗하고 이마에 주름살이 두어 줄 보이는 마님은 이 이철원(李鐵原) 댁 주인마님이다.

"아이구 별말씀을 다 하십니다. 나 역 그랬어요. 아이들은 충실하나 어멈이 어째 수일 전부터 배가 아프다고 하더니 오날은 일어나 다니는 것을 보고 왔어요."

"어지간히 날이 더워야지요. 조곰 잘못하면 병나기가 쉬워요. 그래서 좀 걱정이 되셨겠습니까?"

"인저 났으니까요 마음이 놓여요. 그런데 애기가 일본서 와서 얼마나 반가우셔요."

하며 사돈마님은 잊었던 것을 깜짝 놀라 생각하는 듯이 말을 한다.

"그렇다말다요. 아들이라도 마음이 아니 놓일 터인데 처녀를 그러한 먼 데다 보내시고 그렇지 않겠습니까. 그런데 몸이나 충실했었는지요."

"네, 별 병은 아니 났나 보아요. 제 말은 아모 고생도 아니 된다 하나 어미 걱정시킬까 보아 하는 말이지, 그 좀 주리고 고생이 되었겠어요. 그래서 얼골이 꺼칠해요."

하며 뒤꼍을 향하여 "아가 아가, 서문안 사돈마님이 너 보러 오셨다" 한다.

"네."

하는 경희는 지금 시원한 뒷마루에서 오래간만에 만난 오라버니댁과 앉아서 오라버니댁은 버선을 깁고 경희는 앉은재봉틀에 자기 오라버니 양복 속적삼을 하며 일본서 지낼 때에 어느 날 어디를 가다가 하마터면 전차에 치일 뻔하였더란 말, 그래서 지금이라도 생각만 하면 몸이 아슬아슬하다는 말이며, 겨울이 오면 도무지 다리를 펴고 자본 적이 없고 그래서 아침에 일어나면 다리가 꼿꼿했다는 말, 일본에는 하루 걸러 비가 오는데 한번은 비가 심하게 퍼붓고 학교 상학 시간(上學時間)은 늦어서 그 굽 높은 나막신을 신고 부지런히 가다가 넘어져서 다리에 가죽이 벗겨지고 우산이 모두 찢어지고 옷에 흙이 묻어 어찌 부끄러웠었는지 몰랐었더라는 말, 학교에서 공부하던 이야기, 길에 다니며 보던 이야기 끝에 마침 어느 때 활동사진에서 보았던 어느 아이가 아버지가 장난을 못 하게 하니까 아버지를 팔아버리려고 광고를 써다가 제 집 문밖 큰 나무에다가 붙였더니 그때 마침 그 아이만 한 6, 7세 된 남매가 부모를 잃어버리고 방황하다가 꼭 두 푼 남은 돈을 꺼내들고 이 광고대로 아버지를 사려고 문을 두드리던 양을 반쯤 이야기하는 중이었다. 오라버니댁은 어느덧 바느질을 무릎 위에다가 놓고 '하하 허허' 하며 재미스럽게 듣고 앉았던 때라 "그래서 어떻게 되었소" 묻다가 눈살을 찌푸리며

"얼른 다녀오오." 간절히 청을 한다.

옆에 앉아서 빨래에 풀을 먹이며 열심히 듣고 앉았던 시월이도 혀를 툭툭 찬다.

"아무렴 내 얼른 다녀오리다."

경희는 이렇게 대답을 하고 제 이야기에 재미있어서 하는 것이 기뻐서 웃으며 앞마루로 간다.

경희는 사돈마님 앞에 절을 겸손히 하며 인사를 여쭈었다. 일 년 동안이나 잊어버렸던 절을 일전에 집에 도착할 때에 아버지 어머니에게 하였다. 하므로 이번에 한 절은 익숙하였다. 경희는 속으로 일본서 날마다 세로가로로 뛰며 장난하던 생각을 하고 지금은 이렇게 얌전하다 하며 웃었다.

"아이고 그 좋든 얼골이 어찌면 저렇게 못 되었나, 오작 고생이 되었었일라고."

사돈마님은 자비스러운 음성으로 말을 한다. 일부러 경희의 손목을 잡아 만졌다.

"똑 심한 시집살이 한 손 같고나. 여학생들 손은 비단결 같다는데 네 손은 웨 이러냐."

"살성(性)이 곱지 못해서 그래요."

경희는 고개를 칙으린다.

"제 손으로 빨래해 입고 밥까지 해 먹었다니까 그렇지요."

경희의 어머니는 담배를 다시 붙이며 말을 한다.

"저런, 그러면 집에서도 아니 하든 것을 객지에 가서 하는구나. 네 일본 학교 규칙은 그러냐?"

사돈마님은 깜짝 놀랐다. 경희는 아무 말 아니 한다.

"무얼요. 제가 제 고생을 사느라고 그랬지요. 그것 누가 시키면 하겠습니까. 학비도 넉넉히 보내주지마는 그 애는 별나게 바쁜 것이 자미라고 한답니다."

김부인은 아무 뜻 없이 어젯저녁에 자리 속에서 딸에게 들은 이야기를 한다.

"그건 왜 그리 고생을 하니."

사돈마님은 경희의 이마 위에 너펄너펄 내려온 머리카락을 두 귀밑에다 끼워주며 적삼 위로 등의 살도 만져보고 얼굴도 쓰다듬어준다.

"일본에는 겨울에도 불도 아니 때인대지, 그리고 반찬은 감질이 나도록 조곰 준대지 그것 어찌 사니?"

"네, 불은 아니 때나 견대어나면 관계치 않아요. 반찬도 꼭 먹을 만치 주지 모저러거나 그렇지는 아니해요."

"그러자니 모도가 고생이지. 그런데 네 형은 그동안 병이 나서 너를 못 보러 왔다. 아마 오늘 저녁 꼭은 올 터이지."

"네, 좀 보내주셔요. 발써부터 어찌 보고 싶었는지 몰라요."

"암 그렇지. 너 왔다는 말을 듣고 나도 보고 싶어하였는데 형제끼리 그렇지 않이랴."

이 마님은 원래 시집을 멀리 와서 부모 형제를 몹시 그리워해본 경험이 있는 터라 이 말에는 깊은 동정이 나타난다.

"거기를 또 가니? 인저 고만 곱게 입고 앉었다가 부잣집으로 시집가서 아들딸 낳고 자미드랍게 살지 그렇게 고생할 것 무엇 있니?"

아직 알지 못하여 그렇게 하지 못하는 것을 일러주는 것같이 경희에 대하여 말을 하다가 마주 앉은 경희 어머니에게 눈을 향하여 '그렇지 않소. 내 말이 옳지요' 하는 것 같았다.

"네, 하든 공부 마칠 때까지 가야지요."

"그것은 그리 많이 해 무엇 하니. 사내니 골을 간단 말이냐? 군 주사(郡主事)라도 한단 말이냐? 지금 세상에 사내도 배와가지고 쓸 데가 없어서 쩔쩔매는데……"

이 마님은 여간 걱정스러워 아니한다. 그리고 대관절 계집애를 일본까지 보내어 공부를 시키는 사돈영감과 마님이며 또 그렇게 배우면 대체 무엇 하자는 것인지를 몰라 답답해한 적은 오래전부터였으나 다른 집과 달라 사돈집 일이라 속으로는 늘 '저 계집애를 누가 데려가나' 욕을 하면서도 할 수 있는 대로는 모른 체하여 왔다가 오늘 우연한 좋은 기회에 걱정해오던 것을 말한 것이다.

경희는 이 마님 입에서 '어서 시집을 가거라. 공부는 해서 무엇 하니' 꼭 이 말이 나올 줄 알았다. 속으로 '옳지 그럴 줄 알았지' 하였다. 그리고 어제 오셨던 이모님 입에서 나오던 말이며 경희를 보실 때마다 걱정하시는 큰어머니 말씀과 모두 일치되는 것을 알았다. 또 작년 여름에 듣던 말을 금년 여름에도 듣게 되었다. 경희의 입술은 간질간질하였다.

'먹고 입고만 하는 것이 사람이 아니라 배우고 알아야 사람이에요. 당신 댁처럼 영감 아들 간에 첩이 넷이나 있는 것도 배우지 못한 까닭이고 그것으로 속을 썩이는 당신도 알지 못한 죄이에요. 그러니까 여편네가 시집가서 시앗을 보지 않도록 하는 것도 가르쳐야 하고 여편네 두고 첩을 얻지 못하게 하는 것도 가르쳐야만 합니다' 하고 싶었었다. 이 외에 여러 가지 예를 들어 설명도 하고 싶었었다. 그러나 이 마님 입에서는 반드시 오늘 아침에 다녀가신 할머니의 말씀과 같은 "얘, 옛날에는 여편네가 배우지 않아도 수부다남(壽富多男)하고 잘만 살아왔다. 여편네는 동서남북도 몰라야 복(福)이 많단다. 얘, 공부한 여학생들도 버리방아만 찧게 되더라. 사내가 첩 하나도 둘 줄 몰르면 그것이 사내냐?" 하던 말씀과 같이 꼭 이 마님도 할 줄 알았다. 경희는 쇠귀에 경을 읽지 하고 제 입만 아프고 저만 오늘 저녁에 또 이 생각으로 잠을 못 자게 될 것을 생각하였다. 또 말만 시작하게 되면 답답하여서 속이 불과 같이 탈 것, 자연 오랫동안 되면 뒷마루에서는 기다릴 것을 생각하여 차라리 일절 입을 다물었다. 더구나 이 마님은 입이 걸어서 한 말을 들으면 열 말쯤 거짓말을 보태어

여학생의 말이라면 어떻든지 흉만 보고 욕만 하기로는 수단이 용한 줄을 알았다. 그래서 이 마님 귀에는 좀처럼 한 변명이라든지 설명도 조금도 곧이가 들리지 않을 줄도 짐작하였다. 그리고 어느 때 경희의 형님이 경희더러 "애, 우리 시어머니 앞에서는 아모 말도 하지 마라. 더구나 시집 이야기는 일절 말아라. 여학생들은 예사로 시집 말들을 하더라. 아이구 망칙한 세상도 많아라. 우리 자라날 때는 어데 가 처녀가 시집 말을 해보아 하신다. 그뿐 아니라 여러 여학생 흠담을 어데 가서 그렇게 듣고 오시는지 듣고만 오시면 똑 나 들으라고 빗대놓고 하시난 말씀이 정말 내 동생이 학생이어서 그런지 도모지 듣기 싫더라. 일본 가면 계집애 버리너니 별별 못 들을 말씀을 다 하신단다. 그러니 아모쪼록 말을 조심해라" 한 부탁을 받은 것도 있다. 경희는 또 이 마님 입에서 무슨 말이 나올까 보아 마음이 조릿조릿하였다. 그래서 다른 말이 시작되기 전에 뒷마루로 달아나려고 궁둥이가 들썩들썩하였다.

"이따가 급히 입을 오라범 속적삼을 하던 것이 있어서 가보아야겠습니다."

고 경희는 앓던 이가 빠지니나 만큼 시원하게 그 앞을 면하고 뒷마루로 나서며 큰 숨을 한 번 쉬었다.

"왜 그리 늦었소? 그래서 그 아바지를 어떻게 했소."

오라버니댁은 그동안 버선 한 짝을 다 기워놓고 또 한 짝에 앞볼을 대다가 경희를 보자 무릎 위에다가 놓고 바싹 가까이 앉으며 궁금하던 이야기 끝을 재우쳐 묻는다. 경희의 눈살은 찌푸려졌다. 두 뺨이 실쭉해졌다. 시월이는 빨래를 개키다가 경희의 얼굴을 눈결에 슬쩍 보고 눈치를 채었다.

"작은아씨 서문안댁 마님이 또 시집 말씀을 하시지요?"

아침에 경희가 할머니 다녀가신 뒤에 마루에서 혼잣말로 "시집을 갈 때 가더라도 하도 여러 번 들으니까 인제 도모지 싫어 죽겠다" 하던 말을 시월이가 부엌에서 들었다. 지금도 자세히는 들리지 않으나 그런 말을 하는 것 같았다. 그래서 작은아씨의 얼굴이 저렇게 불량하거니 하였다. 경희는 웃었다. 그리고 바느질을 붙들며 이야기 끝을 연속한다. 안마루에서는 여전히 두 마님은 서로 술도 전하며 담배도 잡수면서 경희의 말을 한다.

"애기가 바누질을 다 해요?"

"녜, 바누질도 곧잘 해요. 남정의 윗옷은 못하지요마는 제 옷은 뀌매어 입지요."

"아이구 저런, 어느 틈에 바누질을 다 배왔어요. 양복 속적삼을 다 해요. 학생도 바누질을 다 하나요."

이 마님은 과연 여학생은 바늘을 쥘 줄도 모르는 줄 알았다. 더구나 경희와 같이 서울로 일본으로 쏘다니며 공부한다 하고 덜렁하고 똑 사내 같은 학생이 제 옷을 꿰매어 입는다 하는 말에 놀랐다. 그러나 역시 속으로는 그 바느질 꼴이 오죽할까 하였다. 김부인은 딸의 칭찬 같으나 묻는 말에 마지못하여 대답한다.

"어디 바누질이나 제법 앉어서 배울 새나 있나요. 그래도 차차 철이 나면 자연히 의사가 나나 보아요. 가라치지 아니해도 제절로 꾸매

게 되던구면요. 어려운 공부를 하면 의사가 틔우나 봐요."

김부인은 말끝을 끊었다가 다시 말을 한다. 이 마님 귀에는 똑 거짓말 같다.

"양복 속적삼은 작년 여름에 남대문 밖에서 일녀(日女)가 와서 가라치든 재봉틀 바누질 강습소에를 날마다 다니며 배왔지요. 제 조카들의 양복도 해서 입히고 모자도 해서 씌우고 또 제 오라비 여름 양복까지 했어요. 일어(日語)를 아니까 선생하고 친하게 되어서 다른 사람에게는 가라쳐주지 않는 것까지 다 가라쳐주더래요. 낮에는 배와가지고 와서는 밤이면 똑 열두시 새로 한시까지 앉어서 배운 것을 보고 그대로 그리고 모다 치수를 적고 했어요. 나는 그게 무엇인가 하였더니 나중에 재봉틀 회사 감독이 와서 그러는데 '이제까지 일어로만 한 것이야서 부인네들 가라치기에 불편하더니 따님의 맨든 책으로 퍽 유익하게 쓰겠습니다' 하는 말에 그런 것인 줄 알았어요. 참, 가라치면 어디든지 그렇게 쓸 데가 있던구면요. 그뿐 아니라 그 점잖은 일본 사람들에게도 어찌 존대를 받는지 몰라요. 그 애가 왔단 말을 어디서 들었는지 감독이 일부러 일전에 또 찾아왔어요. 일본서 졸업하고는 기어이 자기 회사의 일을 보아달라고 하더래요. 처음에는 월급 일천오백 냥은 쉽대요. 차차 올르면 삼 년 안에 이천오백 냥은 받는다는데요. 다른 여자는 제일 많은 것이 칠백쉰 냥이라는데 아마 그 애는 일본까지 가서 공부한 까닭인가 보아요. 저것도 그 애가 재봉틀에 한 것입니다."

하며 맞은편 벽에 유리에 늘여 걸어놓은, 앞에 물이 흐르고 뒤에 나

무가 총총한 촌(村) 경치를 턱으로 가리킨다. 경희의 어머니는 결코 여기까지 딸의 말을 하려고 한 것이 아니었다. 한 것이 자연 월급 말까지 하게 된 것은 부지중에 여기까지 말하였다. 김부인은 다른 부인네들보다 더구나 이 사돈마님보다는 훨씬 개명(開明)을 한 부인이다. 근본 성품도 결코 남의 흉을 보는 부인은 아니었고 혹 부인네들이 모여 여학생들의 못된 점을 꺼내어 흉을 보든지 하면 그렇지 않다고까지 반대를 한 적도 많으니 이것은 대개 자기 딸 경희를 기특히 아는 까닭으로 여학생은 바느질을 못한다든가, 빨래를 아니 한다든가, 살림살이를 할 줄 모른다든가 하는 말이 모두 일부러 흉을 만들어 말하거니 했다. 그러나 공부해서 무엇 하는지, 왜 경희가 일본까지 가서 공부를 하는지, 졸업을 하면 무엇에 쓰는지는 역시 김부인도 다른 부인과 같이 몰랐다. 혹 여러 부인이 모여서 따님은 그렇게 공부를 시켜서 무엇 하나요? 질문을 하면 "누가 아나요, 이 세상에는 계집애라도 배와야 한다니까요." 이렇게 자기 아들에게 늘 들어오던 말로 어물어물 대답을 할 뿐이었다. 김부인은 과연 알았다. 공부를 많이 할수록 존대를 받고 월급도 많이 받는 것을 알았다. 그렇게 번질한 양복을 입고 금시곗줄을 늘인 점잖은 감독이 조그마한 여자를 일부러 찾아와서 절을 수없이 하는 것이라든지, 종일, 한 달 삼십 일을 악을 쓰고 속을 태우는 보통학교 교사는 많아야 육백스무 냥이고 보통 오백 냥인데 "천천히 놀면서 일 년에 병풍 두 짝만이라도 잘만 놓아주시면 월급을 꼭 사십 원씩은 드리지요" 하는 말에 김부인은 과연 공부라는 것은 꼭 해야 할 것이고 하면 조금 하는 것보다 일본까지 보내서 시켜야만 할 것을 알았다. 그리고 어느 날 저녁에 경희가 "공부를 하면 많이 해야겠어요. 그래야 남에게 존대를 받을 뿐 외라 저도 사람 노릇을 할 것 같애요" 하던 말이 아마 이래서 그랬던가 보다 하였다. 김부인은 인제부터는 의심 없이 확실히 자기 아들이 경희를 왜 일본까지 보내라고 애를 쓰던 것, 지금 세상에는 여자도 남자와 같이 많이 가르쳐야 할 것을 알았다. 그래서 김부인은 이제까지 누가 "따님은 공부를 그렇게 시켜 무엇 합니까?" 물으면 등에서 땀이 흐르고 얼굴이 벌겋게 취해지며 이럴 때마다 아들만 없으면 곧이라도 데려다가 시집을 보내고 싶은 생각도 많았었으나 지금 생각하니 아들이 뒤에 있어서 자기 부부가 경희를 데려다 시집을 보내지 못하게 한 것이 다행하게 생각된다. 그리고 지금부터는 누가 묻든지 간에 여자도 공부를 시켜야 의사가 나서 가르치지 아니한 바느질도 할 줄 알고 일본까지 보내어 공부를 많이 시켜야 존대를 받을 것을 분명히 설명까지라도 할 것 같다. 그래서 오늘도 사돈마님 앞에서도 부지중 여기까지 말을 하는 김부인의 태도는 조금도 주저하는 빛도 없고, 그 얼굴에는 기쁨이 가득하고 그 눈에는 '나는 이러한 영광을 누리고 이러한 재미를 본다' 하는 표정이 가득하다.

사돈마님은 반신반의로 어떻든 끝까지 들었다. 처음에는 물론 거짓말로 들을 뿐만 아니라, 속으로 '너는 아마 큰 계집애를 버려놓고 인제 시집보낼 것이 걱정이니까 저렇게 없는 칭찬을 하나 보구나' 하며 이야기하는 김부인의 눈이며 입을 노려보고 앉았다. 그러나 이야기가 점점 길어갈수록 그럴듯하다. 더구나 감독이 왔더란 말이며 존대를 하더란 것이며 사내도 여간한 군 주사(郡主事)쯤은 바랄 수도 없는 월급을 이천 냥까지 주겠더란 말을 들을 때는 설마 저렇게까지 거짓말을 할까 하는 생각이 난다. 사돈마님은 아직도 참말로는 알고 싶지 않으나 어쩐지 김부인의 말이 거짓말 같지는 아니하다. 또 벽에 걸린 수(繡)도 확실히 자기 눈으로 볼 뿐 아니라 쉴새없이 바퀴 구르는 재봉틀 소리가 당장 자기 귀에 들린다. 마님 마음은 도무지 이상하다. 무슨 큰 실패나 한 것도 같다. 양심은 스스로 자복(自服)하였다. '내가 여학생을 잘못 알아왔다. 정말 이 집 딸과 같이 계집애도 공부를 시켜야겠다. 어서 우리집에 가서 내외시키던 손녀딸들을 내일부터 학교에 보내야겠다'고 꼭 결심을 했다. 눈앞이 아물아물해오고 귀가 찡한다. 아무 말 없이 눈만 끔벅끔벅하고 앉았다. 뒤꼍으로 불어 들어오는 시원한 바람 중에는 젊은 웃음 소리가 사(沙)접시를 깨트릴 만치 재미스럽게 싸여 들어온다.

2

"이 더운데 작은아씨 무얼 그렇게 하십니까?"

마루 끝에 떡함지를 힘없이 놓으며 땀을 씻는다. 얼굴은 얽죽얽죽 얽고 머리는 평양머리를 해서 얹고 알록달록한 면주 수건을 아무렇게나 쓴 나이가 한 사십 가량 된 떡장수는 으레 하루에 한 번씩 이 집을 들른다.

"심심하니까 장난 좀 하오."

경희는 앞치마를 치고 마루 끝에 서서 서투른 칼질로 파를 썬다.

"어느 틈에 김치 당그는 것을 다 배우셨어요, 날마다 다니며 보아야 작은아씨는 도모지 노시는 것을 못 보았습니다. 책을 보시지 않으면 글씨를 쓰시고 바누질을 아니 하시면 저렇게 김치를 당그시고……"

"여편네가 여편네 할 일을 하는 것이 무어이 그리 신통할 것 있소."

"작은아씨 같은 이나 그렇지 어느 여학생이 그렇게 마음을 먹는 이가 있나요."

떡장수는 무릎을 치며 경희의 앞으로 바싹 앉는다. 경희는 빙긋이 웃는다.

"그건 떡장사가 잘못 안 것이지. 여학생은 사람 아니오? 여학생도 옷을 입어야 살고 음식을 먹어야 살 것 아니오?"

"아이구 그러게 말이지요, 누가 아니래요. 그러나 작은아씨같이 그렇게 아는 여학생이 어데 있어요?"

"자, 칭찬 많이 받았으니 떡이나 한 시무 냥아치 살까!"

"어이구 어멈을 저렇게 아시네. 떡 팔아먹을랴고 그런 것은 아니야요."

변덕이 뒤룩뒤룩한 두 뺨의 살이 축 처진다. 그리고 너는 나를 잘못 아는구나 하는 원망으로 두둑한 입술이 삐쭉한다. 경희는 곁눈으로 보았다. 그 마음을 짐작하였다.

“아니요, 부러 그랬지. 칭찬을 받으니까 좋아서……”

“아니야요. 칭찬이 아니라 정말이야요.”

다시 정다이 바싹 앉으며 허허…… 너털웃음을 한판 내쉰다.

“정말 몇 해를 두고 날마다 다니며 보아야 작은아씨처럼 낮잠 한 번도 지무시지 않고 꼭 무엇을 하시는 아씨는 처음 보았어요.”

“떡장사 오기 전에 자고 떡장사가 가면 또 자는 걸 보지를 못하였지.”

“또 저렇게 우쉰 말씀을 하시네. 떡장사가 아모 때나 아침에도 다녀가고 낮에도 다녀가고 저녁때도 다녀가지 학교에 다니는 학생같이 시간을 맞춰서 다니나요! 응? 그렇지 않소.”
하며 툇마루에서 맷돌에 풀 갈고 있는 시월이를 본다. 시월이는

“그래요, 어데가 아프시기 전에는 한 번도 낮잠 지무시는 일 없어요.”

“여보, 떡장사 떡이 다 쉬면 어찌할라고 이렇게 한가히 앉아서 이야기를 하오.”

“아니 관계치 않아요.”

떡장수의 말소리는 아무 힘이 없다. 떡장수는 이 작은아씨가 “그래서 어쨌소” 하며 받아만 주면 이야기할 것이 많았다. 저의 집 떡방아 찧던 일꾼에게서 들은, 요새 신문에 어느 여학생이 학교 간다고 나가서는 며칠 아니 들어오는 고로 수색을 해보니까 어느 사내에게 꼬임을 받아서 첩이 되었더란 말이며, 어느 집에는 며느리를 여학생을 얻어왔더니 버선 깁는데 올도 찾을 줄 몰라 모두 삐뚜로 대었더란

말, 밥을 하였는데 반은 태웠더란 말, 날마다 사방으로 쏘다니며 평균 한마디씩 들어온 여학생의 험담을 하려면 부지기수이었다. 그래서 이렇게 신이 나서 무릎을 치고 바싹 들어앉았었으나, 경희의 말대답이 너무 냉정하고 점잖으므로 떡장수의 속에서 벅차오르던 것이 어느덧 거품 꺼지듯 꺼졌다. 떡장수의 마음은 무엇을 잃은 것같이 공연히 서운하다. 떡바구니를 들고 일어설까 말까 하나 어쩐지 딱 일어설 수도 없다. 그래서 떡바구니를 두 손으로 누른 채로 앉아서 모른 체하고 칼질하는 경희의 모양을 아래위로 훑어도 보고 마루를 보며 선반 위에 얹힌 소반의 수효도 세어보고 정신없이 얼빠진 것같이 앉았다.

"흰떡 댓 냥아치하고 개피떡 두 냥 반어치만 내놓게."

김부인은 고운 돗자리 위에 부채질을 하면서 드러누웠다가 딸 경희가 좋아하는 개피떡하고 아들이 잘 먹는 흰떡을 내놓으라 하고 주머니에서 돈을 꺼낸다. 떡장수는 멀거니 앉았다가 깜짝 놀라 내놓으라는 떡 수효를 몇 번씩 되풀이해 세어서 내놓고는 뒤도 돌아다보지를 않고 떡바구니를 이고 나가다가 다시 이 댁을 오지 못하면 떡을 못 팔게 될 생각을 하고 "작은아씨 내일 또 와요. 허허허" 하며 대문을 나서서는 큰 숨을 쉬었다. 생삼팔(生三八) 두루마기 고름을 달고 앉았던 경희의 오라버니댁이며 경희며 시월이며 서로 얼굴들을 치어다보며 말없이 씽긋씽긋 웃는다. 경희는 속으로 기뻐한다. 무엇을 얻은 것 같다. 떡장수가 다시는 남의 흉을 보지 아니하리라 생각할 때에 큰 교육을 한 것도 같다. 경희는 칼자루를 들고 앉아서 무슨 생각을 곰곰이 한다.

"참, 애기는 못 할 것이 없다."

얼굴에 수색(愁色)이 가득하여 시름없이 두 손을 마주 잡고 앉았다가 간단히 이 말을 하고는 다시 입을 꾹 다물며 한숨을 산이 꺼지도록 쉬는 한 여인에게는 아무도 모르는 큰 걱정과 설움이 있는 것 같다. 이 여인은 근 이십 년 동안이나 이 집과 친하게 다니는 여인이라 경희의 형제들은 아주머니라 하고 이 여인은 경희의 형제를 자기의 친조카들같이 귀애(貴愛)한다. 그래서 심심하여도 이 집으로 오고 속이 상할 때에도 이 집으로 와서 웃고 간다. 그런데 이 여인의 얼굴은 항상 검은 구름이 끼고 좋은 일을 보든지 즐거운 일을 당하든지 끝에는 반드시 휘 한숨을 쉬는 쌓이고 쌓인 설움의 원인을 알고 보면 누구라도 동정을 아니 할 수 없다.

이 여인은 노년 과부라 남편을 잃은 후로 애절복통을 하다가 다만 재미를 붙이고 낙을 삼는 것은 천행만행(千幸萬幸)으로 얻은 유복자 수남(壽男)이 있음이라. 하루 지나면 수남이도 조금 크고 한 해 지나면 수남이가 한 살이 는다. 겨울이면 추울까 여름이면 더울까 밤에 자다가도 곤히 자는 수남의 투덕투덕한 볼기짝을 몇 번씩 뚜덕뚜덕 하던 세상에 둘도 없는 귀한 아들은 어느덧 나이 십육세에 이르러 사방에서 혼인하자는 말이 끊일 새 없었다. 수남의 어머니는 새로이 며느리를 얻어 혼자 재미를 볼 것이며 남편도 없이 혼자 폐백 받을 생각을 하다가 자리 속에서 눈물도 많이 흘렸다. 그러나 행여 이렇게 눈물을 흘려 귀중한 아들에게 사위스러울까 보아 할 수 있는 대로는 슬픔을 기쁨으로 돌려 생각하고 눈물을 웃음으로 이루려 하였다. 그래서 알뜰살뜰히 돈이며 패물 등속을 며느리 얻으면 주려고 모았다. 유일무이(唯一無二)의 아들을 장가들이는 데는 꺼리는 것도 많고 보는 것도 많았다. 그래서 며느리 선을 시어머니가 보면 아들이 가난하게 산다고 하는 고로 수남의 어머니는 일체 중매에게 맡기고 궁합이 맞는 것으로만 혼인을 정하였다. 새 며느리를 얻고 아들과 며느리 사이에 옥 같은 손녀며 금 같은 손자를 보아 집안이 떠들썩하고 재미가 펴부을 것을 날마다 상상하며 기다리던 며느리는 과연 오늘의 이 한숨을 쉬게 하는 원수이다. 열일곱에 시집온 후로 팔 년이 되도록 시어머니 저고리 하나도 꿰매어서 정다이 드려보지 못한 철천지한을 시어머니 가슴에 안겨준 이 며느리다. 수남의 어머니는 본래 성품이 순하고 덕스러우므로 아무쪼록 이 며느리를 잘 가르치고 잘 만들려고 애도 무한히 쓰고 남모르게 복장도 많이 쳤다. 이러면 나을까 저렇게 하면 사람이 될까 하여 혼자 궁구(窮究)도 많이 하고 타이르고 가르치기도 수없이 하였으나 어제가 오늘 같고 내일도 일반이라, 바늘을 쥐여주면 곧 졸고 앉았고 밥을 하라면 죽은 쑤어놓으나 거기다가 나이가 먹어갈수록 마음만 엉뚱해가는 것은 더구나 사람을 기가 막히게 한다. 이러하니 때로 속이 상하고 날로 기가 막히는 수남의 어머니는 이 집에 올 때마다 이 집 며느리가 시어머니 저고리를 얌전히 하는 것을 보면 나는 이 며느리 손에 저렇게 저고리 하나도 얻어 입어보지를 못하나 하며 한숨이 나오고, 경희가 부지런한 것을 볼 때에 나는 왜 저런 민첩한 며느리를 얻지 못하였는가 하며 한숨을 쉬는 것은 자연한 인정이리라. 그러므로 이렇게 멀거니 앉아서 경희가 김치 담그는 양을 보며 또 떡장사가 한참 떠들고 간 뒤에 간단한 이 말을 하는 끝에 한숨을 쉬는 그 얼굴은 차마 볼 수가 없다. 머리를 숙이고 골몰히 칼질하던 경희는 이미 이 아주머니의 설움의 원인을 아는 터이라 그 한숨 소리가 들리자 온몸이 찌르르하도록 동정이 간다. 경희는 이 자극을 받는 동시에 이와 같이 조선 안에 여러 불행한 가정의 형편이 방금 제 눈앞에 보이는 것 같았다. 힘 있게 칼자루로 도마를 탁 치는 경희는 무슨 큰 결심이나 하는 것 같다. 경희는 굳게 맹서하였다. '내가 가질 가정은 결코 그런 가정이 아니다. 나뿐 아니라 내 자손, 내 친구, 내 문인(門人) 들이 만들 가정도 결코 이렇게 불행하게 하지 않는다. 오냐, 내가 꼭 한다' 하였다. 경희는 껑충 뛴다. 안부엌에서 땀을 뻘뻘 흘리며 풀 쑤는 시월이를 따라간다.

"애, 나하고 하자. 부뜨막에 올라앉아서 풀막대기로 절랴? 아궁이 앞에 앉아서 때울랴? 어떤 것을 하였으면 좋겠니? 너 하라는 대로 할 터이니. 두 가지를 다 할 줄 안다."

"아이구 고만두셔요, 더운데."

시월이는 더운데 혼자 풀을 저으면서 불을 때느라고 끙끙하던 중이다. "아이구 이년의 팔자." 한탄을 하면 눈을 멀거니 뜨고 밀짚을 끌어 때고 앉았던 때라, 작은아씨의 이 말 한마디는 더운 중에 바람 같고 괴로움에 웃음이다. 시월이는 속으로 '저녁 진지에는 작은아씨가 즐기시는 옥수수를 어디 가서 맛있는 것을 얻어다가 쪄서 드려야겠다' 하였다. 마지못하여,

"그러면 불을 때셔요. 제가 풀을 저을 것이니……"

"그래, 어려운 것은 오랫동안 졸업한 네가 해라."

경희는 불을 때고 시월이는 풀을 젓는다. 위에서는 푸푸 부글부글 하는 소리, 아래에서는 밀짚의 탁탁 튀는 소리, 마치 경희가 동경 음악학교 연주회석에서 듣던 관현악주 소리 같기도 하다. 또 아궁이 저 속에서 밀짚 끝에 불이 댕기며 점점 불빛이 강하게 번지는 동시에 차차 아궁이까지 가까워지자 또 점점 불꽃이 약해져가는 것은 마치 피아노 저 끝에서 이 끝까지 칠 때에 붕붕 하던 것이 점점 땡땡 하도록 되는 음률과 같이 보인다. 열심으로 젓고 앉은 시월이는 이러한 재미스러운 것을 모르겠구나 하고 제 생각을 하다가 저는 조금이라도 이 묘한 미감(美感)을 느낄 줄 아는 것이 얼마큼 행복하다고도 생각하였다. 그러나 저보다 몇십백 배 묘한 미감을 느끼는 자가 있으려니 생각할 때에 제 눈을 빼어버리고도 싶고 제 머리를 뚜드려 바치고도 싶다. 뻘건 불꽃이 별안간 파란빛으로 변한다. 아, 이것도 사람인가, 밥이 아깝다 하였다. 경희는 부지중 "자미도 스럽다" 하였다.

"대체 작은아씨는 별것도 다 자미있다고 하십니다. 빨래하면 뗏국물 흐르는 것도 자미있다 하시고, 마루 걸레질을 치시면 아직 안 친 한편 쪽 마루의 뿌연 것이 보기 자미있다 하시고, 마당을 쓸면 티끌 많아지는 것이 자미있다 하시고, 나중에는 무엇까지 자미있다고 하실는지 뒷간에 구데기 끓는 것은 자미있지 않으셔요?"

경희는 속으로 '오냐, 물론 그것까지 재미있게 보여야 할 것이다. 그러나 내 눈은 언제나 그렇게 밝아지고 내 머리는 어느 때나 거기까지 발달될는지 불쌍하고 한심스럽다' 하였다.

"애, 그런데 말끝이 나왔으니까 말이다 빨래 언제 하니?"

"왜요? 모레는 해야겠어요."

"그러면 저녁때 늦지?"

"아마 늦일걸이요."

"일쯕 끝이 나더라도 개천에 겨 살아라. 그러면 건는방 아씨하고 저녁 해놀 터이니 늦게 들어와서 잡수어라. 내 손으로 한 밥맛이 어떤가 보아라. 히히히."

시월이도 같이 웃는다. 어쩌면 사람이 저렇게 인정스러운가 한다. 누가 나 먹으라고 단 참외나 주었으면 저 작은아씨 갖다 드리게, 속으로 혼잣말을 한다. 과연 시월이는 그렇게 고마운 소리를 들을 때마다 황송스러워 어찌할 수가 없다. 그래서 입이 있으나 어떻게 말할 줄도 모르고 다만 작은아씨가 잘 먹는 과실은 아는지라, 제게 돈이 있으면 사다가라도 드리고 싶으나 돈은 없으므로 사지는 못하되 틈틈이 어디 가서 옥수수며 살구는 곧잘 구해다가 드렸다. 이렇게 경희와 시월이 사이는 사이가 좋을 뿐 외라 이번에 경희가 일본서 올 때에 시월의 자식 점동(點童)이에게는 큰댁 애기네들보다 더 좋은 장난감을 사다가 준 것은 시월의 뼈가 녹기 전까지는 잊을 수가 없다.

"애, 그런데 너와 일할 것이 꼭 하나 있다."

"무엇이야요?"

"글쎄 무엇이든지 내가 하자면 하겠니?"

"아무렴요, 하지요!"

"너 왜 그렇게 우물 두덩을 더럽게 해놓니. 도모지 더러워 볼 수가 없다. 그러니 내일부터 서름질 뒤에는 꼭 날마다 나하고 우물 두덩을 치우자. 너 혼자만 하라는 것은 아니다. 그렇게 하겠니?"

"녜, 제가 혼자 날마다 치우지요."

"아니 나하고 같이 해…… 자미스럽게 하하하."

"또 자미요? 하하하하."

부엌이 떠들썩하다. 안마루에서 들으시던 경희 어머니는 또 웃음이 시작되었군 하신다.

"아이, 무엇이 그리 우순지 그 애가 오면 밤낮 셋이 몰겨다니며 웃는 소리에 도모지 산란해 못 견대겠어요. 젊었을 때는 말똥 구르는 것이 다 우습다더니 그야말로 그런가 보아요."

수남 어머니에게 대하여 말을 한다.

"웃는 것밖에 좋은 것이 어데 있습니까. 댁에를 오면 산 것 같습니다."

수남 어머니는 또 휘 한숨을 쉰다. 마루에 혼자 떨어져 바느질하던 건넌방 색시는 웃음 소리가 들리자 한 발에 신을 신고 한 발에 짚신을 끌며 부엌 문지방을 들어서며,

"무슨 이야기오? 나도……" 한다.

3

"마누라, 지무시오?"

이철원(李鐵原)은 사랑에서 들어와 안방 문을 열고 경희와 김부인 자는 모기장 속으로 들어선다. 김부인은 깜짝 놀라 일어앉는다.

"왜 그러셔요. 어디가 편치 않으셔요?"

"아니, 공연히 잠이 아니 와서……"

"왜요?"

이때에 마루 벽에 걸린 자명종은 한 번을 뗑 친다.

"드러누어서 곰곰 생각을 하다가 마누라하고 의논을 하러 들어왔소!"

"무얼이오?"

"경희 혼인일 말이오. 도모지 걱정이 되어 잠이 와야지."

"나 역 그래요."

"이번 혼처는 꼭 놓치지를 말고 해야지 그만 한 곳 없소. 그 신랑 아버지는 자난 전부터 익숙히 아는 터이니까 다시 알아볼 것도 없고 당자도 그만 하면 쓰지 별 아이 어데 있나. 장자(長子)이니까 그 많은 재산 다 상속될 터이고 또 경희는 그런 대갓집 맏며누리감이지……"

"글쎄, 나도 그만 한 혼처가 없는 줄 알지마는 제가 그렇게 열길이나 뛰고 싫대는 것을 어떻게 한단 말이오. 그렇게 싫다고 하는 것을 억지로 보내었다가 나중에 불길한 일이나 있으면 자식이라도 그 원망을 어떻게 듣잔 말이오……"

"아……니, 불길할 일이 있을 까닭이 있나. 인품이 그만 하겠다 추수를 수천 석 하겠다, 그만 하면 고만이지 그러면 어떻게 하잔 말이오. 계집애가 열아홉 살이 적소?"

김부인은 잠잠히 있다. 이철원은 혀를 툭툭 차며 후회를 한다.

"내가 잘못이지, 계집애를 일본까지 보내다니. 계집애가 시집가기를 싫다니 그런 망칙한 일이 어데 있어. 남이 알까 보아 무섭지. 발써 적합한 혼처를 몇 군데를 놓쳤으니 어떻게 하잔 말이야. 아이……"

"그러면 혼인을 언제로 하잔 말이오?"

"저만 대답하면 지금이라도 곧 하지. 오날도 재촉 편지가 왔는데…… 이왕 계집애라도 그만치 가라쳐놓았으니까 옛날처럼 부모끼리로 할 수는 없고 해서 발써 사흘째 불러다가 타일르나 도모지 말을 들어먹어야지. 계집년이 되지 못한 고집은 왜 그리 시운지. 신랑 삼촌은 기어이 조카며누리를 삼아야겠다고 몇 번을 그랬는지 모르는데……"

"그래 무엇이라고 대답하셨소?"

"글쎄 남이 부끄럽게 계집애더러 물어본다나 무엇이라나. 그렇지 않아도 큰 계집애를 일본까지 보냈느니 어떠니 하고 욕들을 하는데 그래서 생각해본다고 했지."

"그러면 거기서는 기다리겠소 그래."

"암, 그게 발써 올 정월부터 말이 있던 것인데 동네집 시악시 믿고 장가 못 간다더니……"

"아이, 그러면 속히 좌우간 결정을 내야겠는데 어떻게 하나. 저는 기어이 하든 공부를 마치기 전에는 죽어도 시집은 아니 가겠다 하는데, 그리고 더구나 그런 부잣집에 가서 치맛자락 늘이고 싶은 마음은 꿈에도 없다고 한다오. 그래서 제 동생 시집갈 때도 제 것으로 해놓은 고운 옷은 모다 주었습넨다. 비단치마 속에 근심과 설움이 있느니라 한다오. 그 말도 옳긴 옳어."

김부인은 자기도 남부럽지 않게 이제껏 부귀하게 살아왔으나 자기 남편이 젊었을 때 방탕하여서 속이 상하던 일과 철원 군수(鐵原郡守)로 갔을 때도 첩이 두셋씩 되어 남몰래 속이 썩던 생각을 하고 경희가 이런 말을 할 때마다 말은 아니 하나 속으로 딴은 네 말이 옳다 한 적이 많았다.

"아이, 아니꺼운 년. 그러기에 계집애를 가라치면 건방져서 못쓴다는 말이야…… 아직 철을 몰러서 그렇지…… 글쎄 그것도 그렇지 않소. 오작 한 집에서 혼인을 거꾸로 한단 말이오. 오작 형이 못나야 아오가 먼저 시집을 가더란단 말이오. 김판사 집도 우리집 내용을 다 아는 터이니까 혼인도 하자지 누가 거꾸로 혼인한 집 시액시를 데려 갈랴겠소. 아니, 이번에는 꼭 해야지……"

부인의 말을 들으며 그럴듯하게 생각하던 이철원은 이 거꾸로 혼인한 생각을 하니 마음이 급자기 졸여진다. 그리고 생각할수록 이번 김판사 집 혼처를 놓치면 다시는 그런 문벌 있고 재산 있는 혼처를 얻을 수가 없을 것 같다. 그래서 두말할 것 없이 이번 혼인은 강제로라도 시킬 결심이 일어난다. 이철원은 벌떡 일어선다.

"계집애가 공부는 그렇게 해서 무엇 해? 그만치 알았으면 고만이지. 일본은 누가 또 보내기는 하구? 이번에는 무가내지, 기어이 그 혼처하고 해야지. 내일 또 한 번 불러다가 아니 듣거든 또 물을 것 없이 곧 해버려야지……"

노기(怒氣)가 가득하다. 김부인은 '그렇게 하시오'라든지 '마시오'라든지 무엇이라고 대답할 수가 없다. 다만 시름없이 자기가 풍병(風病)으로 누울 때마다 경희를 시집보내기 전에 돌아갈까 보아 아슬아슬하던 생각을 하며

"딴은 하나 남은 경희를 마저 내 생전에 시집을 보내놓아야 내가 죽어도 눈을 감겠는데" 할 뿐이다.

이철원은 일어서다가 다시 앉으며 나직한 소리로 묻는다.

"그런데 일본 보내서 버리지는 않은 모양이오?"

"아니요, 그전보다 더 부지런해졌어요. 아침이면 제일 몬저 일어납넨다. 그래서 마루 걸레질이며 마당이며 멀겋게 치어놓지요. 그뿐인가요. 떡 허면 떡방아 다 찧도록 체질해주기…… 그러게 시월이는 좋아서 죽겠다지요……"

김부인은 과연 경희가 날마다 일하는 것을 볼 때마다 큰 안심을 점점 찾았다. 그것은 경희를 일본 보낸 후로는 남들이 비난할 때마다 입으로는 말을 아니 하나 항상 마음으로 염려되는 것은 경희가 만일에 일본까지 공부를 갔다고 난 체를 한다든지 공부한 위세로 사내같이 앉아서 먹자든지 하면 그 꼴을 어떻게 남이 부끄러워 보잔 말인고

하고 미상불 걱정이 된 것은 어머니 된 자의 딸을 사랑하는 자연한 정(情)이라. 경희가 일본서 오던 그 이튿날부터 앞치마를 치고 부엌으로 들어갈 때에 오래간만에 쉬러 온 딸이라 말리기는 하였으나 속으로는 큰 숨을 쉴 만치 안심을 얻은 것이다. 경희 가족은 누구나 다 아는 바와 같이 경희의 마루 걸레질, 다락 벽장 치움새는 전부터 유명하였다. 그래서 경희가 서울 학교에 있을 때 일 년에 세 번씩 휴가에 오면 으레 다락 벽장이 속속까지 목욕을 하게 되었다. 또 김부인의 마음에도 경희가 치우지 않으면 아니 맞도록 되었다. 그래서 다락이 지저분하다든지 벽장이 어수선하게 되면 벌써 경희가 올 날이 며칠 아니 남은 것을 안다. 그리고 경희가 집에 온 그 이튿날은 경희를 보러 오는 사촌형님들이며 할머니 큰어머니는 한 번씩 열어보고 "다락 벽장이 분을 발랐고나" 하시고 "깨끗하기도 하다" 하시며 칭찬을 하시었다. 이것이 경희가 집에 가는 그 전날 밤부터 기뻐하는 것이고 경희가 집에 온 제일의 표적(標蹟)이었다. 김부인은 이번에 경희가 일본서 오면 연년(年年) 세 번씩 목욕을 시켜주던 다락 벽장도 치워주지 아니할 줄만 알았다. 그러나 경희는 여전히 집에 도착하면서 부모님에게 인사 여쭙고는 첫 번으로 다락 벽장을 열었다. 그리고 그 이튿날 종일 치웠다. 그런데 이번 경희의 소제 방법(掃除方法)은 전과는 전혀 다르다. 전에 경희의 소제 방법은 기계적이었다. 동쪽에 놓았던 제기(祭器)며 서쪽 벽에 걸린 표주박을 쓸고 문질러서는 그 놓았던 자리에 그대로 놓을 줄만 알았다. 그래서 있던 거미줄만 없고 쌓였던 먼지만 털면 이것이 소제인 줄만 알았다. 그러나 이번 소제 방법은 다르다. 건조적(建造的)이고 응용적이다. 가정학에서 배운 질서, 위생학에서 배운 정리, 또 도화(圖畵) 시간에 배운 색과 색의 조화, 음악 시간에 배운 장단의 음률을 이용하여 지금까지의 위치를 전혀 뜯어고치게 된다. 자기(磁器)를 도기(陶器) 옆에다도 놓아보고 칠첩 반상을 칠기(漆器)에도 담아본다. 주발 밑에는 주발보다 큰 사발을 받쳐도 본다. 흰 은쟁반 위로 노르스름한 종굴바가지도 늘여본다. 큰 항아리 다음에는 병(瓶)을 놓는다. 그리고 전에는 컴컴한 다락 속에서 먼지 냄새에 눈살도 찌푸렸을 뿐 외라 종일 땀을 흘리고 소제하는 것은 가족에게 들을 칭찬의 보수(報酬)를 받으려 함이었다. 그러나 이번에는 이것도 다르다. 경희는 컴컴한 속에서 제 몸이 이리저리 운동케 되는 것을 여간 재미스럽게 생각지 않았다. 일부러 빗자루를 놓고 쥐똥을 집어 냄새도 맡아보았다. 그리고 경희가 종일 일하는 것은 아무 바라는 보수도 없다. 다만 제가 저 할 일을 하는 것밖에 아무것도 없다. 이렇게 경희의 일동일정(一動一靜)의 내막에는 자각이 생기고 의식적으로 되는 동시에 외형으로 활동할 일은 때로 많아진다. 그래서 경희는 할 일이 많다. 만일 경희의 친한 동무가 있어서 경희의 할 일 중에 하나라도 해준다 하면 비록 그 물건이 경희의 손에 있다 하더라도 그것은 경희의 것이 아니라 동무의 것이다. 이러므로 경희가 좋은 것을 갖고 싶고 남보다 많이 갖고 싶을진댄 경희의 힘으로 능히 할 만한 일은 행여나 털끝만 한 일이라도 남더러 해달라고 할 것이 아니다. 조금이라도 남에게 빼앗길 것이 아니다. 아아, 다행이다. 경희의 넓적다리에는 살이 쪘고 팔뚝은 굵다. 경희는 이 살이 다 빠져서 걸을 수가 없을 때까지, 팔뚝이 힘이 없어 늘어질 때까지 할 일이 무한이다. 경희가 가질 물건도 무수하다. 그러므로 낮잠을 한번 자고 나면 그 시간 자리가 완연히 턱이 난다. 종일 일을 하고 나면 경희는 반드시 조금씩 자라난다. 경희가 갖는 것은 하나씩 늘어간다. 경희는 이렇게 아침부터 저녁까지 얻기 위하여 자라갈 욕심으로 제 힘껏 일을 한다.

이철원도 자기 딸의 일하는 것을 날마다 본다. 또 속으로 기특하게도 여긴다. 그러나 이렇게 자기 부인에게 물어본 것은 이철원도 역시 김부인과 같이 경희를 자기 아들의 권고에 못 이기어 일본까지 보내었으나 항상 버릴까 보아 염려되던 것은 사실이었다. 그러므로 오늘 저녁에 부부가 앉아서 혼처에 대한 걱정이라든지 그 애 버릴까 보아 염려하던 것을 안심하는 부모의 애정은 그 두 얼굴에 띤 웃음 속에 가득하다. 아무러한 지우(知友)며 형제며 효자인들 어찌 부모가 염려하시는 염려, 기뻐하시는 참기쁨 같으리요. 이철원은 혼인하자고 할 곳이 없을까 보아 바싹 조였던 마음이 조금 누그러졌다. 그러나 마루로 내려서며 마른기침 한 번을 하며 "내일은 세상 없어도 하여야지" 하는 결심의 말은 누구의 명령을 가지고라도 능히 깨트릴 수 없을 것같이 보인다.

새벽닭이 새날을 고한다. 까맣던 밤이 백색으로 활짝 열린다. 동창(東窓)의 장지 한편이 차차 밝아오며 모기장 한끝으로부터 점점 연두색을 물들인다. 곤히 자던 경희의 눈은 뜨였다. 경희는 오늘 종일의 제 일을 시작할 기쁨에 취하여 벌떡 일어나서 방을 나선다.

4

　때는 정(正)히 오정(午正)이라 안마루에서는 점심상이 벌어졌다. 경희는 사랑에서 들어온다. 시월이며 건넌방 형님은 간절히 점심 먹기를 권하나 들은 체도 아니하고 골방으로 들어서며 사방 방문을 꼭꼭 닫는다. 경희는 흑흑 느껴 운다. 방바닥에 엎드리기도 하다가 일어앉기도 하고 또 일어서서 벽에다 머리를 부딪친다. 기둥을 불끈 안고 핑핑 돈다. 경희는 어찌할 줄 몰라 쩔쩔맨다. 경희의 조그마한 가슴은 불같이 타온다. 걸린 수건 자락으로 눈물을 씻으며 이따금 하는 말은 "아이구 어찌하나……" 할 뿐이다. 그리고 이 집에 있으면 밥이 없어지고 옷이 없어질 터이니까 나를 어서 다른 집으로 쫓으려나 보다 하는 원망도 생긴다. 마치 이 넓고 넓은 세상 위에 제 조그마한 몸을 둘 곳이 없는 것같이도 생각난다. 이런 쓸데없고 주체스러운 것이 왜 생겨났나 할 때마다 그쳤던 눈물은 다시 비 오듯 쏟아진다. 누가 와서 만일 말린다 하면 그 사람하고 싸움도 할 것 같다. 그리고 그 사람의 머리를 한 번에 잡아 뽑을 것도 같고, 그 사람의 얼굴에서 피가 냇물과 같이 흐르도록 박박 할퀴고 쥐어뜯을 것도 같다. 이렇게 사방 창이 꼭꼭 닫힌 조그마한 어둠침침한 골방 속에서 이리 부딪고 저리 부딪는 경희의 운명은 어떠한가!

경희의 앞에는 지금 두 길이 있다. 그 길은 희미하지도 않고 또렷한 두 길이다. 한 길은 쌀이 곡간에 쌓이고 돈이 많고 귀염도 받고 사랑도 받고 밟기도 쉬울 황토(黃土)요, 가기도 쉽고 찾기도 어렵지 않은 탄탄대로이다. 그러나 한 길에는 제 팔이 아프도록 보리 방아를 찧어야 겨우 얻어먹게 되고 종일 땀을 흘리고 남의 일을 해주어야 겨우 몇 푼 돈이라도 얻어보게 된다. 이르는 곳마다 천대뿐이요, 사랑의 맛은 꿈에도 맛보지 못할 터이다. 발부리에서 피가 흐르도록 험한 돌을 밟아야 한다. 그 길은 뚝 떨어지는 절벽도 있고 날카로운 산정(山頂)도 있다. 물도 건너야 하고 언덕도 넘어야 하고 수없이 꼬부라진 길이요, 갈수록 험하고 찾기 어려운 길이다. 경희의 앞에 있는 이 두 길 중에 하나를 오늘 택해야만 하고 지금 꼭 정해야 한다. 오늘 택한 이상에는 내일 바꿀 수 없다. 지금 정한 마음이 이따가 급변할 리도 만무하다. 아아, 경희의 발은 이 두 길 중에 어느 길에 내놓아야 할까. 이것은 교사가 가르칠 것도 아니고 친구가 있어서 충고한대도 쓸데없다. 경희 제 몸이 저 갈 길을 택해야만 그것이 오래 유지할 것이고 제정신으로 한 것이라야 변경이 없을 터이다. 경희는 또 한 번 머리를 부딪고 "아이구 어찌하면 좋은가!" 한다.

경희도 여자다. 더구나 조선 사회에서 살아온 여자다. 조선 가정의 인습에 파묻힌 여자다. 여자란 온량유순(溫良柔順)해야만 쓴다는 사회의 면목(面目)이고 여자의 생명은 삼종지도(三從之道)라는 가정의 교육이다. 일어서려면 압박하려는 주위(周圍)요, 움직이면 사방에서 들어오는 욕이다. 다정하게 손 붙잡고 충고 주는 동무의 말은 열 사람 한입같이 "편하게 전(前)과 같이 살다가 죽읍세다" 함이다. 경희의 눈으로는 비단옷도 보고 경희의 입으로는 약식(藥食) 전골도 먹었다. 아아, 경희는 어느 길을 택하여야 당연한가? 어떻게 살아야만 좋은가? 마치 길가에 탄평으로 몸을 늘여 기어가던 뱀의 꼬리를 지팡이 끝으로 조금 건드리면 늘어졌던 몸이 바짝 오그라지며 눈방울이 뒤룩뒤룩하고 뾰족한 혀를 독기 있게 자주 내미는 모양같이 이러한 생각을 할 때마다 경희의 몸에 매달린 두 팔이며 늘어진 두 다리가 바짝 가슴속으로 뱃속으로 오그라들어온다. 마치 어느 장난감 상점에 놓은 대가리와 몸뚱이뿐인 장난감같이 된다. 그리고 13관(貫)의 체중이 급자기 백지 한 장만치 되어 바람에 날리는 것 같다. 또 머릿속은 저도 알 만치 띵하고 서늘해진다. 눈도 깜작거릴 줄 모르고 벽에 구멍이라도 뚫을 것 같다. 등에는 땀이 흠뻑 괴고 사지는 죽은 사람과 같이 차디차다.

"아이구 어찌하면 좋은가."

경희는 벙어리가 된 것 같다. 아무 말도 할 줄 모르고 꼭 한마디 할 줄 아는 말은 이 말뿐이다.

경희는 제 몸을 만져본다. 왼편 손목을 바른편 손으로, 바른편 손목을 왼편 손으로 쥐어본다. 머리를 흔들어도 본다. 크지도 않고 조그마한 이 몸…… 이 몸을 어떻게 서야 할까. 이 몸을 어디로 향하여야 좋은가…… 경희는 다시 제 몸을 위에서부터 아래까지 훑어본다. 이 몸에 비단치마를 늘이고 이 머리에 비취옥잠(翡翠玉簪)을 꽂아볼까. 대갓댁 맏며느리 얼마나 위엄스러울까. 새아기 새색시 놀음이 얼마나 재미있을까? 시부모의 사랑인들 얼마나 많을까. 지금 이렇게 천동(賤童)이던 몸이 부모님에게 얼마나 귀염을 받을까. 친척인들 오죽 부러워하고 우러러볼까. 잘못하였다. 아아, 잘못하였다. 왜 아버지가 "정하자" 하실 때에 "네" 하지를 못하고 "안 돼요" 했나. 아아, 왜 그랬나. 어떻게 하려고 그렇게 대답을 하였나! 그런 부귀를 왜 싫다고 했나. 그런 자리를 놓치면 나중에 어찌하잔 말인가. 아버지 말씀과 같이 고생을 몰라 그런가 보다. 철이 아니 나서 그런가 보다. "나종에 후회하리라" 하시더니 벌써 후회막급인가 보다. 아아, 어찌하나. 때가 더디기 전에 지금 사랑에 나가서 아버지 앞에 자복(自服)할까 보다. "제가 잘못 생각하였습니다"고 그렇게 할까? 아니다, 그렇게 할 터이다. 그것이 적당한 길이다. 그리고 귀찮은 공부도 고만둘 터이다. 가지 말라시는 일본도 또다시 아니 가겠다. 이 길인가 보다, 이 길이 밟을 길인가 보다. 아, 그렇게 정하자. 그러나……

"아이구 어찌하면 좋은가……"

경희의 눈은 말뚱말뚱하다. 전신이 천근만근이나 되도록 무거워졌다. 머리 위에는 큰 동철(銅鐵) 투구를 들씌운 것같이 무겁다. 오그라졌던 두 팔 두 다리는 어느덧 나와서 척 늘어졌다. 도로 전신이 오그라진다. 어찌하려고 그런 대담스러운 대답을 하였나 하고. 아버지가 "계집애라는 것은 시집가서 아들딸 낳고 시부모 섬기고 남편을 공경하면 그만이니라" 하실 때에 "그것은 옛날 말이야요, 지금은 계집애도 사람이라 해요. 사람인 이상에는 못할 것이 없다고 해요. 사내와 같이 돈도 벌 수 있고 사내와 같이 벼슬도 할 수 있어요. 사내 하는 것은 무엇이든지 하는 세상이야요" 하던 생각을 하며 아버지가 담뱃대를 드시고 "뭐 어째고 어째, 네까짓 계집애가 하긴 무얼 해. 일본 가서 하라는 공부는 아니 하고 귀한 돈 없애고 그까짓 엉뚱한 소리만 배와가지고 왔어?" 하시던 무서운 눈을 생각하며 몸을 움찔한다.

과연 그렇다. 나 같은 것이 무얼 하나. 남들이 하는 말을 흉내내는 것이 아닌가. 아아, 과연 사람 노릇 하기가 쉬운 것이 아니다. 남자와 같이 모든 것을 하는 여자는 평범한 여자가 아닐 터이다. 사천년래의 습관을 깨트리고 나서는 여자는 웬만한 학문, 여간한 천재가 아니고서는 될 수 없다. 나폴레옹 시대에 파리의 전 인심을 움직이게 하던 스타엘 부인과 같은 미묘한 이해력, 요설(饒舌)한 웅변(雄辯), 그러한 기재(機才)한 사회적 인물이 아니고서는 될 수 없다. 살아서 오를 레앙을 구하고 사(死)함에 불란서를 구해낸 잔 다르크 같은 백절불굴(百折不屈)의 용진(勇進) 희생이 아니고서는 될 수 없다. 달필(達筆)의 논문가(論文家), 명쾌한 경제서(經濟書)의 저자로 이름을 날린 영국 여권론의 용장(勇將) 포드 부인과 같은 어론(語論)에 정경(精勁)하고 의지가 강고(强固)한 자가 아니고서는 될 수 없다. 아아, 이렇게 쉽지 못하다. 이만 한 실력, 이러한 희생이 들어야만 되는 것이다.

경희가 이제껏 배웠다는 학문을 톡톡 털어 모아도 그것은 깜짝 놀랄 만치 아무것도 없다. 남이 제 앞에서 춤을 추고 노래를 하나 참으로 좋아할 줄을 모르고 진정으로 웃어줄 줄을 모르는 백치(白痴) 같은 감각을 가졌다. 한마디 대답을 하려면 얼굴이 벌게지고 어서(語序)를 찾을 줄 모르는 둔설(鈍舌)을 가졌다. 조금 괴로우면 싫어, 조금 맞기만 하여도 통곡을 하는 못된 억병(臆病)이 있다. 이 사람이 이러는 대로 저 사람이 저러는 대로 동풍 부는 대로 서풍 부는 대로 쏠리고 따라가도 고칠 수 없이 쇠약(衰弱)한 의지가 들어앉았다. 이것이 사람인가. 이것을 가진 위인이 사람 노릇을 하잔 말인가. 이까짓 남들 다 하는 ㄱㄴ쯤의 학문으로, 남들도 쥘 줄 아는 삼시 밥 먹을 때 오른손에 숟가락 잡을 줄 아는 것쯤으로는 벌써 틀렸다. 어림도 없는 허영심이다. 만일 고금(古今) 사업가의 각 부인들이 알면 코웃음을 웃을 터이다. 정말 엉뚱한 소리다. "아이구 어찌하면 좋은가……"

여기까지 제 몸을 반성한 경희의 생각에는 저를 맏며느리로 데려가려는 김판사 집도 딱하다. 또 저 같은 천치가 그런 부귀한 댁에서 데려가려면 고개를 숙이고 네네, 소녀를 바치며 얼른 가야 할 것이 당연한 일인데 싫다고 하는 것은 제가 생각하여도 괘씸한 일이다. 그리고 아버지며 어머니며 그외 여러 친척 할머니 아주머니가 저를 볼 때마다 시집 못 보낼까 보아 걱정들을 하시는 것이 당연한 일인 것도 같다.

경희는 이제까지 비녀 쪽찐 부인들을 보면 매우 불쌍히 생각하였다. '저것이 무엇을 알고 저렇게 어른이 되었나. 남편에 대한 사랑도 모르고 기계같이 본능적으로만 저렇게 금수와 같이 살아가는구나. 자식을 귀애(貴愛)하는 것은 밥이나 많이 먹이고 고기나 많이 먹일 줄만 알았지 좋은 학문을 가르칠 줄은 모르는구나. 저것도 사람인가' 하는 교만한 눈으로 보아왔다. 그러나 웬일인지 오늘은 그 부인네들이 모두 장하게 보인다. 설거지하는 시월이 머리에도 비녀가 쪽

쩌진 것이 저보다 훨씬 나은 것도 같이 보인다. 담 사이로 농민의 자식들의 우는 소리가 들리는 것도 저보다 훨씬 나은 딴 세상 같다. 아무리 생각하여도 저는 저 같은 어른이 될 수 없는 것 같고 제 몸으로는 저와 같은 아이를 낳을 수가 없는 것 같다.

'저와 같이 이렇게 가기 어려운 시집을 어쩌면 그렇게들 많이 갔고 저와 같이 이렇게 어렵게 자식의 교육을 이리저리 궁구하는 것을 저렇게 쉽게 잘들 살아가누.'

생각을 한즉 저는 아무것도 아니다. 그 부인들은 자기보다 몇십 배 낫다.

'어떻게 저렇게들 쉽게 비녀들을 쪽찌게 되었나? 어쩌면 저렇게 자식들을 많이 낳아가지고 구순히들 잘 사누. 참 장하다.'

경희는 생각할수록 그네들이 장하다. 그리고 저는 이렇게도 시집 가기가 어려운 것이 도무지 이상스럽다.

'그 부인네들이 장한가? 내가 장한가? 이 부인네들이 사람일까? 내가 사람일까?'

이 모순이 경희의 깊은 잠을 깨우는 큰 번민이다. '그러면 어찌하여야 장한 사람이 되나' 하는 것이 경희의 머리가 무거워지는 고통이다.

"아이구 어찌하나, 내가 그렇게 될 줄 알았을까……"

한마디가 늘었다. 동시에 경희의 머리끝이 우쩍 위로 올라간다. 그리고 경희의 뻔뻔한 얼굴, 넓적한 입, 길쭉한 사지의 형상이 모두 스러지고 조그마한 밀짚 끝에 까막까막하는 불꽃 같은 무엇이 바람에 떠 있는 것 같다. 방만은 후끈후끈하다. 부지중에 사방 창을 열어

젖뜨렸다.

뜨거운 강한 광선이 별안간에 왈칵 대드는 것은 편쌈꾼의 양편이 육모방망이를 들고 "자……" 하며 대드는 것같이 깜짝 놀랄 만치 강하게 쬐어 들어온다. 오색이 혼잡한 백일홍 활년화(活年花) 위로는 연락부절(連絡不絶)히 호랑나비 노랑나비가 오고 가고 한다. 배나무 위에 까치 보금자리에는 까만 새끼 대가리가 들락날락하며, 어미 까마귀가 먹을 것 가지고 오는 것을 기다리고 있다. 댑싸리 그늘 밑에는 탑실개가 쓰러져 쿨쿨 자고 있다. 그 배는 불룩하다. 울타리 밑으로 굼벵이 집으러 다니는 어미닭의 뒤로는 대여섯 마리의 병아리가 줄줄 따라간다. 경희는 얼빠진 것같이 멀거니 앉아서 보다가 몸을 일부러 움직이었다.

저것! 저것은 개다. 저것은 꽃이고 저것은 닭이다. 저것은 배나무다. 그리고 저기 매달린 것은 배다. 저 하늘에 뜬 것은 까치다. 저것은 항아리고 저것은 절구다.

이렇게 경희는 눈에 보이는 대로 그 명칭을 불러본다. 옆에 놓인 머릿장도 딴져본다. 그 위에 개어서 얹은 면주이불도 쓰다듬어본다.

"그러면 내 명칭은 무엇인가? 사람이지! 꼭 사람이다."

경희는 벽에 걸린 체경(體鏡)에 제 몸을 비추어본다. 입도 벌려보고 눈도 끔적여본다. 팔도 들어보고 다리도 내어놓아본다. 분명히 사람 모양이다. 그리고 드러누운 탑실개와 굼벵이 찍으러 다니는 닭과 또 까마귀와 저를 비교해본다. 저것들은 금수 즉 하등 동물(禽獸卽下等動物)이라고 동물학에서 배웠다. 그러나 저와 같이 옷을 입고 말을 하고 걸어다니고 손으로 일하는 것은 만물의 영장인 사람이라고 배웠다. 그러면 저도 이런 귀한 사람이로다.

아아, 대답 잘했다. 아버지가 "그리로 시집가면 좋은 옷에 생전 배불리 먹다가 죽지 않겠니?" 하실 때에 그 무서운 아버지 앞에서 평생 처음으로 벌벌 떨며 대답하였다. "아바지, 안자(顔子)의 말씀에도 일단사(一簞食)와 일표음(一瓢飮)에 낙역재기중(樂亦在其中)이라는 말씀이 없습니까? 먹고만 살다 죽으면 그것은 사람이 아니라 금수(禽獸)이지요. 버리밥이라도 제 노력으로 제 밥을 제가 먹는 것이 사람인 줄 압니다. 조상이 벌어논 밥 그것을 그대로 받은 남편의 그 밥을 또 그대로 얻어먹고 있는 것은 우리집 개나 일반이지요" 하였다. 그렇다. 먹고 죽으면 그것은 하등 동물이다. 더구나 제 손가락 하나 움직이지 않고 조상의 재물을 받아가지고 제가 만들기는 둘째 쳐놓고 받은 것도 쓸 줄 몰라 술이나 기생에게 쓸데없이 낭비하는, 사람이 아니라 금수와 같이 배 뚜드리다가 죽는 부자들의 가정에는 별별 비참한 일이 많다. 거의 금수와 구별을 할 수도 없는 일이 많다. 그런 자는 사람의 가죽을 잠깐 빌려다가 쓴 것이지 조금도 사람이 아니다. 저 댑싸리 그늘 밑에 드러누우려 하여도 개가 비웃고 그 자리가 아깝다고 할 터이다.

그렇다. 괴로움이 지나면 낙이 있고 울음이 다하면 웃음이 오고하는 것이 금수와 다른 사람이다. 금수가 능(能)치 못하는 생각을 하고 창조를 해내는 것이 사람이다. 사람이 번 쌀, 사람이 먹고 남은 밥찌꺼기를 바라고 있는 금수, 주면 좋다는 금수와 다른 사람은 제 힘으로 찾고 제 실력으로 얻는다. 이것은 조금도 모순(矛盾)이 없는 사람과 금수와의 차별이다. 조금도 의심 없는 진리이다.

경희도 사람이다. 그 다음에는 여자다. 그러면 여자라는 것보다 먼저 사람이다. 또 조선 사회의 여자보다 먼저 우주(宇宙) 안 전인류(全人類)의 여성이다. 이철원 김부인의 딸보다 먼저 하나님의 딸이다. 여하튼 두말할 것 없이 사람의 형상(形象)이다. 그 형상은 잠깐 들씌운 가죽뿐 아니라 내장의 구조도 확실히 금수가 아니라 사람이다.

오냐, 사람이다. 사람으로 보이지 않는 험한 길을 찾지 않으면 누구더러 찾으라 하리! 산정(山頂)에 올라서서 내려다보는 것도 사람이 할 것이다. 오냐, 이 팔은 무엇 하자는 팔이고 이 다리는 어디 쓰자는 다리냐?

경희는 두 팔을 번쩍 들었다. 두 다리로 껑충 뛰었다.

빤빤한 햇빛이 스르르 누그러진다. 남치맛빛 같은 하늘빛이 유연(油然)히 떠오른 검은 구름에 가린다. 남풍이 곱게 살살 불어 들어온다. 그 바람에는 화분(花粉)과 향기가 싸여 들어온다. 눈앞에 번개가 번쩍번쩍하고 어깨 위로 우렛소리가 우르르한다. 조금 있으면 여름 소나기가 쏟아질 터이다.

경희의 정신은 황홀하다. 경희의 키는 별안간 엿[飴] 늘어지듯이 부쩍 늘어진 것 같다. 그리고 목(目)은 전 얼굴을 가리는 것 같다. 그대로 푹 엎드리어 합장으로 기도를 올린다.

하나님! 하나님의 딸이 여기 있습니다. 아버지! 내 생명은 많은 축복을 가졌습니다.

보십쇼! 내 눈과 내 귀는 이렇게 활동하지 않습니까?

하나님! 내게 무한한 광영(光榮)과 힘을 내려주십쇼.

내게 있는 힘을 다하여 일하오리다.

상을 주시든지 벌을 내리시든지 마음대로 부리시옵소서.

생각할 문제

1. 이 작품에는 구여성과 신여성이 여러 측면에서 대비되어 있다. 어떤 측면에서 무엇이 대비되고 있는지, 있는 대로 찾아 정리하시오.

2. 이 작품의 여주인공 경희는 고뇌에 빠져 있다. 그녀가 고뇌하는 근본 원인은 무엇인가? 그리고 작품의 결말 부분에서 짐작할 수 있는 그녀의 결단 혹은 삶의 행로는 어떤 것인가?

경영

지은이 이 글을 쓴 **김남천**(1911~?)은 1911년 평남 성천에서 출생하였다. 동경 법정대학 재학 중 조선프롤레타리아예술동맹(카프)에 참여하였으며, 1931년 「공장 신문」을 발표하면서 작품 활동을 시작했다. 카프의 맹원으로 초기에는 이념성 짙은 단편들을 발표하였으나, 전향을 기점으로 독특한 소설론을 개진하면서 왕성한 작품 활동을 했다. 「소년행」과 「경영」을 위시한 많은 단편들과 『대하』를 비롯한 여러 편의 장편소설을 썼는데, 「경영」은 당시로서는 진일보된 여성의 의식을 그린 소설로 평가받고 있다. 1946년 조선문학가동맹에 참여하여 활동하다가 월북했으며, 남로당 숙청 때 15년형을 선고받은 후 소식을 알 수 없다.

발표 『문장』, 1940. 10.

출전 『한국 대표 단편 57인 선집』, 프레스21, 1999.

1

아홉시에서 아홉시 반까지, 현저동 사식 차입집 앞까지 차 한 대만 꼭 보내게 해달라고 며칠 전부터 신신부탁이지만, 바쁜 틈에 혹시 잊어버리지나 않을까 근심되어서, 최무경(崔武卿)이는 사무실을 나오려고 할 때에 다시 한 번 자동차 영업소로 전화를 걸었다. 그러나 마침 말하는 중이었다. 다른 또 하나의 전화번호를 불러도 통화 중이었다. 수화기를 걸고 의자를 탄 채 바람벽에 걸린 시계를 쳐다보고, 캘린더를 무심히 스쳐 보고, 그리고는 다시 수화기를 쥐었으나, 그때에 전화는 밖으로부터 걸려와서, 책상 밑에 달린 종이 요란스럽게 울었다.

"야마도 아파트 사무실이올시다."

하고 언제나 하는 버릇대로 먼저 지껄여보았으나 이내,

"네, 저올시다. 제가 최무경이에요. 안녕하신가요? 네, 지금 막 나갈려던 참이었어요. 네? 내일루요."

그리고는 다시 대답을 이어나가지 못하고, 그저 들려오는 목소리에만 귀를 기울이고 있었다. 한참 만에야 그는 탁상 전화를 틀어쥐듯이 하고 입을 바싹 들이댄 뒤,

"내일루 연기라지만, 그러다가 아주 틀어지는 거나 아닌가요?"
하고 따지듯이 물어본다. 그러나 한참 만에,

"글쎄요, 그렇다면 몰라두요. 무슨 본인의 잘못 같은 걸루 일이 시끄럽게 되는 건 아니겠지요? 네, 그럼 안심하겠습니다. 내일은 틀림없겠죠? 그럼 그렇게 알구 있겠습니다. 안녕히 계세요."

맥없이 전화를 끊고 멍청하니 의자에 기대어본다.

클라이맥스를 향해서 한 장면 한 장면 접쳐 올라가던 판에 필름이 뚝 끊어진 때처럼 허파의 공기가 쑥 빠져버리는 것 같다.

내일 이맘때까지 스물네 시간, 눈이 뒤집힐 듯이 바쁘던 며칠이 있은 끝에, 갑자기 찾아온 텅 빈 공간 같은, 예측하지 않았던 시간이다.

회전의자여서 분김에 발부리로 책상 다리를 차면, 몸은 핑그르르 돌아가 저절로 강영감을 보게 된다.

강영감은 꾸부리고 앉아서 손주딸이 날라온 벤또에 차를 부어서 훌훌 소리가 나게 젓가락질을 하고 있었으나, 전화 받는 품으로 대강한 사연을 짐작은 하였다는 듯이, 힐끔 젊은 여사무원의 얼굴을 쳐다보곤,

"그저 재판소 일이란 게 그렇다니께. 제에길."

그러더니 먹은 그릇을 덜그럭거리며 치우고 나선,

"그래, 또 무슨 까닭인구?"

하고 빼꿈히 주름살이 구긴 얼굴로 무경이를 바라본다.

"전들 무슨 심판인지 알 수 있에요. 변호사의 말은 예심판사가 아직 검사의 승낙을 못 받았단답니다. 언제는 검사의 승낙을 얻기에 힘이 들구 애가 씌었다더니. 나와야 나오는 게지, 변호사의 말이라구, 제멋대로 주워섬기는 걸 믿을 수가 있어야죠. 그렇다고 하나하나 따져볼 수도 없는 일이구……"

"아무렴, 그런 일이란 건 으레 그런 법인걸. 이편은 바쁘지만 저희들야 무어 바쁠 것 있어, 제 볼일 다 보구 생각나믄 뒤적거려보는걸. 그러나 머 낙심허실 것 없이, 여태 기대렸으니께 그깟 것 하루쯤야, 또 그래야 만나뵈시는 데 재미두 더허구, 호호호……"

이가 군데군데 빠져서 입김이 샌다. 선량한 늙은이의 얼굴을 보고 있으면 쓸쓸하고도 정다운 생각이 들어서, 무경이는 빙그레 웃음을 입술 위에 가지게 되는 것이다. 그러나 그런 웃음은 강영감과의 오랜 생활에서 거의 습관처럼 되어진 것이기 때문에, 속으론 딴 것을 희미하게 생각하고 있었다.

어떻게 할까? 집으로 가서 어젯밤의 되풀이를 또 한 번 치를 것인가? 저녁은 외식을 하고, 나오는 분을 맞아다가 아파트에 안내한 뒤, 일러도 열한시나 자정이 되어야 집으로 돌아오게 될 것이라고, 아침에 나올 때에 일러두었는데…… 역시 간단히 무어든 간 사먹고 가리라 생각하는 것이다.

무경이는 택시 영업소로 전화를 걸고 사무실을 나와서 구내식당으로 들어갔다. 사무실에 강영감이 있듯이 식당에는 산짱이라는 어린 소년이 있어서, 그는 이 안에 들어설 때마다 반가운 표정을 짓게 된다. 새로 빨아서 깨끗이 다린 흰옷을 입은 어린 소년은,

"어유, 최선생님이 어쩐 일이유. 저녁 진지를 식당에서 다 잡수시구."

그의 뒤를 달랑달랑 쫓아오면서 생글거리기 시작한다.

무경이는 구석진 테이블에 앉아서, 눈이 마주친 손님들께 가벼운 인사를 나누는데, 상머리에 서서 나막신 끝으로 시멘트 바닥을 울리면서 말끄러미 무경이의 눈동자를 지키고 섰던 산짱은,

"사진 구경 가실려구. 어딘지 맞히리까?"

하고 똥그란 눈을 삼빡거린다.

"사진 구경은 누가 산짱인 줄 아는 게군."

유쾌로운 얼굴로 백을 식탁에다 놓고 웃어 보이니까

"오오라 참, 부민관, 내 참 음악흰 걸 깜빡 잊었네."

쉴새없이 핑글핑글 돌아가는 전기 시계를 언뜻 쳐다보더니,

"늦었수. 어서 가세야지. 무어 잡수실려? 라이스 모논(쌀이라는 것은) 카레하구 하야시만 남았는데. 빨리 될 걸룬 가께우동."

무경이는 소년의 지껄이는 것이 재미나서,

"그럼 가께우동 하지."

마치 음악회나 가려는 것처럼 대답해 보내는 것이다.

음악회 ─ 참말 음악회의 표를 미리 사서 간직해두었던 것을 지금

에야 생각한다. 깜빡 잊었다. 첫날 치였으니까, 벌써 시효도 넘었다.

백에서 속갈피를 뒤적이니까 한편 구석에서 티켓이 나왔다. 일 년에 잘해야 한 차례씩이나 얻어들을 수 있는 교향악단의 밤이었다. 지금쯤은 차이코프스키의 「파테티크」가 연주되기 시작하였을 것을. 그는 요즘 며칠 동안 제정신이 어디로 팔려버렸던 것을 새삼스럽게 생각해본다. 그러나 기뻤다. 어떤 숭고한 일에 정성을 썼다는 만족이 그의 마음을 느긋하게 어루만져준다. 음악회 티켓 같은 것, 열 장 스무 장이 무효로 되어버려도 그는 도무지 아깝지 않다고 생각해보는 것이다. 음악회라면 하찮은 학생들의 연주회에도 빠지지 않고 쫓아다니던 것을……

우동이 왔다. 두어 젓가락으로 빨간 국물만 남는 깜찍한 우동 그릇이 오늘처럼 그의 마음에 합당한 때는 없었다. 그는 따끈한 국물을 마시고 식당을 나왔다. 그 길로 삼층을 향하여 올라가는 것이다. 복도를 돌아서 그는 하나의 도어 앞에서 발을 멈춘다.

방 앞에서면 언제나 감격이 새로워서 가슴이 울렁거린다.

이 년이 되어온다. 그런데 아직 예심 종결도 나지 않았다. 예심이 종결되기 전에 보석 운동을 하기란 여간 힘든 게 아니었다. 처음은 면회도 할 줄 몰랐다. 변호사를 대고 차츰 이력이 나서, 졸라보고, 떼를 쓰고, 계교도 꾸며보고, 갖은 애를 써서 면회도 비교적 잦아졌고, 그리고 두 달 전부터는 보석 운동에 손을 댈 욕심까지 가져본 것이다. 그러한 정성이 지금 여기에까지 이른 것이다.

핸드백에서 열쇠를 꺼내 잠갔던 문을 여니까, 쌍끗한 꽃의 향기가 몸에 안기는 것 같아서, 그는 그것을 함빡이 들이마시면서 눈을 감고 한참 동안 문지방에 선 채 움직이지 못했다. 서편 창으로부터 맞은 언덕을 넘어가는 낙조가 푸른 문장에 비쳐서 은은한 광선이 꽃병이 놓인 나지막한 서가를 비스듬히 비추고 있다. 서가의 두 칸 대는 텅 비었으나, 가운데 칸대에는 신간과 새 달의 종합 잡지들이 가지런히 꽂혀 있다. 그 가운데 경제 연보가 두 책. 하얀 바람벽에는 흰 테두리 속에 든 수채화가 한 폭. 흰 요를 깔아놓은 침대는 북쪽 바람벽에 붙어서 누워 있고, 침대 머리맡에 전기 스탠드, 그 밑에 철필과 잉크를 놓은 작은 탁자. 양복장과 취사장이 지금 무경이가 서 있는 옆으로 나란히 설비되어 있으나, 물론 그 안에는 아무 것도 들어 있지 않았다. 훤하게 유리알이 발린 남쪽 창문을 옆으로 하고 간단한 응접 세트와 사무 탁자. 응접 테이블 위에는 화분이 하나.

무경이는 구두를 벗고 신장을 열어서, 거기에 들어가 있는 새 슬리퍼를 꺼내어 신고 방 안으로 들어선다. 이 커다란 건물 안에서 그 중 좋은 방이거나 제일 큰 방은 아니지만, 조촐하게 독신자가 들 수 있을 남향으로 된 아파트의 한 칸이다. 침대 위에 놓은 옷 보퉁이를 한옆으로 밀어놓고 그 옆에 털썩 걸터앉아서, 그는 벌써 한 주일째나 하루 두세 번씩은 해보곤 하는 마음과 눈의 작은 절차를 오늘도 세번째나 되풀이해본다.

무어 부족한 거나 없는가? 방 안을 쭉 둘러 살피는 것이다. 옷 보퉁이에는 새 잠옷이 있고, 침대는 이만 했으면 쇠약한 몸을 편하게 가로눕힐 만큼은 편안하고, 방 안의 장치도 설비도 만족할 정도는 아니지만 간소한 대로 정성을 다한 것, 오랫동안 새로운 지식에 굶주렸으니 그동안의 사회 정세의 변동이나 추세나 짐작할 정도의 신간, 경제를 전문하던 터이니 경제 연보의 새것을 두 권, 그리고 복잡한 세계의 분위기나 두루 살피라고 종합 잡지를 사다 꽂았다. 꽃을 한 묶음 화병에 꽂고, 집에서 정성 들여 기르던 꽃화분을 하나 탁자에 준비하고…… 이만 했으면 우선 그를 맞아들이기에 시급한 준비는 된 것이라고 그는 거듭 생각하는 것이다. 그는 한참 동안 입술 가에 만족한 웃음을 그리면서 앉아 있다가, 갑자기 생각난 듯이 핸드백을 들고 그 안에서 사내의 회중시계를 하나 꺼내었다. 커다란 크롬 껍데기의 월섬(시계 상표)이 재깍 소리를 울리며 기다란 쇠줄을 끌면서 나타났다. 손에 쥐어보면 묵직한 것이 믿음성이 있다.

오시형(吳時亨)이가 학생 시대부터 차고 다니던 것이다. 사건의 취조가 끝나고 검사국으로 송치가 된 뒤, 검사 구류 기간 열흘이 지나서 드디어 예심으로 회부가 되어 시형이가 영영 영어의 몸이 되어버렸을 때, 입고 들어갔던 옷가지와 함께 취하(取下)해 가져온 물건 중의 하나였다. 그때로부터 이 년 가까이, 이 묵직한 회중시계는 주인의 품을 떠나서, 언제나 무경이의 핸드백 속에서 시간의 흐름을 가리키고 있었다. 이 장침과 단침은 대체 몇천 번이나 빤뜩빤뜩한 흰 판을 달리고 돌았는가? 초침이 한초 한초씩 시간을 먹어 들어가는 소리를 물끄러미 듣고 앉았다가 그는 시계를 가만히 제 얼굴에다 비비어보았다. 차갑다. 그러나 가슴속에선 누르고 참았던 감정이 포근히 끓어올라서, 이내 그의 볼 편의 체온은 크롬 껍질을 따끈하게 데우고야 만다. 가슴을 복받치는 울렁거리는 혈조를 가라앉히기 위해서 그는 한참이나 낯을 침대에 묻고 가만히 엎디어보았다.

어머니에게 저희의 관계를 승인시키기에 얼마나 애가 쓰였는가. 집과 인연을 끊듯이 한 시형이의 차입을 대고, 보석 운동을 하느라고 얼마나 발이 닳도록 뛰어다니고, 뼈가 시그러지도록 일을 하였는가. 그 때문에 직업에도 나서보았다. 재판소, 변호사, 형무소로 통하는 길을 미친년처럼 쫓아도 다녔다.

그는 가슴속으로 맑고도 숭고한 쾌감을 포근히 느껴보면서 침대에서 낯을 들고 시계를 백에 챙겨 넣은 뒤 방을 나왔다. 내일, 내일 저녁이면, 그러한 정성이 하나의 보답을 받는다……

밖은 벌써 땅거미가 꺼멓게 기어들고 있었다. 아직도 채 식지 않은 공기가 바람에 불리어서 훈훈하게 움직인다. 그러나 땀발이 잡히려던 피부엔 넓은 언덕에서 흔들리는 저녁 바람은 선뜩하였다. 북아현정 쪽의 푸른 주택지를 잠시 바라보고 섰었으나, 오랫동안의 습관으로 거리 위에 나서면 그는 늘 바쁜 사람처럼 종종걸음으로 서두른다. 감영 앞, 종로, 안국동 이렇게 세 군데서나 차를 바꾸어 타는 것도, 어쩐지 분주한 듯이 서둘러대고 싶은 마음에 합당한 것 같아서, 오늘 저녁의 그에게는 다시없는 가벼운 흥분으로 즐겁게 느껴지는 것이다. 화동 골목까지 치마폭에서 휘파람 소리가 날 지경으로 활개를 치며 걸어 올라간다.

어머니보고도 같이 가시자고 말해보리라. 처음엔 믿음직 못하다고 한사코 나무랐으나, 그런 것 때문에 이 년 만에 돌아오는 그를 대견하게 맞아주지 못할 것이 무엇인가. 인제 누가 뭐래도 장래의 사위가 아닌가. 예식만 갖추면 아들 맞잡이, 단 하나의 어머니의 사위가 아닌가. 어머니도 요즘엔 은근히 기다리고 계셨다. 같이 가시자면 기뻐하실 것이다. 나오는 당자의 기쁨은 말할 것도 없을 게구……

저의 집 대문을 들어설 땐 콧노래까지 흥얼거리고 있었다.

"엄마 있수?"

하고 응석을 담아서 불러본다. 꽃화분이 주런이 없히어진 높직이 층계가 진 선반 옆에 선 채 무경이는 어머니 방을 향하여 불러보는 것이다. 그러나 대답이 없다. 식모 방에서, 이 집에 들어온 지 겨우 한 달밖에 안 되는 식모가 툇마루로 뛰쳐나오며,

"아이구, 아가씨가 오셨네."

하고 얼굴에 크림이라도 바르고 있었는지, 당황히 옷 고의춤을 매만지고 섰다.

"마님은 손님이 오셔서 같이 나가셨는데, 인제 늦지 않게 곧 다녀오신다구서…… 그런데 아가씬 웬일이세요?"

"내일 저녁으로 연기야."

하고 대답해주곤 무경이는 곧바로 제 방 문을 열었다.

"대야에 물 좀 떠놔! 그러구 밥 있어?"

식모는 댓돌에서 해진 고무신을 발부리에 꿰면서 뜰로 내려선다.

"네. 그래두 찬이 시언찮으신데…… 아가씬 왜, 저녁, 밖에서 잡

수신다구 하시군……"

수도에서 물을 받아서 놋대야를 대청으로 나르고 비눗갑과 수건을 갖다 놓고는 부엌으로 들어간다.

무경이는 낯을 씻었다. 다시 제 방으로 들어가서 볼 편에 크림을 바르고 있는데,

"진짓상 이리루 들일까요?"

하고 식모가 문지방 밖에서 엿보듯 한다. 안방 어머니 방에서 함께 모여서 먹는 것을 알고 있는 식모는, 밥은 역시 그곳에서 먹는 것을 정칙으로 생각하고라도 있는 것 같다.

"그래, 내 인제 건너갈게. 어머니 방으루 들여다 놔."

"찬은 머, 굴비허구 장아찌밖엔 없는데 어떡허실까……"

하고 걱정하는 것을,

"그게면 되지, 찬물에 풀어서 한 술 들면 될걸 뭐."

분첩으로 볼 편을 두어 번 두드리고 무경이는 어머니 방으로 건너가서 상 앞에 주저앉았다. 밥술을 막 들려고 하는데, 길마리 머릿장 밑에 뵈지 않던 부채가 한 자루 있었다. 무경이는 그것을 잠시 물끄러미 바라다보았다.

"아이, 손님이 부채를 노시구 가셨네."

무경이의 눈길을 따라가본 식모는, 대청마루에 엎드리듯이 턱을 받치고 주인 아가씨의 진지 드는 모양을 바라보려다가, 눈에 띈 부채에 대해서 그러한 설명을 들려주었다. 그러나 벌떡 상반신을 일으키더니 부채를 들어서 책상 위에 올려놓고 다시 뜰로 나가

버렸다.

　무경이는 술을 든 채 밥그릇으로 손을 옮기진 못하였다. 그는 술을 놓고 일어서서, 지금 식모가 챙겨놓고 나간 부채를 가져다 펼쳐 보았다. 틀림없는 사내의 소유물이었다. 곱게 색채를 써서 그린 산수화가 있고, '위 하곡대인 청상(爲河谷大仁淸賞)'이라고 쓴 밑에 '청산(靑山)'이란 화가의 낙관이 찍혀 있다. 이것으로 보아, 청산이란 화가가 그림을 그려서 하곡이란 분에게 선물로 보낸 부채라는 것을 알 수 있었다. 이 부채의 임자는 하곡이란 아호를 가진 분이다. 그리고 어머니는 이 하곡이란 분과 함께 외출하신 것이다—그런 것을 알 수 있었으나, 무경이는 첫째 하곡이란 분을 알지 못하였다.

　"하곡? 하곡."

하고 입 안으로 두어 번 뇌어보았으나 그러한 아호와 함께 나타나는 환상은 아무것도 없었다.

　'낯도 잘 알고 이름도 잘 아는 분이면서도, 내가 그이의 호를 모르고 있는지도 모르지.'

　그렇게 생각하면서 부채를 다시 책상 위에 놓은 뒤에 밥상 앞으로 돌아왔고,

　"많지두 않은 찬에 어란을 잊었었네."

하고 변명하듯 하면서 가지고 들어온 식모의 손에서 접시도 그대로 묵묵히 받아놓았으나, 어쩐지 마음은 말끔히 가시지 않았다.

　어머니와 같이 나간 손님이 어떻게 생긴 분인가를 식모에게 물어

보려다가 그것도 그만두었다. 그는 잠시 더 멍청하니 상 앞에 앉아 있었으나, 식모에게 눈치 채일까 저어하며, 이내 밥통을 열고 물 대접에 밥을 말았다. 그리고는,

"나 혼자 먹을게 나가 있어."

하고 식모도 밖으로 쫓아버렸다.

마른반찬에 얼려서 두어 술 떠넣고 그는 다시 방 안을 살펴보지 않을 순 없었다. 장롱과 의걸이, 문갑, 책상, 책상 위의 성경책들, 모두 다 놓았던 자리에 놓여 있다. 그러나 책상 밑을 들여다보았을 때 무경이는 다소 마음이 뜨끔했다. 치렛거리로 놓아두던 놋재떨이에 피우다 버린 담배꽁초가 하나 비비어 꽂혀 있기 때문이다. 손님은 담배를 피우는 분이었다는 것을 그것으로 알 수 있었다. 그리고 그것은 결코 대수롭지 않은 발견은 아니었던 것이다. 어머니의 아는 분으로서 담배를 피우는 이는 무경이의 기억 속에는 들어가 앉아 있지 않았다. 이십여 년 동안 예수교 풍속에 젖어온 분이고, 그 속에서 청상과부를 지켜온 어머니로서 끽연의 습관을 가진 사내 손님을 가지고 있었을 리 만무하다.

"다 먹었으니까 상 치워."

하고 외치듯 하고는 무경은 제 방으로 돌아와버렸다.

부채, 하곡, 담배—이런 것이 함께 엉켜 돌면서 종시 그의 머리를 놓아주지 않는다. 그리고 이러한 그의 의심은 다시금 얼마 전에 경험한 한 가지 사건을 그의 머릿속에 불러내는 것이었다.

달포 전의 일이었다. 화창한 초여름의 공일날, 벌써 몇 해째의 습

관에 따라 무경이는 오랜만에 만나는 휴일을 집에서 책을 읽었고, 어머니만 예배당에 가신다고 집을 나갔었다. 오정이 좀 넘으면 으레 예배당에서 돌아오셨으므로, 그는 돌아오시는 어머니와 함께 점심을 먹고, 잠시 본정이라도 다녀오려고 그 시간이 되기를 기다리고 있었다. 그러나 어머니는 어쩐 셈이신지 한시가 되어도 돌아오지 않았다. 강설이 길어져서 예배 시간이 오래되는 것이라고 얼마를 더 기다렸으나 두시가 되어도 종내 돌아오지 않았다. 그래서 무경이는 혼자서 점심을 먹고 집을 나왔다. 안국동 네거리를 거진 나왔는데, 예배당 전도부인을 길에서 만났다.

"오래간만이올시다."

하고 이 근년에 신통치 않아진 '타락된 교인'은, 목사나 전도부인을 만나면 다소 면구스러워져서 그다지 기다란 인사를 늘어놓지 않는 습관이 있었다. 그러면 도회인답게 경위가 바른 목사나 전도부인도 이내 무경이의 태도를 눈치 채고, 그 이상의 긴 수작을 늘어놓으려고 하지 않았었으나, 오늘만큼은 간단히 인사를 마치고 돌아서는데,

"어머님이 예배당엘 안 오셨게 무슨, 몸이래두 편치 않으신가 해서, 난 이따 저녁녘에 잠시 들러보려던 참인데……"

하고 무경이를 붙들어 세우려 들었다.

"아뇨, 별일 없으신데, 그리고 어머닌 예배당에 가신다구 오전에 나가셔서 여태 안 들어오셨는데요."

그러나 그 이상 이야기를 연장시키고 싶지 않아서,

"아마 도중에서 누굴 만나셔서 예배당에도 못 들르시구 어디 급한 일이 있어 그리로 가신 게구먼요."

하고 간단히 처치해버렸다. 그러니까 전도부인도,

"글쎄 그러신 게구먼."

하고 가버렸다.

초여름의 태양이 쨍쨍하고 유쾌해서 전차도 안 타고 본정까지 걸어가면서도 무경이는 그것에 관해서 별로 깊은 생각은 품어보려 하지 않았다. 그래서 볼일을 보고 그는 두어 시간 만에 다시 집으로 돌아왔다. 어머니는 그때에도 돌아와 있지 않았다. 참말 무슨 일이라도 생겼는가 해서 궁금했으나, 어머니는 해가 질 녘에야 낯이 좀 발그레하니 그을린 것처럼 되어서 총총한 발걸음으로 돌아왔다.

"가정 심방에 같이 따라나섰다가 진력이 났다."

하고 묻기도 전에 어머니는 변명한다. 무경이는 깜짝 놀라 어머니의 낯을 건너다보지 않을 순 없었다. 가정 심방? 예배당에도 안 가셨던 분이 전도부인과 목사와 함께 가정 심방이라니 어떻게 하시는 말씀일까? 어머니는 그때 옷을 벗어서 옷장 안에 들여 걸고 있었으므로 다행히 딸의 변한 눈초리와 놀란 표정을 눈치 채진 못하였으나, 무경이는 한참 동안 마루 위에서 움직이지 못하고 굳어진 조각처럼 서 있었다. 다시 어머니가 마루로 나오면서,

"난 김장로 댁에서 저녁을 먹었는데 너희들이나 어서 먹어라. 그리고 애, 나 물 좀 다우."

하고 서둘러댈 때엔 무경이는 낯을 돌리고 딴 쪽을 향하여 일부러 어머니의 얼굴을 피하였다. 어머니의 하는 말이 지어낸 공연한 거짓인 걸 아는 바엔, 당황하고 부끄러운 마음을 감추려고 벙뗑하니 서둘러대는 어머니의 표정을 정면으로 추궁하기가 계면쩍은 것이다.

어머니는 어디를 갔었기에 이렇게 나를 속이시는 것일까. 따져보면 아무렇지도 않은 일일 것 같으면서도, 홀어머니의 자식으로서 믿고, 의지하고, 응석을 부려오던 어머니인 만큼, 자기를 속였다는 그것 한 가지 사실만으로 그는 한없이 쓸쓸하고 슬퍼지는 것을 느끼게 되는 것이었다. 물론 그뒤엔 그것을 깊이 기억하고 있지도 않았었지만, 그때로부터 달포나 지내었을까 한 지금, 추측할 수 없는 사내 손님이 어머니와 같이 외출을 하였다는 사실에 부딪히면, 민첩한 처녀의 예감은 벌써 어떤 길하지 못한 사태에 대하여 생각의 촉수를 뻗어보게 되는 것이다.

무경이는 제 방에 와서도 일손이 잡히질 않아서 멍청하니 책상머리에 쭈크리고 앉아 있었다. 어젯밤처럼, 세상에 나올 오시형이를 생각하면서 즐거운 환상을 향락하고 있을 마음의 여유도 생겨나지 않는다. 상상력이 뻗을 수 있는 턱까지 공상을 거듭하면서 사정의 이면으로 파고들려 애써보나, 엉클어진 생각이 붙드는 결론은 언제나 그의 마음을 쓸쓸한 구렁텅이로 떨어뜨리고 만다. 그럴 때마다 그는 다투기나 하듯이 머리를 흔들었다. 설마 어머니가…… 그럴 리는 없다. 나 하나를 믿고 청춘을 짓밟아버린 어머니가 아닌가. 모든 잡념을 떨어버리고 유혹의 손을 물리쳐버리기 위해서, 젊은 감정과 정서를 송두리째 뜯어서 파묻어버리기 위해서, 살림에 군색하지는 않은 처지면서 스스로 원하여 병자를 다루는 직업 가운데 자기의 위치를 선택하였던 어머니가 아니었던가. 스물다섯의, 서른의, 서른다섯의, 어려운 고비를 성스럽게 넘기고 사십의 고개를 이미 넘어버린 어머니가 설마 그럴 리야 있는가.

제 생각을 채찍질하고 제 마음에 모욕을 주면서 어머니가 돌아오는 것을 기다렸으나, 열한시가 가까워서 어머니의 발자국 소리가 대문 밖에 들릴 때엔, 그는 기계적으로 전기 스탠드의 줄을 낚아서 불을 끄고 캄캄한 방 속에 숨어서 어머니의 얼굴과 마주 대하기를 스스로 피하여버렸다. 식모가 어머니에게, 그가 일찍이 돌아오게 된 사연을 아뢰는 것을 귓결에 들으면서도, 그는 귀를 틀어막듯이 하고 방바닥에 엎드려서 숨을 죽이고 어깻죽지를 가느다랗게 떨고 있었다.

2

어디까지나 어디까지나 끝이 없이 뻗어나간 것 같은 붉은 벽돌의 높직한 담장에 위압을 느끼듯 하면서, 불광이 흐릿한 굳이 닫힌 출입구 앞에서, 최무경이는 벌써 한 시간 동안이나 왔다 갔다 하고 있었다. 너무 일찍이 찾아왔었다. 그러나 다른 데서, 언제라고 꼭 작정이 없는 시간이 오기를 멍청하니 보내고 있을 수는 없어서, 그는 해가 그물그물할 때 아파트의 구내식당에서 간단한 저녁을 먹고는 곧 영천행의 전차를 잡아타고 예까지 쫓아와서, 이렇게 혼자서 문이 열리기를 기다리고 있는 것이다. 사람의 내왕도 드문 언덕이었으나, 그가 와서 기다리고 있는 한 시간 남짓한 동안엔, 오늘 검사국에서 간단한 취조를 마치고 새로이 이곳에 입소하는 피의자의 패거리와, 공판정이나 예심정에 취조를 받으러 나갔던 피고들을 태운 자동차가, 두세 차례나 이 커다란 문을 드나들었고, 낮일을 여태까지 보고 늦게야 집으로 돌아가는 간수들도 작은 문을 열고는 안으로부터 꾸부정하니 허리를 꾸부리고 불쑥 양복 입은 몸뚱어리를 나타내곤 하였다. 이럴 때마다 문 열고 닫는 소리는 깜짝깜짝 무경이의 신경을 때리고 가슴을 울렁거리게 하는 것이었다. 이 년 가까이 차입을 하느라고 드나든 관계로 그중에는 안면이나 어렴풋이 있는 간수도 있었으나, 문밖에서 만나면 그들은 언제나 처음 보는 사람들처럼 무표정한 얼굴로 그를 지나치곤 하였다.

밖으로부터 들어갈 사람이 다 끝났으니까, 인제 안으로부터 석방되는 사람이 나올 시간도 되었을 게다, 혹시 오시형이를 석방하라는 검사와 예심판사의 영장을 아까 재판소에서 돌아오던 간수부장의 커다란 가방이 가지고 들어간 것이나 아닌가, 지금쯤은 오랫동안 친숙해진 미결감의 한 방에서 영장을 받아들고 밖으로 나올 준비에 바쁘고 있는 것이나 아닌가 — 이런 공상에 취하였다가, 덜커덩하고 문에서 쇠 여는 소리가 나면 그는 깜짝 놀라서 그편으로 쫓아가보곤 하였으나 그때마다 문으로 나타나는 것은, 간수거나 사식집 사환 아이거나, 그런 사람들이어서 그는 번번이 속아떨어지지 않으면 안 되는 것이었다.

아홉시가 넘어서 한참이 되니까 부탁하였던 자동차가 왔다. 자동차가 세가 나는 요즘 같은 때에 오랜 시간을 기다리게 하는 것이 미안해서 그는 자동차에서 내려서,

"안직 시간이 멀었습니까?"

하는 운전수에게로 가까이 가며,

"인제 얼추 시간이 되었을 거야요. 미터를 돌려서 시간을 계산해 주세요. 바쁘신데 자꾸 무리를 여쭈어서 죄송합니다. 그러나 머 딱히 정한 시간이 아니니까 따로 도리가 있어야죠. 대개 아홉시 가량이면 나올 수 있다니까 인제 얼마 기다리지 않을 거예요."

자꾸만 시계를 불에다 비추어 보면서 운전사에게 미안의 변명을 늘어놓아보는 것이었다. 아파트에서 특약하고 쓰는 곳이어서 안면이 있는 운전사는 아무 대꾸도 하지 않고 다시 운전대에 올라가선 카드를 들고 연필로 무엇을 끼적거려보고 앉았다. 미터의 시계가 짤각거리다가 딸깍 하고 십 전씩 넘어서는 소리가 조용한 가운데서 무경이의 초조한 신경을 자극하고 있었다. 그러나 십 분이 넘고 이십 분이 되어도 아무러한 소식이 없었다. 이러다가 오늘도 또 헛물을 켜는 것이나 아닌가. 그렇게 생각하면 꼭 그럴 것만 같이 생각되어 그는 더욱더 초조하게 바직바직 타는 심정을 누를 길이 없었으나, 누구에게 물어볼 수도 없고, 저만큼 전찻길 있는 데까지 뛰어 내려가서 변호사한테 다시 전화를 걸어보고 싶은 조바심까지 생겨나는 것을 인내성

있게 안타까이 참아보고 있는 것이다.

그러고 있는데 아래쪽에서 어떤 양복 입은 신사가 하나 휘청휘청 올라오고 있었다. 맥고자를 벗어들고 조끼 입지 않은 가슴을 부채질하면서 자동차의 옆을 지나다가 가벼운 양장으로 몸을 꾸민 무경이를 발견한즉, 그곳으로 가까이 오면서,

"당신 누구요?"

하고 퉁명스럽게 물었다. 미처 대답할 말이 없어서 멍청차니 서 있으려니,

"당신 이름이 무언가 말요?"

하고 신사는 다시 제 물음을 설명하였다.

"최무경이에요."

"최무경? 누구 나오는 걸 기다리구 있소?"

"네, 오시형이란 사람이 보석으로 나온다구 마중 왔습니다."

신사는 수첩을 꺼내들고 불빛 밑으로 무경이를 오라고 하였다.

"나는 서대문경찰서 고등계에 있는 사람인데 성함이 누구라구 했지요?"

그리고는 무경이가 말하는 대로를 수첩에다 옮겨서 썼다.

"주소는 화동정…… ×십오번지."

그렇게 나직이 홍얼거리다가,

"오시형이가 당신의 무엇이 됩니까?"

하고 말한다. 무경이는 돌연한 물음에 잠시 말문이 막힐 듯이 되었으나 이내,

"약혼한 사람입니다."

하고 대답한다. 그러니까 형사는 한참 묵묵히 붓방아를 찧고 있다가,

"나이엔노쯔마(내연의 처)와는 그럼 다른 셈이죠?"

하고 묻더니, 대답도 별로 기다리지 않고 무어라고 수첩에 기록하고 있었으나,

"연령은요?"

하고 또다시 질문을 던졌다.

"스물넷입니다."

"그럼, 오시형이가 나오면 이 주소에 묵게 되는가요?"

빠끔히 무경이의 낯을 건너다본다.

"아니올시다. 죽첨정에 있는 야마도 아파트 삼층 삼백이십삼호실에 있게 되겠습니다. 바루 경찰서에서 마주 바라다뵈는……"

그러나 형사는 연필을 든 채 머리를 끼우뚱하고 있다가 다시 무경이를 쳐다본다. 어째서 거처할 곳이 그리로 되는가를 채 이해하기 곤란하다는 표정이었다. 그래서 무경이는,

"아직 예식을 올리지 않았다구 조선 풍속에 따라 그때까지 아파트에 드는 겁니다."

하고 설명을 첨부하였다.

"그럼, 이 아파트에는 아무도 같이 있지 않는 거지요?"

"네."

"그럼 좀 곤란한데요. 이렇게 되면 당신이 책임 있는 신원의 책임자가 되기가 힘들게 됩니다. 물론 자기가 저지른 사건에 대해서 개전

(改悛)의 빛이 확실히 나타났으니까 재판소에서 보석 같은 걸 허가한다고 생각합니다만, 일단 형무소 밖으로 나오면 책임은 그 시각부터 경찰에게로 옮겨지는 거니까요. 만약에 행방이라도 자세하지 않아지는 경우가 생기면 큰일이 아니어요? 똑똑한 인수자가 없으면 경찰서에서 당분간 신원을 보호해줘야 합니다. 주소가 다른 당신을 믿고 미가라〔身柄〕를 석방하기는 힘들지 않습니까? 형식상으로라도……"

"제가 낮에는 거기서 사무를 보고 있습니다."

하고 무경이는 다시금 생기는 난관을 넘어서려고 열심한 태도로 말해본다.

"그런 게야 무슨 조건이 될 수 있습니까?"

하고 미소를 띠더니 잠시 어떻게 하나? 하는 자세로 머리를 끼우뚱하고 생각한다.

"모처럼 재판소에서 허락해서 세상에 나오는 분이고, 또 몸도 몸이려니와 그만큼 판사나 검사도 인격을 신용하고 석방하는 것이니까, 나오는 날로 불쾌스럽게 다시 유치장 잠을 재운다든가 해서야 피차에 유쾌하지 못한 일이 아닙니까? 그러니까 이건 법칙상 위법이지만 내일 안으로 아파트의 책임자라든가, 누구 한 주소에 사는 분을 보증인으로 정해서 알려주시오. 그렇게 한다면 오늘 밤으로 최선생을 신용하고 그대로 데려내다가 맡겨버릴 터이니까요. 내일 아침에 보고서를 작성해서 주임께 바쳐야 하니까 그 전에 알려주십쇼."

"아이, 고맙습니다. 내일 아침에 말씀하시는 대로 하겠습니다."

하고 마치 이 형사가 오시형이를 석방해주는 권리를 가진 거나처럼 무경이는 그에게 대하여 감사의 마음을 표하여 보였다.

"그럼, 잠깐 동안 기다리십쇼. 대개 준비하고 있을 테니까 인제 들어가서 곧 데리고 나오죠."

하고 수첩을 집어넣고 문 있는 데로 걸어가는 뒤에서, 무경이는 다시 공순히 머리를 수그리었다.

형사는 문지기 간수에게 안내를 구하고, 문이 열려서 이내 안으로 사라졌다.

"인제 곧 나온답니다. 경찰서에서 오질 않아서 이렇게 늦었던가 봐요. 너무 기대리게 해서 미안합니다."

무경이는 다시 운전수에게로 와서 사례의 말을 건네었다.

이러구러 한 십여 분이 지난 뒤에 형사와 함께 양손에 짐을 들고서 휘뚝거리며 시형이가 문밖에 나타났다. 짐이 많아서 문 안에 섰던 간수가 몇 차례씩을 내보내주는 것을 시형이는 허리를 꾸부리고 받아서 옮겨놓고 있다. 무경이와 운전수는 그편으로 쫓아갔다. 운전수는 무거운 책 꾸러미를 양손에 들고 그것을 자동차로 날랐으나, 무경이는 손으로 짐을 거들 생각도 미처 못하고 그곳에 서 있는 오시형이를 잠시 멍청하니 바라보고 있다. 시형이도 흐릿한 불광 밑으로 잠시 무경이를 건너다보았으나, 이내 형사를 향하여,

"그럼, 그렇게 하죠."

하고 말하였다. 그러니까 형사는,

"최선생, 틀림없도록 해주시오. 난 그럼 여기서 갑니다."

하고 무경이 쪽만 바라보며 맥고자를 잠깐 들었다 놓고 그곳으로부터 언덕 밑을 향하여 사라져 없어졌다.

짐을 차에다 옮겨 싣고 두 사람은 나란히 자리에 앉았다. 시형이는 흥분을 고즈넉이 숨기고 가만히,

"아, 저 불 봐라!"

하고만 말하였다. 차가 움직이었다. 무경이도 무슨 말을 건네야 할지 몰라서 덤덤한 채 앉았다가,

"불이 그렇게 신기해요?"

하고 웃는 표정으로 시형이를 쳐다본다. 사내는 눈을 떨어뜨려 옆에 앉은 애인의 눈길을 받아서 비로소 오래간만에 그의 얼굴을 자세히 바라보았으나,

"그럼."

하고 대답하곤, 이내 낯을 돌리고, 이어서 궁둥이께를 움칠거리면서 자리를 도사리고 창밖에 지나치는 거리의 풍경을 물끄러미 내어다보고 있다.

무경이는 나직이 숨을 짚으며 앞을 바라본다. 왼편 옆구리에는 안에서 보던 책들이 어깨에 닿도록 쌓여 있다. 창고에서 풍기는 냄새가 옷 보퉁이와 책과, 그리고 시형이의 몸에서까지 흘러나오는 것 같았다. 흥분이 가슴속으로 가라앉고 안심과 만족이 포근히 떠오르는 것을 그는 향락하듯이 느끼고 있다. 이윽고 차는 커단 아파트의 앞에 와서 멎었다.

강영감이 자지 않고 기다리고 있다가 차소리를 듣고 나와서 짐을 옮겨주었다. 그러나 승강기도 없는 수면 시간에, 짐을 삼층까지 끌어올리는 것은 여간만 거추장스러운 일이 아니어서 그들은 강영감의 생각대로 짐을 일단 사무실로 들여놓았다가 내일 아침에 끌어올리기로 하였다.

자동차가 돌아간 뒤에 무경이는 오시형이를 강영감에게 소개하고, 그를 삼층 아파트의 한 칸으로 안내하였다. 오래간만에 걷는 걸음이라고, 생각처럼은 쇠약한 것 같지 않았으나, 후들거리는 다리가 못미더워 무경이는 시형이에게 높직한 층층계를 올라가는 동안 자기의 어깨와 팔을 빌려주었다. 삼층의 마지막 계단을 돌아 올라가면서,

"제칠천국 같으네."

하고 무경이가 웃는 것을, 시형이는 그저 벌씬하니 감회가 깊은 미소로 대하였고, 복도를 돌아서 어떤 방 앞에 마주 섰을 때, 잠시 동안 주런이 나란히 하여 있는 문들로 하여 지금 다녀 나온 구치감을 연상하는 듯하다가,

"가만, 내 문을 열게."

사내의 어깨 밑에서 빠져나와서 쇠를 열고 잠갔던 문을 젖혔을 때,

"이런 좋은 방을 다 준비했어."

하고 판장문의 핸들께를 한 손으로 붙들고 의지하듯이 서 있었다.

"인제 불을 켤게요."

무경이는 가볍게 뛰어 들어가서 바람벽에 설비된 스위치를 켰다.

천장에서 드리운 불과 침대 옆 작은 탁자 위에 놓인 스탠드의 불이 일시에 켜져서 크지 않은 방 안은 구석구석까지 대번에 시형이의 두 눈 속에 들어왔다.

시형이는 잠시 동안 방 안과 방 안에 장식된 도구를 물끄러미 바라다보다가, 제 발을 굽어보며,

"이 년 전에 벗어놓은 구두를 맨발에 신었더니 발에 곰팡이가 묻었는걸."

하고 쪼그라진 구두 속에서 발을 뽑았다.

"가만 계세요. 내 걸레 갖다 드릴게."

먼저 방 안에 들어가서 문을 활짝 열어놓고 시형이가 들어오는 것을 기다리고 있던 무경이는 취사장께로 가서 낡은 타월에 물을 축여 들고 와서 발을 닦아주었다.

그리고는 신장에서 슬리퍼를 내놓고,

"이걸 신구……"

모시 적삼에 베 고의를 입은 사내를 이끌듯이 해서 침대에다 앉히면서,

"어때요? 비둘기장처럼 또 좁은 방으로 모시는 건 안됐지만 무경이가 한 주일이나 걸려서 준비한 거래누."

하고 응석을 섞어서 제 두 손을 사내의 무릎 위에 얹는 것이다. 오시형이는 무릎 위에 놓인 손을 잡아서 만지면서,

"무경씨껜 너무 수골 시키구 욕을 봬서 어떡허나."

하고 나직이 감격을 넣어서 말하였다.

"별소릴 다아."

그렇게 말하면서, 그때에 사내가 힘있게 쥐어주는 손을 저도 꼭 쥐어보고는, 두 손을 쏙 뽑아서 호들갑스럽게 두어 발자국 물러나선,

"내가 뭐, 그런 소릴 듣겠다누."

하고 일부러 샐쭉해 보인다. 그러나 그의 얼굴에 떠오른 칭찬에 대한 만족한 자긍은, 무엇을 쫓아가다가 놓쳐버린 때처럼 손 둘 곳을 모르고 멍청하니 쳐다보고 있는 젊은 사내의 눈에는 적지 않이 교태를 띤 것으로 느껴졌다. 시형이는 아무 말도 입 밖에 내지 못하고 가슴속으론 우심한 갈증을 의식하면서 무경이의 눈만 쳐다보고 있었다. 눈을 바라보던 시형이의 눈이 입술로, 그리고 턱밑으로 떨어져서 가슴패기로 이동할 때, 무경이는 영리하게 사내의 마음을 낚아채듯이 발딱 몸을 옮겨서 방 가운데 놓은 탁자 뒤로 돌아가며,

"이게 무슨 꽃인지 아세요? 제가 봄부터 여름내나 손수 길른 거예요."

코를 꽃 속으로 묻고 발름발름 향기를 맡듯 하다가, 시형이가 나직이 한숨을 지은 뒤,

"수국이지, 내가 그걸 모를라구."

하고 대답하였을 때, 다시 낯을 들면서,

"아이, 수국을 다 아시네. 상당하신데."

사내가 픽 하고 웃으면서,

"그럼, 그것두 모를라구. 빨간 잉크를 부으면 빨개지구 푸른 물감을 쏟으면 파래지구 한다는 걸……"

하고 침상에 앉은 채로 말을 받을 때엔,

　"아아주, 그런 식물학도 경제학에 있는감!"

　무경이는 기쁨이 온몸을 붙든 때처럼 다시 책상 옆에로 가면서,

　"이 테이블에선 편지 쓰구 공부하구, 저기선 세수하구 양치하구, 또 저기에단 책을 쭈루루니 꽂아놓구……"

　양복장 있는 데로 가서는 잠옷 한 벌을 꺼내서 침상 위에 놓는다.

　"웬 돈이 있어 이렇게 호사를 하구 치레를 했어."

　시형이는 무경이의 애정에 대하여 감격하는 기쁜 마음을 그러한 핀잔으로 표현하고 싶었다. 그것이 더 무경이의 마음에 드는지,

　"피."

하고 그는 침대에 앉으면서

　"아아주 주인인 체하시네. 허긴 인제 주인이지 머. 어머니도 금년부턴 진심으로 허락하셨으니까…… 인제 또 평양 댁의 허락이 있어야지만……"

　또다시 시무룩해지다가 시형이의 왼팔이 제 어깨에 감기니까,

　"평양 댁에서도 잘 말하면 허락하실 테지. 그렇죠?"

하고 낯을 들어 사내의 얼굴을 쳐다보았다.

　"글쎄, 그 안에 있는 동안 아직 아버지 친필룬 한 번두 편지가 온 일이 없었구, 또 무언가 그전 그러든 약혼 이야기도 그러하고 있는 모양이니깐…… 그러나 그런 게 무슨 소용이 있수. 나를 그 속에 있는 동안 물질적으로나 정신적으로나 먹여 살린 게 무경씨구, 또 그 속에서 이렇게 나를 내온 게 우리 무경인데……"

시형이는 감격 조로 말하였다. 그리고 안았던 팔을 그대로 꽉 지리싸면서 뜨거운 입김을 무경이의 얼굴에 퍼부었다. 오랫동안 기다렸던 감격 속에 휩쓸리듯이 취하여버리면서도, 무경이는 사내에게 입술만을 주고는 꽉 붙드는 두 팔뚝의 억센 포옹에서 빠져나왔다.

감정과 정서에 주리었던 사내는 미칠 듯한 어조로,

"왜? 왜 도망해? 내가 미덥지가 못해서 그러우?"

하고 침상에서 쫓아 일어났다. 무경이는 시형이의 감정과 신경의 상태에 깜짝 놀라면서, 그러나 열심스러운 낯으로,

"일어나지 마세요. 일어나면 전 가겠어요. 다시 거기 앉으세요."

하고 명령하듯 외친다. 이러한 기세에 질리어서 사내는 주춤하니 선 채 잠시 동안 자신의 마음을 돌아보는 태도였다. 시형이는 다시 침상에 걸터앉는다. 흥분된 제 가슴의 불길을 끄려곤지 낯을 슬며시 외면한다.

무경이는 시형의 낯에 수치심의 색조가 떠오르는 것까지 보고는 그 이상 더 사내의 태도를 지키고 앉았을 수가 없어서 창문께로 몸을 피하였다. 그의 가슴도 달락거리는 소리가 들리리만큼 한없이 뛰고 있었다. 맞은편 캄캄한 언덕의 주택지에는 불빛이 반짝거린다. 하늘에도 까만 호리존트 위에 뿌려놓은 듯한 별들. 마포로 가는 작은 전차가 레일을 째면서 언덕을 기어올라가는 것이 굽어보인다. 산뜻한 밤 공기에 낯을 쏘이면서 천천히 가슴의 동계를 세어본다.

'역시 그렇게 하는 것이 온당하다. 건강도 건강이려니와, 결혼식

까지는 무슨 일이 있어도 우리는 이 이상 감정의 닻줄을 늦춰서는 아니 된다.'

어느새에 땀이 났었는지, 블라우스의 속갈피를 스치는 바람에 등이 차갑다. 어떤 가볍지 않은 의무를 단행한 때처럼 그는 달콤한 자위 속에 안겨서 언제까지나 언제까지나 이렇게 높은 삼층의 들창으로부터 하늘과 길과 언덕을 바라보고 싶은 심리였다. 그런데 등 뒤에서,

"몇 시나 되었을까. 이 년 동안이나 시간을 모르구 지냈는데 밖에 나오니까 어느새 시간이 알구 싶어지는군 그래."
하는 느직느직한 오시형이의 소리. 깜짝 놀라듯이 제정신을 부르며 무경이는 몸을 돌렸다. 시형이의 다정스런 미소.

무경이는 금시에 두 눈을 반짝거리며 핸드백이 놓인 테이블로 쫓아간다. 백을 들고 와선 시형이의 앞에 마주 서며,

"내, 무어 드릴려는지 아세요?"
하고 입술과 눈이 함께 생글생글 웃으려는 걸 꼭 참고 있다.

"거, 알 수 있나."
하고 능청맞게 대답하니까.

"피, 것두 몰라."

그리고는 백을 열고 크롬 껍데기의 묵직한 회중시계를 꺼내서 기다란 쇠사슬의 한끝을 쥐고 대롱대롱 쳐들어 보이고,

"이거! 이걸 제가 이 년 동안이나 갖구 다녔에요."

침판을 들여다보고는,

“아유, 열한시 반, 이렇게 늦었어!”

그러나 시형이는 학생 시대부터 졸업한 뒤 여기, 증권회사 조사부에 취직한 후에까지 언제나 몸에 붙이고 다녀서, 그것을 꺼내 볼 적마다,

“아유, 무겁지도 않은감!”

하고 무경이가 놀려먹던 것을 생각하고, 지금 소리를 내어 유쾌하게 웃고 있었다. 이윽고 무경이가 두 발을 모으고,

“그동안 덕택에 지각도 안 하고 착한 사람이 되었습니다. 인제 관리인으로부터 소유자에게.”

시계를 두 손으로 치켜들고 꾸뻑 인사를 한다. 시형이가 건네주는 물건을 기쁜 웃음과 함께 받으니까,

“보관료는 톡톡히 내셔야 해요.”

하고 또다시 웃음 조로 다짐을 받고, 핸드백을 챙긴 뒤에 갈 차비를 차렸다.

“내일 아침 일르게 들릴게요. 허긴 시계가 없어져서 지각할런지두 모르지만…… 이내 불 끄고 푸욱 쉬이세요.”

그러나 시형이는 시계를 놓고 뒤따라 일어섰다. 잊어버린 것을 채근하려는 듯한 성급한 표정이다. 구두를 신고 섰는 무경이의 곁으로 쫓아올 때, 무경이는 그러나 그러한 것에는 일부러 신경이 미치지 못하는 척, 이내 도어를 열고 복도로 빠져나오면서 손가락을 제 입술에 대어 키스를 건넬 뿐, 이미 가라앉은 두 사람의 가슴에 다시금 불을 지르려 하진 않았다.

조용해진 아파트를 나와서 안전 지대 위에 섰다. 전차를 기다리며, 삼층, 오시형이가 들어 있는 방을 쳐다보니 불이 꺼졌었다. 무경이는 안심한 마음을 품고 돌아갈 수가 있을 것 같았다.

'아침 일찍이 짐을 올려다가 방을 정돈해주고, 의사를 불러다가 건강 진단을 시키고, 어머니와도 정식으로 대면시키는 기회를 만들고, 옳지, 신원 보증인으로 아파트의 주인을 교섭해서 경찰서로 알릴 일이 무엇보다도 바쁘고……'

안국동에서 전차를 버리고 그는 그러한 생각에 잠겨서 집을 향하여 걸었다. 길에는 사람의 내왕조차 드물다. 그는 집이 가까운 것을 느낀 뒤에야 비로소 젊은 여자가 거리를 걷는 시간으로선 지나치게 늦은 시각인 걸 생각하고 걸음을 재게 놀리며 골목 어귀를 휙 돌았다. 그때에 어떤 신사와 마주칠 뻔하고, 그는 깜짝 놀라 비켜섰다. 노타이 셔츠에 회색 양복을 입고 파나마를 쓴 뚱뚱한 신사 ─그는 잠시 손을 모자 차양에다 대고 실례의 인사를 표하고는 무경이의 옆을 돌아 큰 거리로 걸어나갔다. 그러나 무경이는 움직이지 못하고 한참 동안 그 자리에 서서, 신사가 섰던 곳에 신사의 환영을 붙들어 세워놓고, 가슴이 받는 충격을 가라앉히기에 애를 쓰는 것이다.

골목 안에는 물론 저희 집만이 있는 것은 아니었다. 스무남은 집이나 남아 주런이 문패가 달려 있다. 지금 골목을 나간 신사가 어느 집 대문으로부터 나온 사람인지, 혹시 집을 찾으러 골목 안에 들어왔다가 헛물을 켜고 돌아나가는 사람인지, 그것은 모두 무경이에게는 알 수 없는 일인지 모른다. 그러나 무경이는 첫눈에 그 신사가 자기 집 대문에서 나오지 않았는가 하는 착각을 받았고, 그리고 지금 그 신사는 하곡이라는 아호를 가진 부채의 주인공은 아니었을까, 하는 엉뚱한 생각에 붙들려 있는 것이다.

무경이의 가슴은 다시 무거운 압력 속에서 불쾌스런 동계를 시작하였다. 대문이 저만큼 보인다. 문은 닫혀 있고, 문등은 떼꾼하게 요강덩이처럼 달려 있고…… 언제나 즐거움을 가지고 드나들던 이 대문이 어쩐지 께름칙하게 느껴져서 견딜 수 없다. 그러나 그는 그쪽을 향하여 걷지 않을 순 없었다.

대문은 미니까 달랑달랑하는 종소리를 내면서 제대로 열렸다. 식모가 나왔다. 자던 눈이다.

"아가씨, 지금 오세요?"

무경이는 대답지 않고 대청으로 올라서서 어머니 방을 건너다보았다. 자리에 누웠다가 일어난다. 아무 구석을 맡아보아도 사람이 다녀 나간 기척이 없어서 그는 비로소 의심에 붙들렸던 가슴을 가라앉힌다. 그러나 제가 쓸데없는 억측에 붙들렸던 만큼 제 마음에 대하여 염증과 혐오감이 따르는 것은 어떻게 할 수도 없었다.

"지금 오니?"

하고 어머니는 푸른 등을 끄고 촉수가 강한 전등으로 실내를 밝힌다.

"네."

나직이 무경이는 대답할 뿐. 그러나 대청 한복판에 유쾌하지 못한 심화를 품고 서 있은 채 그는 움직이지 못한다.

"그래, 오늘은 나왔니?"

"네."

"응, 참 잘됐다. 그래 얼굴이 과히 못 되진 않았든?"

어머니는 자리에서 몸을 일으킨다. 잠옷도 입지 않고 얄따란 속옷만 입었다. 무경이는 머리가 헝클어진 어머니의 살을 처음으로 보기나 한 듯이, 안방으로부터 눈을 돌리고 캄캄한 제 방으로 뛰어 들어갔다. 어머니가 또다시 무엇이라고 묻는 소리가 들려왔으나, 캄캄한 암흑 속에 떠오르는 것은, 여자로서의 살의 냄새를 잃지 않은 군살이 목과 배와 허벅다리에 알맞게 오르기 시작하는 어머니의 육체뿐, 만복한 식욕이 지방이 많은 음식물을 대했을 때처럼, 느끼한 군침이 입안에 돌고 비위가 불쑥 목구멍을 치밀어오르는 것을 무경이는 참을 수가 없었다.

3

이르게 나온다고 약속은 하였지만, 이러구러 집을 나온 것은 여느 때나 다름없는 오전 아홉시였다. 세탁해두었던 시형이의 여름 양복과 내의를 싸서 구두약과 함께 옆구리에 끼고 아파트에 이른 것은 반시간이 넘어서였다. 잠시 사무실에 들렀다가 시형이의 방으로 올라가보니, 그는 잠옷 바람으로 강영감이 급사와 함께 날라다 준 것이라고 책을 풀어서 서가에 꽂고 있었다.

"제가 차입하지 않은 것도 많은가 보."

하고 무경이는 그의 뒤에 가서 본다.

"어머니가 가끔 부쳐준 걸로 그 안에서 구입해 보았으니까……"

그리고는 마침 농이를 풀다가 맨 위에 놓여 있는 작은 암파문고를
툭툭 먼지를 털어서 보이며,

"그 안에서 읽은 것 중 내가 가장 감격한 책이 이게요."

하고 허리를 폈다. 무경이는 아무 말도 아니 하고 책을 받아들었
으나,

"아침을 잡수서야지. 그리고 내의하구 양복도 가져왔으니까 이걸
로 바꾸어 입으시구, 인제 의사를 청해다 진찰을 받으시구, 그러면
어머니도 보러 나오실 거니까……"

"아침은 강영감이 안내해서 식당에 내려가 먹었구, 어머닌 내가
찾아가 뵈어야지."

"으응, 인제 나오신댔는데……"

보꾸러미를 탁자 위에 놓은 뒤에야 의자에 손을 짚고 서서 무경이
는 시형이가 준 책을 보았다. 플라톤의 『소크라테스의 변명(辨明)』
『크리톤』이란 책이었다. 무경이는 플라톤과 소크라테스의 이름을 들
었을 뿐으로 책의 내용은 알지 못하므로, 그대로 표지와 서문 같은
것을 들쳐보고 있는데, 오시형이는 잠옷 채로 침상에 앉아서 혼잣말
처럼 이야기를 시작하였다.

"소크라테스의 사정이 나의 그때 환경과 비슷한 탓이라구도 말할
수 있겠지만, 오히려 글의 내용에서 오는 감명은 그런 것과는 달리,

나의 환경을 완전히 잊어버리게 하는 데 있는 것 같기도 해. 읽고 나서 나의 정신이 나의 환경으로 다시 돌아오면, 오히려 소크라테스의 그 훌륭한 태도는 나의 경우에는 직선적으로 통하지 않는 것 같애 불쾌한 느낌까지 주었으니까……”

물론 무경이에게는 이해되지 않는 독백이었다. 무어라고 대꾸할까를 몰라 멍청하게 서 있으려니 그는 자리에서 일어서서 옷 보퉁이를 끌렀다.

“허허! 오래간만에 만나는 그리운 양복이로구나.”

하고 그는 감개무량하게 나프탈렌 냄새가 풍기는 양복을 펼쳐 안았다. 그것을 잠시 보고 있다가 무경이는 경찰서에 신원 보증인을 통지한다고 아래층으로 내려갔다. 이 아파트의 주인은 이 집에 살지 않으므로, 대개 언제나 이 아파트에서 잠자리를 갖는 강영감에게 부탁하여 보증인이 되어 달랬다. 그것을 경찰서에 알린 뒤에 다시 그는 오시형이의 방으로 올라왔다.

시형이는 셔츠 밑에 양복바지를 입고 다시 서가 앞에 서성거리고 있었다. 무경이는 신원 보증인에 대해서 결정한 대로를 알리고 구두약을 가져다가 꼬드러진 꺼먼 구두를 닦기 시작하였다.

“그래, 그 안에서 그 책을 다 읽었수?”

하고 솔질을 하면서 무경이가 묻는다.

“어째! 절반이나. 대부분이 불허가니까……”

“불허가?”

하고 깜짝 놀라기나 한 듯이 무경이는 구두 닦던 손을 멈칫하니 붙이고 시형이 편을 본다.

"경제 방면 서적은 전부가 불허가지."

그렇게 대답하면서 시형이는 다시 일어나서 침대에 걸터앉았다.

"그러나 생각해보면 다행이야. 경제학에 관한 서적을 읽었다면 생각을 돌려볼 길이 없었을는지 모르니까. 그런 의미에서 경제학은 나에게 있어서는 변통성 없는 완고한 학문인지도 모르지. 이렇게 무경 씨 얼굴을 명랑한 여름날 아침에 다시 볼 수 있은 건 철학의 덕분인 것이 사실이니까."

시형이의 말하는 투는 보통 대화 조가 아니고 어딘가 연설 같은 느낌을 주는 어조였다.

"경제학과 철학과의 차이가 있을라구요. 학문이야 같을 텐데……"

하고 무경이는 제 의견을 나직이 말해보았으나 시형이는 그러한 것에 개의치는 않고 다시 제 생각을 펼쳐보았다.

"내 자신이 서 있던 세계사관(世界史觀)뿐 아니라, 통틀어 구라파적인 세계사가들이 발판으로 했던 사관은 세계 일원론(世界一元論)이라구도 말할 수 있는 것인데, 이러한 경우에 동양 세계는 서양 세계와 이념(理念)을 달리하는 것이 아니라, 동양 세계는 대체로 세계사의 전사(前史)와 같은 취급을 받아온 것이 사실이었죠. 종교 사관이나 정신 사관뿐 아니라 유물 사관의 입장도 이러한 전제로부터 출발했단 말입니다. 그러니까 동양이란 하등의 역사적 세계도 아니었고 그저 편의적으로 부르는 하나의 지리적 개념에 불과했었단 말입니다. 그러나 만약 이러한 세계 일원론적인 입장을 떠나서, 역사적 세계의 다원성 입장에 입각해 본다면, 세계는 각각 고유한 세계사를 가지고 있다는 것을 알 수도 있고 증명할 수도 있지 않은가. 현대의 세계사의 성립을 이러한 각도에서 이해하려고 한다면 우리가 가졌던 세계사관에 대해서 중대한 반성을 가질 수도 있으니까……"

물론 남이 말하는데 구두를 닦고 있을 수도 없어서, 그대로 귀를 기울이고는 있으나 무경이로선 시형이의 하는 말을 어떻다고 생각할 준비가 없었다. 그래서 그저 뻐끔히 그의 얼굴을 바라보고 있을 뿐이었다. 그러나 시형이는 혼자서 제 자신에게 타이르기나 하듯이 창문을 바라보며 이야기에 열을 올려서 제 이론을 전개해보고 있었다.

"가령 동양이라든가 서양이라든가 하는 개념도 로마의 세계에서 성립된 것이고, 또 고대니 근세니 하는 특수한 시대 구분도 근세의 구라파 사학에서 성립된 구분이니까, 이런 것에서 떠나서 동양과 동양 세계를 다원 사관의 입장에서 새로이 반성하고 성립시킬 필요가 있지 않은가. 이것은 동양인의 학문적인 사명입니다. 동양인 학도가 하지 않으면 아니 될 의무입니다."

그는 말을 뚝 끊었다. 그리고는 자리에서 일어났다. 창문께로 가서 오래간만에 맛보는 흥분을 고요히 식히고 있다. 무경이는 구두를 신장 안에 넣고 약과 솔을 치운 뒤에 수도에 손을 씻었다.

"의사를 부르지요. 너무 흥분하셔도도 몸에 좋지 않을 텐데……"
하고 말하니까 시형이는 몸을 돌리고 소리나는 편을 향하였다. 그러나 무경이의 물음에 대답하려 하지 않고 그는 창백해진 낯으로 이렇게 말하였다.

"독일이 파란(폴란드), 노르웨이, 덴마크를 무찌르고 화란, 백이의(벨기에)를 정복하고 불란서를 항복시켰다는 건 결코 작은 사실이 아니니까. 이러한 세계사의 변동에 제휴해서 동양인도 동양인다운 자각이 있어야 할 거야."

그리고는 침대로 가서 몸을 눕히었다.

무경이는 무어라고 말할까를 몰랐다. 본시부터 오시형이가 어떠한 사상을 가지든 그것에 간섭할 생각이나 준비는 저에게는 없다고 생각하여왔다. 그에게는 오직 안에 있는 사람을 건강한 채로 하루라도 이르게 구하여내는 것만이 임무라고 생각되어졌었다. 그러니까 지금 오시형이의 열의 있는 독백을 들어도 그것에 관하여 이렇다 할 의견을 건네려 하진 않았다.

그러고 있는데 도어에 노크 소리가 들리고 어머니가 들어왔다.

시형이는 자리에서 일어나서 양복 웃저고리를 두르고 무릎을 꺾어 절을 하였다.

"그만두시게. 고단한데 안 하면 어떤가. 그래, 그 안에서 얼마나 고생을 했었나. 어디 몸이 과히 말쨍 데나 없나?"

"네, 건강은 아무렇지두 않은 모양입니다. 밖에 계신 분들께 너무 폐를 끼치구 근심을 시켜서 되려……"

"온 별말을 다 하시지. 이러니저러니 해도 안에서 고생하는 사람에게다 대겠나."

무경이는 바룩바룩 웃으면서 어머니와 시형이의 옆에 서 있다가,

"어머니, 그게 뭐유?"

하고 손에 든 것을 물어본다.

"이거 말이냐? 지금 한약국에 들러서 약을 한 제 지어 갖구 오는 길이다. 건강이 아무렇지 않다구 해도 그대로 두어서야 쓰겠니. 몸을 보하구 그래야지. 그러구 아침은 일러서 할 수 없다 쳐도 저녁일랑은 집에 와서 먹게 하구, 약두 여기 가스불이 있다군 하지만 그걸로 어디 대릴 수 있겠니. 다리가 처음은 고단하겠지만 내일부터래두 집에 와서 약을 자시구 끼니도 별건 없지만 집에서 자시게 해야지…… 남의 눈도 있구 해서 한집에 있진 못하지만 운동 삼아서…… 그렇지 않니, 무경아?"

시형이가 황송한 낯으로 사양의 말을 건네려 하는데 무경이는 이내 어머니의 말을 받아서,

"참, 그렇게 하시지. 아침두 전 일러서 시간에 대어 먹지만 오선생님은 어머님이랑 같이 좀 늦게 잡숫게 하시지. 그러구 거기서 책이라도 보시면서 노시다가 점심 잡숫구, 약 잡숫구, 저녁 잡숫구 밤에만 여기 와서 주무시지…… 그렇게 합시다. 며칠은 다리가 아파서 걸어 다니시기 힘들 테니까 오늘은 그저 요 근방에나 조끔씩 걸어보시구……"

저희들끼리 사귄 사이라고 불만해했고, 그 다음은 '믿지 않는 사람'이라고 꺼려했고, 그가 법망에 걸려 들어간 때에는 더욱더 완고하게 무경이의 생각을 탓하였다. 그러나 다른 일로는 어머니의 성미에

거역한 적이 없는 무경이도 이것만은 귀를 기울이려 하지 않았다. 차입을 대기 위하여 처음으로 직업 전선에 나서는 것을 보고 어머니는 깜짝 놀랐다. 얼마간 모녀 새에는 의까지 상하였었다. 그러나 무경이는 들으려고 하지 않는 것이다. 밥과 옷은 여전히 집에서 얻어먹고 입고, 제가 버는 봉급으론 오시형이를 위하여 책과 밥을 차입하는 것이다. 이렇게 하기를 이 년—드디어 어머니는 딸의 열성에 탄복한 것이다.

어쨌든 어머니의 오늘의 태도를 무경이는 감동된 낯으로 바라보았다. 이러한 날이 꼭 찾아올 것을 믿기는 하였지마는 그동안 제가 겪은 곤욕이 큰 만큼, 지금 눈앞에 그러한 장면을 친히 경험하고 있으면, 그의 가슴속엔 짜릿한 전류가 흐르도록 기쁨은 감격을 자아내는 것이다.

"오정에 너 나올 수 있건 어디서 같이들 점심이라도 먹자. 요 근방엔 어디 식당 같은 게 없니?"

어머니는 시형이의 방을 나가면서 딸에게 말하였다. 무경이도 문지방에 선 채,

"이 부근에야 무어 벤벤한 게 있나요. 종로나 본정으로 나가야지. 그럼 내 자동차로든가 전차로든가 모시구 나가께, 어디서 시간 약속하고 기다리시구려."

그래서 결국 본정 입구에 있는 양식당으로 시간을 정하고 그들은 방을 나갔다. 방을 나갈 때 시형이는 종잇조각에 적은 것을 주면서,

"전보 한 장 급사 시켜서 쳐주시오. 집에, 나왔다는 소식이나 알려

야죠."

하고 무경이에게 말하였다. 무경이는 어머니를 따라 아래층으로 내려왔다.

"틈나는 대루 박의사를 좀 와달랠까요? 그렇잖으면 데리구 나가서 뵈이든지."

딸이 어머니에게 의사의 진찰을 상의하니까,

"사정을 아니까 와달래도 오실 거다."

하고 어머니는 대답하였다.

일이 밀려서 다섯시를 칠 때까지 잡념에 머리를 쓰지 않은 것은 오히려 다행한 일이었다. 무경이는 점심을 먹고 돌아와서는 오시형이를 삼층으로 데려다주고 줄곧 사무에 골똘하였다. 그러나 한 가지 일이 끝나고 다른 일로 손을 옮길 때마다, 자꾸만 어머니의 약속이 머리를 스치곤 하는 것은 어떻게 뿌리쳐버릴 수도 없었다. 일이 바빠서 이내 머리를 털어버리고 장부 정리와 숫자 계산에 정신을 묻었지마는 다섯시를 치는 소리에 장부를 접고 고개를 들면 다시 어머니의 말이 머리에 떠올랐다.

유쾌하고도 가벼운 흥분 속에 점심을 먹고 나오는데, 시형이를 앞세워놓은 뒤에서 어머니는 무경이에게 나직이 귀띔하듯이 말하였던 것이다.

"너, 오늘 몇 시에 나올 수 있니?"

"네시면 나오지만 일이 좀 밀려서 다섯시나 넘어야 퇴근할 거예요.”

“그럼, 다섯시 반까지 경성호텔로 좀 나오너라. 이야기할 것도 있
구⋯⋯”

“혼자서?”

“응, 너 혼자만 나오너라.”

이야기는 그것뿐이었다. 그리고 지금 다섯시 치는 소리를 듣고 장
부를 접어 꽂은 뒤에도, 어머니의 이야기란 것을 도무지 상상할 수가
없는 것이다. 무엇 때문에 호텔로 나오라는 것일까. 저녁이나 같이
먹으면서 이야기하자는 뜻인 건 추측할 수 있지마는, 점심에 외식을
하였는데 다시 또 저녁을 사준다는 것도 이상하고, 단둘이 언제나 집
에서 만나 조용히 이야기할 수 있으면서 새삼스럽게 장소를 밖으로
잡은 것도 알 수 없는 일이다. 오시형이와의 결혼에 대해서 무슨 색
다른 이야기라든가 의논이 있는 것일까. 도무지 어인 영문인 걸 상상
할 수가 없었다.

“밖에 일이 있어서 나가는데 저녁은 오늘까지만 이 식당에서 잡수
세요. 양식보다도 저녁 정식은 화식을 잘하니까 화식 정식으로 잡수
세요. 내 일곱시나 여덟시경에 들리께⋯⋯”

시형이에겐 그렇게 말해놓고 무경이는 아파트를 나와 전차를 탔
다. 호텔에 이르니까 로비에 어머니 혼자 앉아 있었다. 무경이는 그
의 앞에 가서 아무 말도 건네지 않고, 힐끔 어머니의 표정을 엿보면
서 의자에 앉았다.

“오신 지 오래유?”

하고 물으면서 다시 어머니의 낯빛을 살피니까, 시계를 쳐다보고는,

"응, 조금 지냈다."

그리고는 이야기를 시작하거나, 식당으로 들어가잔 말도 없이 그대로 낯을 좀 외면하고 멍청하니 유리창을 바라보고 앉았는 것이다. 어려운 말을 시작하기 전에 사람들이 항용 가지는, 자리 잡히지 않은 태도였다. 얼굴엔 무표정을 의장하지만 속에는 여러 가지 궁리가 오락가락하고 초조한 조바심까지 문풍지처럼 바람에 떨고 있는 것이다.

무경이는 질식할 듯한 시간을 오래 끌고 나가기가 안타까워졌다. 무슨 어렵고 놀라운 이야기라도 쏟아져나오기를 기다리는 긴장된 자세가 오랫동안 계속해 나아가면 신경은 피곤에 시달려서 관자놀이께가 쑤시는 것 같은 착각까지 느껴진다. 그는 드디어 결심한 듯이 낯을 들고,

"무슨 말인지 어서 하시구려."

하고 어머니를 쳐다본다.

"응, 인제 좀 있다가……"

그리고는 무경이의 뚫어지게 바라보는 눈초리를 피하여 낯을 외면한다. 그러나 무엇을 생각하였는지 어머니는 결심의 표정으로 낯빛이 해쓱해진 얼굴을 다시금 무경이에게로 돌리면서,

"이야기랄 건 별로 없구, 어차피 네게 알려야 할 일도 있구…… 그래서 오늘 누굴 네게 소개할런다."

하고 더듬더듬 말하였다. 이야기를 끝마치고 난 어머니의 얼굴에는

흥분 탓인지 혹은 부끄러움 때문인지 붉은 혈조가 볼 편과 눈가에 엷게 떠오른 것같이 보여졌다. 이야기한 것을 따지자면 내용은 분명치 않았으나, 그런 것을 천착해볼 겨를도 없이, 어머니의 태도와 표정에서 무경이는 대번에 사건의 핵심을 이해하는 것이었다. 그러나 그것이 무엇인지를 딱히 제 머릿속에 깊이 의식하지도 못했을 때에, 유리 밖으로 층계를 올라오고 있는 한 사람의 신사를 발견한 어머니의 두 눈은 벌써 당황의 빛이 농후해진 표정 속에서 적이 침착성을 잃고 있는 것처럼 무경이에겐 느껴졌다.

아래층 클록에 모자와 단장을 맡겼는지, 맨머리 바람에 바른손에는 단장 들던 버릇으로 부채를 약간 치켜서 들고 흰 양복 입은 신사는 그들이 앉아 있는 곳으로 가까이 왔다. 기품 있게 갈라 재운 머리는 짧게 다듬은 수염과 함께 희끗희끗 흰 것이 섞여 있었다. 무경이는 얼른 그의 부채를 보았다.

어머니가 자리에서 일어났을 때 오십을 넘어 얼마가 되었을 점잖은 사내는,

"오래 기대리셨지요."

하고 미소를 띠어 어머니께 인사한 뒤에 다시,

"아, 이분이 무경양이시군. 이야기론 늘 들었었지만 여태 뵈온 적이 없었군요. 난 정일수(鄭一洙)라구 합네다. 바쁜데 나오시라구들 해서……"

하고 무경이를 바라보았다. 무경이는 지금 자기가 경험하고 있는 사태와 입장을 엉겁결에 의식하면서 굳어진 몸 자세대로 고개만 약간

수그려 보인다. 그러니까 정일수씨는 옆에 와 섰는 보이에게,

  "준비가 되었지요?"

하고 물은 뒤,

  "자, 그럼, 저리루들 들어가시지."

  무경이와 어머니에게 뜰 안을 가리키었다.

  따로 떨어진 방 안에서 그들은 광동요리를 먹었다. 일이 고되지나
않은가, 아파트란 것도 새로 생긴 경영 형태지만 요즘 주택난과 하
숙난이 심하니까 상당히 중요성을 띠겠다든가, 야마도 아파트엔 방
이 얼마나 되는데 그것이 전부 꼭 찼는가 하는 등속의 이야기로부
터, 건축난, 주택난에 대해서 말이 옮아가고, 그러는 동안에 저녁이
끝났다. 그러한 정일수씨의 말에는 어머니가 가끔 대꾸를 하였을
뿐, 무경이는 묻는 말이나 마지못해 나직이 대답하는 정도로 침묵을
지키지 않을 수 없었다. 먹는 것이 끝나니까 정일수씨는 시간 약속
이 있다고 먼저 나가고 모녀간만이 잠시 더 방 안에 남아 있었다. 무
경이는 음식도 많이 먹지 않았으나, 단둘이 되었어도 혼자서 무엇을
생각하고 있는지 별로 이야기를 건네려 하진 않았다. 물로 어젯밤
집 앞에서 부딪힐 뻔하였던 그 신사는 아니었다. 그러나 정일수씨가
하곡이라는 아호를 가진, 산수 그린 부채의 주인인 것은 틀림없는
사실이었다. 점잖고 단정하고 기품이 있는 신사의 얼굴을 께름칙하
게 생각하여보기는 이것이 처음이라고 그는 막연히 제 심리를 뒤적
여보고 앉아 있다. 어머니는 혼잣말하듯이 뜨직뜨직이 이야기를 시
작하였다.

"네겐 너무 돌연스레 된 일이 돼서 서먹서먹하구 어인 셈판인 걸 모를 게다. 그러나 벌써 오래전부터 있어왔던 이야기다. 내가 세브란스에 있을 때니까 십 년이나 되지 않니. 그때부텀 여태껏 사람을 다릴 놓아서 말을 붙이구, 또 스스로 대면해서 말하는 걸 나는 십 년을 여일하게 거절해왔었다. 사람이나 그 집 내력이야 무어 하나 탓할 데 없는 분이지만 내가 널 두구 새삼스레 무슨 결혼을 하겠니…… 그랬더니 어쩐 셈판인 걸 나도 모르겠다. 너희들 사일 허락하구 나니 마음이 갑재기 탁 풀려버리는구나…… 자식들이 있다지만 다 장성들 해서 시집보낼 덴 시집보내구 아들은 세간까지 내서 딴살림을 배포해주었단다…… 나이도 인제 사십을 넘으니까 어찌 된 일인지 늙은 몸을 의탁하구야 살아갈 것만 같구나. 어쭙잖게 생각지 말구 에미 하는 짓을 웃구 쓰려쳐버려라. 너희들 예식이나 올려주군 천천히 어떻게 채비를 대일까 한다만……"

어머니는 죄지은 사람처럼 딸의 눈치를 살펴가며 간단히 그렇게 말하였다. 무경이는 여태껏 제가 품고 있던 생각이 다른 감정으로 뒤바뀌는 것을 경험하고 묵묵히 앉아 있다. 눈시울이 따가워서 손수건으로 그것을 묻혀내었다. 마흔둘! 아직도 어머니는 젊다.

'나는 왜 좀 더 이르게 어머니의 행복에 대해서 생각해보지 못하였을까. 딸 하나만으로 젊은 어머니가 행복될 수 있으려고 얼마나 많은 무리(無理)가 그곳에 감행되었을까. 그렇던 나마저 어머니의 옆을 떠나면서 어째서 나는 어머니의 행복에 대해선 터럭만큼도 생각함이 없었을까. 스물에 홀몸이 되셔서 나 하나만을 위하여 청춘을 불사르고 화려한 꿈을 짓밟아버린 어머니가 아니냐. 이제 무슨 염치에 나는 어머니에 대해서 심술이나 투정을 부리려고 하는 것일까. 어머니도 나머지 여생을 행복하게 보내셔야 한다.'

무경이는 눈물을 숨기지 않고 낯을 들어 어머니를 건너다보았다. 젊은 시절의 사진처럼 어머니의 얼굴엔 아름다운 살결이 아지랑이에 싸여 있는 것같이 눈물 어린 눈에는 비치어졌다.

"엄마!"

하고 소리를 내어서 무경이는 어머니의 무릎에 낯을 묻었다.

어제 좀 지나치게 걸었더니 발바닥이 솔고 다리가 아프다고 시형이는 식당에서 아침을 먹고는 이내 침대에 누워서 잡지와 신간 서적을 뒤적거리고 있었다. 내일부터나 화동 집으로 약과 밥을 먹으러 가겠다고 그는 말하고 있다.

무경이는 사무실에서 입금 전표를 정리하면서, 어떤 기회에 어머니와 정일수씨와의 결혼 이야기를 시형이에게 전달할 것인가 하고 가끔 생각에 잠겨보곤 한다. 펜을 전표 위에 세운 채 가만히 생각해본다. 이치로 따져보거나, 여태껏의 어머니의 생애를 생각해보거나, 무경이로 앉아 응당히 기뻐하고 찬성해드릴 일임에 틀림없었으나, 하루를 지내놓고 어머니가 없는 곳에서 문득 생각이 그곳에 미치면, 가슴이 뚱 하고는 지그시 심장을 압박하는 가슴의 동계가 마음을 한없이 설레게 하는 것이다. 그리고는 누를 수 없는 심술이 두 눈에 심지를 꽂아놓는 것이다.

'내가 왜 이럴까. 어머니와 나와의 평화하고 행복된 생활을 먼저 파괴하고 나선 것은 내가 아닌가. 어머니의 고백에 의하면, 어머니는 십 년 동안 나와의 행복을 지키기 위해서 정일수씨에게 고집을 세웠다고 한다. 나는 어머니를 위해서 무엇을 했나. 기독교의 신앙과 풍속 가운데서 안온한 생활을 이어나가려는 어머니의 마음을 슬프게 교란시킨 것은 내가 아닌가. 기독교율에 의탁해서 젊은 정열을 희생하고 속세적인 행복에서 자기를 격리시킨 뒤, 그 가운데서 성실한 생활을 설계해보려던 어머니에게 있어, 딸이, 단 하나의 딸이 예수교의 교율을 거역했다는 것은 얼마나 타격적이고도 슬픈 일이었을까. 어머니의 결혼이 만약 유쾌치 못한 성사라면, 그것의 원인을 이룬 것은 다른 사람 아닌 내가 아닌가?'

이렇게 수없이 자기 자신을 탓하면서, 이러한 생각을 고스란히 그대로 그에게 들려주면, 처음에는 놀라고 수상쩍게 생각할는지 모를 시형이도, 마지막에는 모든 것을 깊이 이해하게 될 것이라고 생각하는 것이다. 그렇게 생각하고 나면 그는 일시 유쾌한 상상을 머리에 그려보게 되기도 한다.

'우리 결혼식이 있은 뒤엔 또 한 쌍의 신랑 신부의 혼례식이 있을 텐데, 그게 누굴는지 아세요? 그게 바로 우리 엄마라나' 하고 말하면 아마 오시형이는 깜짝 놀라 경동을 할 것이다. 생각하면 우습기도 해서 그는 혼자 발씬하니 웃고 다시 장부를 들춘다.

"허허어, 생각하면 생각할수록 기쁜 일이렷다."

하고 멋도 모르는 영감님은 시형이가 출감한 것에다 둘러붙여서 무경이의 웃음을 놀리려 들었다. 그때에 시계가 열한시를 쳤다. 그것이 다 치는 동안을 기다려서 무경이는 등을 돌리고,

"제가 무엇 때문에 웃는 줄이나 아시구 그러세요."

하고 말하였으나, 그때에 사무실 밖에 한 사람의 신사가 자동차를 내려서 들어온 때문에, 강영감도 무경이도 함께 이야기를 중단하고 그편으로 시선을 돌렸다.

신사는 아파트의 현관을 들어서서 그대로 위층으로 뻗어 올라간 층계를 잠시 바라보듯 하였으나, 이내 사무실 쪽으로 낯을 돌리고 가까이 오면서,

"이 아파트에 오시형이라는 사람이 있습니까?"

하고 밭게 앉은 강영감에게 물었다.

"네, 삼층 삼백이십삼호실에 계십니다. 삼층에 올라가셔서 그저 이십삼호실만 찾으시면 되겠습니다."

하고 무경이가 의자에서 일어서면서 사무적으로 대답하였다. 신사는 흘낏 무경이의 낯을 건너다보았으나, 이내 의식적으로 시선을 피하듯 하고, 막연히 사무실의 구멍을 향해서 사의를 표하듯 모자 끝에 손을 댄 뒤, 흰 단장 끝으로 복도의 바닥을 짚어서 위의를 갖춘 뒤에 알맞추 비대한 몸을 층계 위로 옮겨놓았다. 무경이는 첫눈에 오십을 넘었을까 말까 한 이 신사의 풍채에서 평양서 부회의원과, 상업회의소에 공직을 가지고 있다는 오시형이의 아버지를 간파하였다. 그럴수록 신사의 태도에는 자기에 대한 어떤 모멸감이 들어 있는 것 같은 느낌을 털어버릴 수는 없었다. 무경이는 그의 찾아옴이 너무 돌연스

럽고, 그의 태도에서 오는 위압과 모멸감이 너무 몸에 부치는 것 같아서 의자에 앉을 염도 못하고 멍청하니 그곳에 서 있었다.

"오선생의 춘부장 되는 양반이신가?"

하고 묻는 강영감에게 무어라고 대답해주어야 할 것인가 당황했으나,

"그런가 봐요."

하고 새파랗게 질린 채 나직이 대답해줄밖에 딴 도리가 없었다. 자기네들의 사정을 알고 있기는 하지만 상세한 집안 내용까지는 모르고 있는 강영감이었다. 무경이와 시형이와의 관계를 평양 있는 그의 아버지는 인정하지 않으려고 하던 것, 그는 그대로 도지사를 지냈다는 지명 있는 명사의 딸과 약혼설을 진척시키고 있던 것 — 이러한 미묘한 사정은 아무것도 모르고 있는 강영감이다. 그러니까 시형이의 아버지의 방문과 그의 태도에서 받는 충격에 대해서 그는 아무것도 이해할 길이 없을 것이다.

무경이는 가만히 자리에 앉아서 다시 펜을 들었으나 머리를 사무에 묻을 수는 없었다.

이 년 동안 친필로는 편지도 안 하였다던 아버지가 전보를 받고 아들을 찾아왔다. 물론 부자간의 정의로 당연한 일임에 틀림은 없으나, 사상과 여러 가지 가정 문제로 의견을 달리하던 부자가 오늘 이 년 만에 만나서 다시 아름답지 못한 충돌이나 거듭하지 않을 것인가. 그동안 아버지는 아버지대로, 아들은 아들대로 제가 가졌던 생각과 태도와 고집에 대해서 반성하는 곳도 양보하는 곳도 생겼을 것이다.

아버지는 과연 아들의 결혼 문제를 순순히 허락할 만한 준비를 가지고 올라온 것일까. 불안과 궁금증과 초조와 공포심과 의혹이 뒤섞이고 합치고 엇갈려서 무경이는 고개를 푹 수그린 채 정신없는 사무를 보고 앉아 있다.

한 삼십 분 만에 시형이의 아버지는 층계를 내려왔다. 그러나 단장도 모자도 두고 잠시 다니러 나오는 모양이었다. 얼른 눈을 유리창 밖으로 돌렸으나 그의 태도와 무표정한 얼굴로부터는 아무러한 암시도 받을 수가 없었다. 두 사람 사이에 이야기는 순조롭게 진척이 된 모양같이 느껴지기도 하였다. 그러나 그는 맨머리 바람으로 어디를 나가는 것일까? 그는 나갔다가 한 십 분 만에 다시 돌아와서 역시 사무실 쪽을 보고 못 본 척, 무표정한 얼굴에 위엄기만을 나타내고 층계를 올라가버렸다. 무경이는 어디다가 발을 붙이고 공상의 줄을 뻗어볼 수가 없었다. 그런데 또다시 한 이십 분 만에 자전거 탄 양복장이가 샘플을 보꾸러미에 싸가지고 아파트를 들어와서 꾸뻑 인사를 하고 위층으로 올라가려 하였다.

"어디로 가십니까?"
하고 강영감이 소리를 치니까, 양복점원은 멈칫하고 층계에 한 발을 올려놓은 채 이편을 바라보며,

"삼층 이십삼호실입니다."
하고 말하였다. 이편에서 별로 말이 없으니 점원은 그대로 위층을 향하여 올라가버렸다. 열두시의 사이렌이 울었다. 양복장이는 주문을 받았는지 인사성 있게 웃어 보이면서 사무실을 지나 밖으로 나갔다.

그러나 그와 엇바뀌듯이 하여 이번에는 구둣방에서 찾아왔다. 자전거 뒤에다 커다란 트렁크를 두 개나 싣고 온 양화점원은 모자를 벗고 공손히 사무실 앞에서 안내를 구하였다. 강영감은 신이 나서 대답하였다. 양화점원이 올라가는 것을 물끄러미 바라보고는 무경이 쪽을 돌아보면서,

"아버지가 오시드니 양복 짓구 구두 사구 한 벌 미끈히 채려 내세우실 모양이군."

하고 반갑게 웃었다. 무경이는 펜대를 든 채,

"그런가 봅니다."

하고만 대답한다. 그는 지금 속으로 적지 않이 불안스런 사태를 한 갈피 한 갈피 분석해보듯이 뒤적여보고 앉았는 것이다.

'아까 시형이의 아버지가 맨머리 바람으로 밖에 나갔던 것은 양복점과 양화점을 부르러 갔던 것임에 틀림없다. 여기서는 멀리 떨어져 있는 두 상점을 부르기 위하여 그는 전화를 걸었을 것이다. 전화를 걸러 밖으로 나갔던 것이다. 그는 어째서 일부러 전화를 걸러 밖으로 나갔던 것일까? 사무실 전화를 쓰지 않고 일부러 밖으로 나간 것은 무슨 때문일까?'

여기까지 생각해보고는 무경이는 잠시 멈칫하니 물러선다.

'나를 피하기 위하여, 나의 낯을 대하기가 싫어서 나 있는 사무실의 전화를 쓰지 않기 위해서, 그는 밖으로 딴 전화를 찾아 나갔던 것임에 틀림없다!'

이렇게 단정하기엔 여러 가지 주저가 따라왔다. 무경이로 앉아 차

마 그렇게 생각해버릴 수가 없는 것이다.

'그것은 무엇을 의미하는가. 오시형이의 아버지가 무경이를 모욕하는 것으로 된다. 무경이와 시형이와의 관계를 인정하지 않겠다는 증거로 된다.'

그래서 무경이는 생각을 딴 데로 돌려보려고 애쓰는 것이었다. 그러나 시형이의 아버지가 밖으로 나갔던 것을 무엇으로 설명할 수 있을 것이며, 그의 무경이에 대한 태도를 어떻게 해석해볼 수 있을 것인가.

'정식으로 대면이 있기 전에 며느리 될 사람을 이런 처소에서 만나는 것을 꺼리는지도 모르지. 직업이 나쁜 것은 아니나 역시 그들의 습관으로 보아 이러한 처소에서 며느리 될 여자와 낯을 대한다는 것은 아름답지 못한 일일는지도 모르지. 그래서 그는 일부러 사무실 쪽을 못 본 척, 무경이의 존재를 무시하려고 애쓰는 것인지도 모르지.'

한참 만에 구둣방 점원도 나가고, 또 얼마 뒤엔 오시형이의 아버지도, 이번엔 모자와 단장을 쓰고 들고 시형이의 방으로부터 내려와서 밖으로 나갔다. 시형이는 그의 아버지가 나간 뒤 십 분이나 지나서야 아래층으로 내려와서 사무실에 얼굴을 나타내었다.

"아버지가 오셨어!"

그렇게 말하고는,

"이거 구두두 한 켤레 얻어 신었는걸! 이게 온 오십오 원이라니!"

번쩍 다리를 들어서 보이었다.

"어제 전보를 보시구 오신 게로군요."

하고 천연스럽게 무경이도 대꾸하면서 자리에서 일어났다.

"아침 차에 내리셨답니다."

"그럼 어디 여관에 들으셨게?"

"저, 무언가 비전옥에!"

무경이는 앞서서 사무실을 나와서 식당으로 갔다. 점심을 주문해 놓고 두 사람은 뻐끔히 마주 쳐다보았다. 묻고 싶은 사연이 한두 가지가 아니었으나 무경이는 그것을 토설하기가 어쩐지 무서운 생각이 났다.

"아버지가 종내 꺾이었지. 아무 말씀 없이, 몸이 과히 상한 데나 없니 하구 물으시던데……"

하고 벌쭉벌쭉 웃어서 무경이도 따라 웃었다. 그러나 무경이는 제 질문을 꾹 눌러서 억제하며 다시 시형이의 말을 기다리려는 자세를 취한다.

"부자간의 정리란 우스운 건가 봐."

하고 시형이는 혼잣말처럼 지껄였다.

"이 년 동안이나 편지 한 장 없으시던 분이 나왔다니까 그날로 쫓아오신 걸 보면."

무경이는 그러한 말에도 별로 대꾸하지 않았다. 주문한 점심이 와서 두 사람은 덤덤히 식사를 마치었다. 다 먹고 나서 차를 마시며 시형이는 다시,

"아버지가 시굴로 내려가자는군 그래."

하고 무경이의 낯을 건너다보았다. 무경이는 그때에 가슴이 뚱 하고 물러앉는 것 같은 충격을 경험하였으나 애써 낯색을 헝클지 않으려고 노력하면서 입에 가져가던 찻종만 그대로 들고 있었다.

"몸두 쇠약했는데 서울 있어가지구야 치료가 되겠니, 집에 가서 몸이나 좀 추세거든 어디 온천에라도 가서 정양을 해야지. 그리군 또 재판소에서도 이런 데서 주소도 일정치 않구 옛날 친구라도 내왕이 있구 그러면 앞으로 예심 종결이나 공판에도 지장이 생기지 않겠느냐구……"

아버지의 말을 옮기듯 하고는 찻종으로 눈을 가리며 훌쩍 차를 마셨다.

무경이는 마음이 좀 진정되는 것을 느꼈으나 시형이의 말에 대해서 무어라고 대꾸할 만한 기력은 생기지 않았다. 그들은 식당을 나왔다. 테이블을 돌아 나오려고 할 때에 무경이는 가벼운 현기증을 느끼고 잠시 탁자 언저리를 붙든 채 서 있다가 간신히 시신경(視神經)에 힘을 주면서 시형이의 뒤를 따라 복도로 나왔다.

복도에 나와서는 곧바로 층층계를 향하여 걸었다. '제칠천국' 같다고 하던 계단을 하나하나 올라가면서 무경이는 덤덤히 생각에 잠긴다. 아파트에 들어와서 침대에 걸터앉는 시형이의 낯을 보고야 무경이는 의자에 앉으면서,

"도횐 공기도 나쁘구 그런데, 갈 데만 있으믄야 조용한 데로 가셔야죠. 그리구 재판소에서도 역시 서울서 빈둥거리는 것보다는 가정이 있는 곳으로 가 계시는 걸 좋아할 거예요."

하고 비로소 명랑한 어조로 말하였다. 시형이는 흘끗 무경이의 웃는 낯을 건너다보았으나, 그의 심정을 모를 만큼 둔감도 아니란 듯이 침대에 눕더니,

"옛날과는 모든 것이 다른 것 같애. 인제 사상범이 드무니까 옛날 영웅 심리를 향락하면서 징역을 살던 기분도 없어진 것 같다구 그 안에서 어느 친구가 말하더니…… 달이 철창에 새파랗게 걸려 있는 밤, 바람 소리나 풀벌레 소리나 들으면서 잠을 이루지 못할 때엔 고독과 적막이 뼈에 사무치는 것처럼 쓰리구……"

그렇게 가느다랗게 독백처럼 말하고 있었다. 무경이는 돌아서서 창밖을 바라보는 척하면서 수건으로 가만히 눈을 닦았다.

그렇게 하고 사흘째 되는 날이다. 한 달을 두고 가물던 날씨가 물쿠고 무덥고 그러더니 드디어 장마가 시작되었다. 비가 내리다간 그치고 그쳤다간 또 맥없이 내리고 하는 오후에, 오시형이는 저희 아버지를 따라 평양으로 떠났다. 종내 그들은 무경이를 정식으로 알려고도 소개하려고도 하지 않았으나, 무경이는 그런 것에 개의하지 않고 정거장까지 나가서 시형이의 떠나는 것을 보았다.

정거장을 나와서, 아주 영영 돌아오지 않을 사람을 떠나보낸 것 같은 슬픈 심회를 가슴에 지니고 비 내리는 전차에 올라탔다. 후줄근히 젖어서 물이 흐르는 우장 외투를 그대로 입은 채 그는 사무실에도 들르지 않고 곧바로 시형이가 들었던 방으로 들어가는 것이다.

새 양복과 바꾸어 입은 뒤 아무렇게나 벗어 던지고 간 세탁한 낡은 시형이의 양복이 침대 위에 뒹굴고 있었다. 신장을 여니까 무경이가 손수 닦았던 꼬드러진 낡은 구두도 초라하게 들어 있었다. 테이블 위에는 수국의 화분. 며칠째 물을 못 먹고 그것은 희끄무레하게 말라들고 있었다. 다시 물감을 부어도 빨개질 것 같지도 파래질 것 같지도 않게 시들어버리고 있었다.

'시형이를 위하여 얻었던 방이었다. 시형이를 맞기 위해서 저금통장을 빈텅이를 만들면서 장식해보았던 방이었다. 그는 인제 가버리고 여기엔 없다.'

'시형이를 위하여 나섰던 직업 전선이었다. 시형이의 차입을 대기 위해서 선택하였던 직업이었다. 시형이도 나오고 인제 직업도 목적을 잃어버렸다.'

무경이는 가만히 앉아서 빗발이 유리창 위에 미끄러지는 것을 물끄러미 바라보고 있다. 회색빛의 멍한 하늘이 얼룩하게 얼룩이 져서 보인다.

어머니에겐 정일수씨가 생기고, 인제 나는 어머니에게도 필요하지 않은 딸이 되었다.

울고 싶은 생각도 나지 않는다. 그저 제 몸에서 빈 껍질만 남겨두고 모든 오장과 육부가 몽땅 빠져나가는 경우가 있었으면 하고 막연히 그런 경지를 생각해보고 있었다.

그런데 똑똑 노크 소리가 나고 급사가 문을 열었다.

"주인님이 나오셔서 장부 좀 보시잡니다."

급사의 말에 그는 정신을 차려 몸을 일으키었다. 그는 문에 쇠를 잠그고 층계를 내려갔다. 내려가면서 점점 제 다리에 기운이 생기는 것을 느꼈다.

'방도, 직업도, 이제 나 자신을 위하여 가져야겠다!'

그런 생각이 사무실을 들어설 때에 그의 마음속에 이루어지고 있었다.

생각할 문제

1. 이 소설은 일제 강점 시대 말기 사상범으로 수감되었다가 나온 애인을 맞는 한 여성의 의식과 생활을 다루고 있다. 마지막 부분에서 여주인공 무경은, 애인인 오시형이 자신이 마련해준 방도 마다하고 친부의 말을 따라 평양으로 가버리자, "방도, 직업도, 이제는 나 자신을 위하여 가져야겠다!"고 결의를 다진다. 이 작품에서 그녀의 이런 결심에 담겨 있는 뜻은 무엇인가?

2. 이 작품에서 우리는 딸 최무경의 애정 관계와 더불어, 스무 살에 과부가 되어 오로지 딸 하나만을 의지해 살던 무경의 어머니가 재혼하기로 결정하는 것을 보게 된다. 그 결정이 당대 사회에서 지닌 의미와, 그것이 딸에게 끼친 영향에 대해 말해보시오.

여성 의식과 관습의 늪

3

두 파 산
_염상섭

순 례 자 의 노 래
_오정희

두 파산(破産)

지은이 이 글을 쓴 **염상섭**(1897~1963)은 1897년 서울에서 태어나 1963년 작고했다. 일본 와세다 대학에서 수학했으며, 1920년 『폐허』의 동인에 가담하면서 작품 활동을 시작했다. 데뷔작 「표본실의 청개구리」와 「만세전」을 비롯하여 150여 편의 중·단편과 「삼대」, 「무화과」 연작을 위시한 16편의 장편소설을 쓴 작가로 초창기 근대 문학의 형성에 공이 큰 작가다. 식민지 시대에 씌어진 그의 많은 작품들은 일제 치하의 현실에 대한 비판 의식을 담고 있는데, 이런 특성 때문에 오늘날 그의 소설은 한국 사실주의 소설의 한 전형으로 평가받고 있다.

발표 『신천지』, 1949. 8.

출전 『두 파산』, 솔출판사, 1996.

1

"어머니, 교장 또 오는군요."

학교가 파한 뒤라 갑자기 조용해진 상점 앞길을, 열어놓은 유리창 밖으로 내다보고 등상에 앉았던 정례가, 눈살을 찌푸리며 돌려다본다. 그렇지 않아도 돈 걱정에 팔려서 테이블 앞에 멀거니 앉았던 정례 모친도 저절로 양미간이 짜붓하여졌다. 점방 안에는 학교를 파해 가는 길에, 공짜 만화를 보느라고 아이들이 저편 구석 진열대에 옹기종기 몰려 섰다가, 교장이라는 말에 귀가 반짝하였는지 조그만 얼굴들을 쳐든다. 그러나 모시 두루마기 자락이 펄럭하며, 우둥퉁한 중늙은이가 단장을 짚고 쑥 들어서는 것을 보고, 학생 아이들은 저희끼리 눈짓을 하고 킥킥 웃어버린다. 저희 학교 교장이 온다는 줄 알았던 모양이다.

"어째 이렇게 쓸쓸하우?"

영감은 언제나 오면 하는 버릇으로 상점 안을 휘휘 둘러보며 말을 건다.

"어서 옵쇼. ……아침 한때와 점심 한나절이 한참 붐비죠. 지금쯤 야 다 파해 가지 않았에요."

안주인은 일어나지도 않고 앉은 채 무관히 대꾸를 하였다. 교장 은, 정례가 앉았던 등상을 내어주니까 대신 걸터앉으며,

"딴은 그렇겠군요. 그래도 팔리는 거야 여전하겠죠?"
하고 눈이 저절로 테이블 위의 손금고로 갔다. 이 역시 올 제마다 늘 캐어묻는 말이지마는, 또 무슨 까닭이 있어서 붙이는 수작 같아서 정 례 어머니는,

"그야 다소 들쭉날쭉이야 있죠마는, 온 요새 같아서는……"
하고 시들히 대답을 하여준다.

"어쨌든 좌처가 좋으니까…… 하루에 두어 번쯤 바쁘고, 편히 앉 아서 네다섯 식구가 뜯어먹고 살면야, 아낙네 소일루 그만 장사가 어 디 있을까마는, 그래 그리구두 빚에 쫄리다니 알 수 없는 일이로군."

왜 그런지 이 영감이 싫고 멸시하는 정례는, '누가 해달라는 걱정 인감!' 하는 생각에 입이 빼쭉하여졌다.

"날마다 쏠쏠히 나가기야 하지만, 원체 물건이 자[細]니까 남는 게 변변해야죠."

여주인은 마지못해 늘 하는 수작을 뇌었다. 그러나 오늘은 이 영 감이 더 유난히 물건 쌓인 것이며 진열장에 늘어놓인 것을 눈여겨보 는 것이었다. 정례 모녀는 그 뜻을 짐작하겠느니 만큼 불쾌하였다.

여기는 여자 중학교와 국민학교가 길 건너로 마주 붙은 네거리에서 조금 외진 골목 안이기는 하나, 두 학교를 상대로 하고 벌인 학용품 상점으로는 그야말로 좌처가 좋은 셈이다. 원체는 선술집이었다든가 하는 방 한 칸 달린 이 점방을 작년 봄에 팔천 원 월세로 얻어가지고 이것을 벌이고 앉을 제, 국민학교 안에는 벌써 매점(賣店)이 있어서 어떨까도 하였으나, 여학교만은 시작하기 전부터 아는 선생을 새에 넣고 선전도 하고 특약하다시피 하였던 관계인지, 이때껏 재미를 보는 편이지, 이 장삿속으로만은 꿀리는 셈속은 아니다.

"이번에, 두 달 셈을 한꺼번에 드리쟀더니 또 역시 꿀립니다그려. 우선 밀린 거 한 달 치만 받아가시죠."

정례 어머니는 테이블 위에 놓인 손금고를 땡그렁 열고서 백원짜리를 척척 센다.

"이번에는 본전까지 될 줄 알았는데, 이자나마 또 밀리니…… 장사는 깔축없이 잘되는데, 그 원 어째 그렇단 말씀유?"

하며, 영감은 혀를 찬다. 저편에서 만화를 보며 소곤거리던 아이들은 교장이라던 이 늙은이의 본전이니 변리니 하는 소리에 눈들이 휘둥그레서 건너다본다.

"칠천오백 원입니다. 세보십쇼. 그러니 댁 한 군델 세야 말이죠. 제일 무거운 짐이 아시다시피 김옥임이네 십만 원의 1할 5부, 일만 오천 원이죠. 은행 조건 삼십만 원의 이자가 또 있죠…… 기껏 벌어서 남 좋은 일 하는 거예요. 당신에게 이자 벌어드리고 앉았는 셈이죠."

영감은 옆에서 주인댁이 하는 말은 귀담아듣지도 않고 골똘히 돈을 세더니, 커다란 검정 헝겊 주머니를 허리춤에서 꺼내서 넣는다. 옆에 섰는 정례는 그 돈이 아깝고 영감의 푸둥푸둥한 넓적한 손까지 밉기도 하여 가만히 내려다보고 있으려니까,

"그래 이달 치는 또 언제쯤 들르리까? 급해 내가 쓸 데가 있으니까 아무래도 본전까지 해주어야 하겠는데……"

하고, 아까와는 딴판으로 퉁명스럽게 볼멘소리를 하였다. 만화를 들여다보던 아이들은 또 한 번 이편을 건너다본다.

부옇고 점잖게 생긴 신수가 딴은 교장 선생 같고, 저기다가 양복이나 입고 운동장의 교단에 올라서면 저희들도 꿈질하려니 싶은 생각이 드는데, 이잣돈을 받아넣고 나서도 또 조르고 두덜대는 소리를 들으니, 설마 저런 교장이 어디 있으랴 싶어서 저희들끼리 또 눈짓을 하였다.

"되는 대로 갖다 드리죠. 허지만 본전은 조금만 더 참아주십쇼. 선생님 같으신 어른이 돈 오만 원쯤에 무얼 그렇게 시급히 구십니까."

정례 어머니는 본전을 해내라는 데에 엉너리를 치며 설설 기는 수작을 한다.

"아니, 이자 안 물구 어서 갚는 게 수가 아니겠나요?"

"선생님두 속 시원한 말씀을 하십니다."

정례 어머니는 기가 막혀 웃어 보인다.

"참, 그런데 김옥임 여사가 무어라지 않습니까?"

그만 일어설 줄 알았던 교장은 담배를 붙이어 새판으로 말을 꺼낸다.

"왜, 무어라구 해요?"

정례 모녀는 무슨 말이 나오려는지 벌써 알아채고 입이 삐쭉들 하여졌다.

"글쎄, 그 이십만 원 조건을 대지루구 날더러 예서 받아가라니 그래 어떻게들 이야기가 귀정이 났지요?"

영감의 말이 떨어지기가 무섭게 정례는 잔뜩 벼르고 있었던 듯이 모친의 앞장을 서서 가로 탄한다.

"교장 선생님! 그따위 경위 없는 말이 어디 있에요? 그건 요나마 우리 가게를 판들어먹게 하구 말겠단 말이지 뭐예요!"

하고, 얼굴이 발끈해지며 눈을 세로 뜬다.

"응? 교장이라니? 교장은 별안간 무슨 교장…… 허허허……"

영감은 허청 나오는 웃음을 터뜨리며 저편 아이들을 잠깐 거들떠보고 나서,

"글쎄, 그러니 빤히 사정을 아는 터에 이럴 수도 없고 저럴 수도 없고……"

하며 말끝을 어물어물해버린다. 이 영감이 해방 전까지 어느 시골선지 오랫동안 보통학교 교장 노릇을 하였다는 말을 옥임에게서 들었기에 이 집에서는 이름은 자세히 모르고 하여 교장 교장 하고 불러왔던 것이 입버릇으로 급히 튀어나온 말이나, 고리대금업의 패를 차고 나선 지금에는 그것을 내세우기도 싫고, 더구나 저런 소학교 아이들 앞에서는 창피한 생각도 드는 눈치였다.

"교장 선생님이 이럴 수도 없구 저럴 수도 없으실 게 뭐예요. 그

아주머니한테 받으실 건 그 아주머니한테 받으십쇼그려.”

정례는 또 모친이 입을 벌릴 새도 없이 풍풍 쏘아준다.

“앤 왜 이러니!”

모친은 딸을 나무라놓고,

“그렇겐 못 하겠다구 벌써 끝낸 말인데 또 왜 그럴꾸.”

하며, 말을 잘라버린다.

“아, 그런데 김씨 편에서는 댁에서 승낙한 듯이 말하던데요?”

영감의 말눈치는 김옥임이 편을 들어서 이십만 원 조건인가를 여기서 받아내려는 생각인 모양이다.

“딴소리! 내가 아무리 어수룩하기루 제 사폐만 봐주구 제 춤에만 놀까요?”

정례 어머니는 코웃음을 쳤다.

김옥임이의 이십만 원 조건이라는 것이, 요사이 이 두 모녀의 자나 깨나 큰 걱정거리요, 그것을 생각하면 밥맛이 다 없을 지경이지마는, 자초(自初)는, 정례 모녀가 이 상점을 벌이고 나자, 장사가 잘 될 성부르니까 김옥임이가 저도 한몫 끼우자고 자청을 하여 십만 원을 들여놓고 들어왔던 것이다. 그리고 그 가지고 들어온 동사 밑천 십만 원의 두 곱을 빼가고도 또 새끼를 쳐서 오늘에 와서는 이십이만 원까지 달라는 것이다.

2

정례 모친은 남편을 졸라서 집문서를 은행에 넣고 천신만고하여 삼십만 원을 얻어가지고, 부비 쓰고 당장 급한 것 가리고 한 나머지 이십이삼만 원을 들고 이 가게를 벌였던 것이었다. 팔천 원 월세의 보증금 팔만 원은 말 말고라도 점방 꾸미고 탁자 들이고 진열대 세 채 들여놓고 하기만도 육칠만 원 들었으니, 갖다 놓은 물건이래야 십만 원어치도 못 되는 것이었다. 그러나 학생 아이들이 차츰 꾀게 될 수록 찾는 것은 많아가고 점심때에 찾는 빵이며 과자라도 벌여놓고 싶고, 수(繡)실이니 수틀이니 여학교의 수예(手藝) 재료들도 갖추갖 추 갖다 놓고는 싶은데, 매일 시내로 팔리는 것을 가지고는 미처 무 더기 돈을 돌려 빼내는 수도 없는데, 쫄끔쫄끔 들어오는 그 돈 중에 서 조금씩 뜯어서 당장 그날그날 살아가야는 하겠으니, 자연 쫄리는 판에 김옥임이가 한 다리 걸치자고 덤비니, 동사란 애초에 재미없는 일이거니와, 요 조그만 구멍가게를 동사로 해서 뜯어먹을 것이 무에 있겠느냐는 생각도 없지 않았으나, 당장에 아쉬우니 오만 원씩 두 번 에 질러서 십만 원 밑천을 받아들였던 것이었다. 그러나 말이 동사지 이할(二割) 넘어의 고리(高利)로 십만 원 빚을 쓴 거나 다름없었다. 빚놀이에 눈이 벌게 다니는 옥임이는 제 벌이가 바빠서도 그렇겠지 마는, 하루 한 번이고 이틀에 한 번 저녁때 슬쩍 들러서 물건 판 치부 장이나 떠들어보고 가는 것밖에는 별로 거드는 일도 없었다. 실상은 그것이 쌩이질이나 하고 부라퀴같이 덤비는 것보다는 정례 모녀에게는 편하기도 하였던 것이다. 하여튼 그러면서도 월말이 되면 이익의 삼분지 일 가량은 되는 이만 원 돈을 또박또박 따가곤 하였다. 담보물이 있으면 1할, 신용 대부로 1할 5푼 변(邊)인데, 동사란 말만 걸고 2할—2할이 안 될 때도 있었지마는 셈속 좋은 때면 2할 이상의 배당도 차례에 오니, 옥임이 생각에는 실사고로는 이익이 좀 더 되려니 하는 의심도 없지 않았으나, 그래도 별로 힘드는 일을 하는 것도 아니요, 가만히 앉아서 2할이면, 허구한 날 삘삘거리고 싸지르면서 긁어들이는 변릿돈보다는 나은 셈이라고 생각하였던 것이었다. 하여간 올 들어서 밑천을 빼어 가겠다고 하기까지 아홉 달 동안에 이십만 원 가까운 돈을 벌어갔던 것이다.

그러나 정례 부친이 만날 요 구멍가게서 용돈을 얻어다 쓰는 것도 못할 일이라고, 작년 겨울에 들어서 마지막 남은 땅뙈기를, 그야 예전과 달라서 삼칠제(三七制)인 데다가 세금이니 비료니 하고 부담에 얽매이니까 그렇겠지마는—하여간 아버지 천량으로 물려받은 것의 마지막으로 남은 것을 팔아가지고 역래에 없는 눈(降雪)이라고 하여, 서울 시내에서 전차가 사흘을 못 통할 동안에, 택시를 부리면 땅 짚고 기기라 하여, 하이어를 한 대 사 들여놓고 택시로 부려보았던 것이라서, 이것이 사흘돌이로 말썽을 부려 고장이요 수선이요 하고, 나중에는 이 상점의 돈까지 하루만 돌려라, 이틀만 참아라 하고, 만 원 이만 원 빼내가고는 시치미를 떼기 시작하니 점방의 타격은 의외로 큰 것이었다. 이 꼴을 본 옥임이는 에그머니나 하는 생각이 들었

던지, 올 들어서부터 제 밑천은 빼내 가겠다는 것이었다. 사실 잘못
하다가는 자동차가 이 저자터까지 들어먹을 판인데, 별안간 옥임이
가 빠져나간다니 한편으로는 시원하나 십만 원을 모개로 빼내주는
도리가 없었다.

"이렇게 거덜거덜할 바에야 집어치우지."

겨울 방학 때라, 더구나 팔리는 것은 없고 쓸쓸하기도 하였지마
는, 옥임이는 날마다 십만 원 재촉을 하러 와서는 이런 소리도 하는
것이었다. 남은 집문서를 잡혀서 이거나마 시작해놓고, 다섯 식구의
입을 매달고 있는 터인데, 제 발만 쓱 빼놓았다고 이런 야멸찬 소리
를 할 제, 정례 모녀는 얼굴을 빤히 쳐다보곤 하였다.

"세전 보증금이나 빼내구 뉘께 넘겨버리지? 설비한 것하구 물건
남은 것 얼러서 한 십만 원은 받을까? 그렇다면 내 누구 하나 지시해
줄까?"

이렇게 권하기도 하는 것이었다. 뉘께 넘기게 해서라도 자기가 십
만 원만 어서 뽑아가려는 말이겠지마는, 어떻게 보면 십만 원에 이
점방을 자기가 맡아 잡겠다는 말눈치인 듯도 싶었다.

"내가 바쁘지만 않으면 도틀어 맡아가지고 훨씬 화장을 해놓으면
이 꼴은 안 되겠지만, 어디 내가 틈이 있는 몸이어야지……"

이렇게 운자를 떼는 것을 들으면, 한 발 들여놓고 한 발 내놓는 수
작 같기도 하였다. 자동차 동티로 밑천을 홀짝 집어먹힐까 보아서 발
을 뺀다는 수작이다. 한편으로는 이렇게 한참 꿀리고, 학교들은 방학
을 하여 흥정이 없는 이 판에, 번히 나올 구멍이 없는 십만 원을 해내

라고 못살게 굴면, 성이 가시니 상점을 맡아 가라는 말이 나오고 말리라는 배짱 같아 보이는 것이었다. 모녀는 그것이 더 분하였다.

"저의 자수로는 엄두두 안 나구, 남이 해놓으니까 펜 듯싶어서, 솔개미가 까치집 채어들듯이 이거나마 뺏어가지고 저의 판을 만들어보겠다는 것이지만, 첫째 이런 좋은 좌처를 왜 내놓을라구."

누구보다도 정례가 바르르 떨었다.

"매사가 그렇지. 될성부르니까 뺏어 차구앉겠지. 거덜거덜하면 누가 눈이나 떠본다든!"

정례 모친은 코웃음을 치기만 하였다.

하여간 이렇게 졸리기를 반달짝이나 하다가 급기야 팔만 원 보증금의 영수증을 옥임에게 담보로 내주고, 출자금 십만 원은 1할 5푼 변의 빚으로 돌라매고 말았다. 옥임으로서는 매삭 2할 배당의 맛도 잊을 수 없었으나, 이왕 상점을 제 손으로 못 휘두를 바에는 이편이 든든은 하였던 것이다.

그리고도 정례 모친은, 옥임이와 가끔 함께 들러서 알게 된 교장 선생님의 돈 오만 원을 얻어가지고, 개학 초부터 찌부러져가던 상점의 만회책을 다시 세웠던 것이다. 그러나 땅뙈기는 자동차 바람에 날려보내고, 자동차는 수선비로 녹여버리고 나니, 상점에서 흘려 내간 칠팔만 원이라는 돈은 고스란히 떼버렸고, 그 보충으로 짊어진 것이 교장의 빚 오만 원이었었다. 점점 더 심해가는 물가에 뜯어먹고 살아야 하겠고, 내남직없이 종이 한 장, 연필 한 자루라도 덜 사갔지, 더 팔리지는 않으니, 매삭 두 자국 세 자국의 변리만 꺼가기도 극난이었다. 그러고 보니 자연 좋지 못한 감정으로 헤어진 옥임이한테 보낼 변리가 한두 달 밀리기 시작했던 것이다. 팔만 원 증서가 집문서만큼 믿음직하지 못하다고 기어이 1할 5푼으로 떼를 써서 제멋대로 매놓은 것이 얄미워서, 어디 네가 그 이자를 긁어다가 먹나, 내가 안 내고 배기나 해보자는 뱃심도 정례 모친에게는 없지 않았다. 옥임이 역시 제가 좀 과하게 하였다고 뉘우쳤던지, 또 혹은 팔만 원 증서를 가졌느니 만큼 마음이 놓여서 그런지, 별로 들르지도 않으려니와 들러서도 변리 재촉은 그리 아니하였다. 도리어 정례 어머니 편에서 변리가 밀려 미안하다는 말을 꺼내고 그 끝에,

"이 여름 방학이나 지내고 개학 초에 한몫 보면 모개 내리다마는 원체 1할 5부야 과한 것이요 그때 형편에는 한 달 후면 자동차를 팔아서라두 곧 갚겠거니 해서 아무려나 해둔 것이지만 벌써 이월서부터 여덟 달이나 됐으니 무슨 수로 그걸 다 내우. 1할씩만 해두 팔만 원이구려. 어이구…… 한 반만 깎읍시다."

하고, 슬쩍 비쳐보면 옥임이도 그럴싸한 듯이,

"아무려나 좋도록 합시다그려."

하고 웃어버리곤 하였다. 그러던 것이 개학이 되자 이달 들어서 부쩍 재우치면서 1할 5부 여덟 달 치 변리 십이만 원 어울러서 이십이만 원을 이 교장 영감에게 치러달라는 것이다. 급한 조건으로 이 영감에게 이십만 원을 돌려썼는데, 한 달 변리 1할 이만 원을 얹으면 이십이만 원 부리가 맞으니, 셈치기도 좋고 마침 잘되었다고 생글생글 웃어가며 조르는 옥임이의 늙어가는 얼굴이 더 모질어 보이고 얄밉상

스러워 보였다. 마치 이십이만 원 부리를 채우느라고 그동안 여덟 달을 모른 체하고 내버려두었던 것 같다. 정례 어머니는 기가 막혀 말이 아니 나왔다. 옥임이에게 속아넘어간 것 같아서 분하였다. 그러나 분한 것은 고사하고 이러다가 이 구멍가게나마 들어먹고 집 한 채 남은 것마저 까불리지나 않을까 하는 생각을 곰곰 하면 가슴이 더럭 내려앉는 것이었다. 소학교 적부터 한반에서 콧물을 흘리며 같이 자라났고 동경 가서 여자대학을 다닐 때도 함께 고생하던 옥임이다. 더구나 제가 내놓은 십만 원은 한 푼 깔축을 안 내고 이십만 원 가까운 돈을 벌어주었으니, 아무리 눈에 돈 동록이 슬었기로 제가 설마 내게 1할 5푼 변을 다 받으려 들기야 하랴! 한 반절 얹어서 십육만 원쯤 해주면 되려니 하는 속셈만 치고 있던 자기가 어리배기라고 혼자 어이가 없어 실소를 하였다. 그러나 십오륙만 원이기로 한꺼번에 빼내는 수는 없으니 이번에 변리 육만 원만 마감을 하고서 본전은 오만 원씩 두 번에 갚자는 요량이었다. 집안 식구는 조밥에 새우젓 꽁댕이로 우격대더라도 어떻든지 이 겨울 방학이 돌아오기 전에 그 아니꼬운 옥임이 조건만이라도 끝을 내고야 말겠다고 이를 악무는 판인데, 이렇게 둘러대고 보니 살겠다고 기를 쓰고 기어올라가는 놈의 발목을 아래에서 붙들고 늘어지는 것 같아서 맥이 풀리고 사는 것이 귀찮은 생각만 드는 것이었다. 평생에 빚이라고는 모르고 지냈는데 편편히 노는 남편만 바라보고 있을 수가 없어서 시작한 노릇이라서 은행에 삼십만 원이 그대로 있고 옥임이에게 이십이만 원, 교장 영감에게 오만 원 도합 오십칠만 원 빚을 어느덧 걸머지고 앉은 생각을 하면 밤에

잠이 아니 오고 앞이 캄캄하여 양잿물이라도 먹고 싶은 요사이의 정
례 어머니다.

"하여간 제게 십만 원 썼으면 썼지, 그걸 못 받을까 봐 선생님을
팔구 선생님더러 받아오라는 것이지만 내가 아무리 죽게 돼두 제 돈
떼먹지 않을 거니 염려 말라구 하셔요."

정례 어머니는 화를 바락 내었다. 해방 덕에 빚놀이를 시작해가지
고 돈 백만 원이나 착실히 잡았고, 깔려 있는 것만도 백만 원 이상은
되리라는 소문인데, 이 영감에게 이십만 원 빚을 쓰다니 말이 되는
소린가. 못 받을까 애도 씌우지만, 십이만 원 변리를 본전으로 돌라
매어놓고 변리의 새끼 변리, 손자 변리까지 우려먹자는 수단인 것이
뻔한 노릇이었다. 십만 원에 1할 5푼이면 일만 오천 원밖에 안 되나,
이십이만 원으로 돌라매놓으면 1할 변만 해도 매삭 이만 이천 원이
니 칠천 원이 더 붙는 것이다.

"그야, 내 돈 안 쓴 것을 썼다겠소. 깔려만 있고 회수가 안 되면 피
차 돌려두 쓰는 것이지마는, 나 역, 한 자국에 이십만 원씩 모개 내놓
고 오래 둘 수는 없으니까, 이렇게 하면 어떻겠소……?"

영감은 무척 생색을 내고, 이편 사폐를 보아서 석 달 기한하고 자
기 조카의 돈 이십만 원을 돌려주게 할 터이니—다시 말하면 조카
에게 이십만 원을 1할로 얻어 쓸 터이니, 우수리 이만 원만 현금으로
내놓고 표를 한 장 써내라는 것이다. 옥임이는 이 영감에게로 미루
고, 영감은 또 조카의 돈을 돌려쓴다고 표를 받겠다는 꼴이, 저희끼
리 무슨 꿍꿍이속인지 알 수가 없으나, 요컨대 석 달 기한의 표를 받

아놓자는 것이요, 그 사품에 칠천 원 변리를 더 받겠다는 수작이다. 특별히 1할 변인 대신에 석 달 기한이라는 조건을 붙이는 것도 무슨 계교 속인지 알 수가 없다. 석 달 동안에 이십만 원을 만드는 재주도 없지마는, 석 달 후면 마침 겨울 방학이 될 때니 차차 꿀려들어가는 제일 어려운 고비일 것이다. 정례 어머니는, 이 연놈들이 무슨 원수를 졌다고 이렇게 짜고서들 못살게 구는 것인가? 하는 생각에 한바탕 들이대고 싶은 것을 꾹 참으며,

"선생님께 쓴 돈 아니니, 교장 선생님은 아랑곳 마세요. 옥임이더러, 와서 조르든, 이 상점을 떠메어 가든 마음대로 하라죠."

하고 딱 잘라 말을 하여 쫓아보냈다.

3

그후 근 일주일은 옥임이의 그림자도 보이지 않았다. 정례 모녀는 맞닥뜨리면 말수도 부족하거니와 아귀다툼하는 것이 싫어서, 그날그날 소리 없이 넘어가는 것만 다행하나, 어느 때 달려들어서 또 무슨 조건을 내놓고 졸라댈지 불안은 한층 더하였다.

"응, 마침 잘 만났군. 그런데 그만 하면 얘기는 끝났을 텐데, 웬 세도가 그리 좋아서 누구를 오너라 가거라 허구 아니꼽게 야단야……"

정례 모친이 황토현 정류장에서 차를 기다리며 열 틈에 끼어 섰으려니까, 이리로 향하여 오던 옥임이가 옆에 와서 딱 서며 시비를 건다.

"바쁘기야 하겠지만 좀 못 들를 건 뭐구."

정례 모친은 옥임이의 기색이 좋지는 않아 보이나, 실없는 말이거니 하고 대꾸를 하며 열에서 빠져 나서려니까,

"그래 그 돈은 갚는다는 거야 안 갚을 작정야? 세도 좋은 젊은 서방을 믿고 그 떠세루 남의 돈을 무쪽같이 떼먹으려 드나 부다마는, 김옥임이두 그렇게 호락호락하지는 않어……"

원체 예쁘장한 상판이기는 하면서도 쌀쌀한 편이지마는, 눈을 곤두세우고 대드는 품이 어려서부터 삼십 년 동안을 보던 옥임이는 아니다. 전부터 "네 영감은 어째 점점 더 젊어가니? 거기다 대면 넌 어머니 같구나" 하고 새롱새롱 놀리기도 하고, 육십이 넘은 아버지 같은 영감 밑에 쓸쓸히 사는 옥임이는 은근히 부러워도 하는 눈치였지마는, 밑도 끝도 없이 길바닥에서 '젊은 서방'을 들추어내는 것을 보고 정례 어머니는 어이가 없었다.

"늙은 영감에 넌더리가 나거든 젊은 서방 하나 또 얻으려무나."
하고, 정례 모친도 비꼬아주고 싶었으나 열을 지어 섰는 사람들이 쳐다보며 픽픽 웃는 바람에,

"이거 미쳐나려나? 이건 무슨 객설야."
하고, 달래며 나무라며 끌고 가려 하였다.

"그래 내 돈을 곱게 먹겠는가 생각을 해보렴. 매달린 식솔은 많구 병들어 누운 늙은 영감의 약값이라두 뜯어 쓰려구, 이렇게 쩔쩔거리구 다니는, 이년의 돈을 먹겠다는 너 같은 의리가 없는 년은 욕을 좀 단단히 봬야 정신이 날 거다마는, 제 사정 보아서 싼 변리에 좋은 자

국을 지시해 바친밖에! 그것두 마다니, 남의 돈 생으루 먹자는 도둑
년 같은 배짱 아니구 뭐냐?"

오고 가는 사람이 우중우중 서며 구경났다고 바라보는데, 원체 히
스테리증이 있는 줄은 짐작하지마는, 창피한 줄도 모르고 기가 나서
대든다. 히스테리는 고사하고, 이것도 빚쟁이의 돈 받는 상투 수단인
가 싶었다.

"누가 안 갚는대나? 돈두 중하지만 이게 무슨 꼬락서니냔 말야."

정례 어머니는 그래도 달래서 뒷골목으로 끌고 들어가려 하였다.

"난 돈밖에 몰라. 내일 모레면 거리로 나앉게 된 년이 체면은 뭐
구, 우정은 다 뭐냐? 어쨌든 내 돈만 내놓으면 이러니저러니 너 같은
장래 대신 부인께 나 같은 년야 감히 말이나 붙여보려 들겠다든!"
하고 허청 나오는 코웃음을 친다. 구경꾼은 자꾸 꾀어드는데, 정례
모친은 생전 처음 당하는 이런 봉욕에 눈앞이 아찔하여지고 가슴이
꼭 메어올랐으나, 언제까지 이러고 섰다가는 예서 더 무슨 창피한 꼴
을 볼까 무서워서 선뜻 몸을 빼쳐 옆의 골로 줄달음질을 쳐 들어갔
다. 뒤에서 발소리가 없으니 옥임이는 저대로 간 모양이다. 정례 모
친은 눈물이 핑 돌았다.

스물예닐곱까지 동경 바닥에서 신여성 운동이네, 연애네, 어쩌네
하고 멋대로 놀다가, 지금 영감의 후실로 들어앉아서, 세상 고생을
알까, 아이를 한번 낳아보았을까, 사십 전의 젊은 한때를 도지사 대
감의 실내 마님으로 떠받들려 제멋대로 호강도 하여본 옥임이다. 지
금도 어딘 가 사십이 훨씬 넘은 중늙은이로 보이랴. 머리를 곱게 지

지고 엷은 얼굴 단장에, 번질거리는 미국제 핸드백을 착 끼고 나선 맵시가 어느 댁 유한마담이지, 설마 1할, 1할 5푼으로 아귀다툼을 하고 어려운 예전 동무를 쫓아다니며 울리는 고리대금업자로야 누가 짐작이나 할까. 해방이 되자, 고리대금이 전당국 대신으로 터놓고 하는 큰 생화가 되었지마는, 옥임이는 반민자(反民者)의 아내가 되리라는 것을 도리어 간판으로 내세우고 부라퀴같이 덤빈 것이다. 중경 도지사요, 전쟁 말기에는 무슨 군수품 회사의 취체역인가 감사역을 지냈으니 반민법이 국회에서 통과되는 날이면, 중풍으로 삼 년째나 누웠는 영감이, 어서 돌아가주기나 하기 전에야 으레 걸리고 말 것이요, 걸리는 날이면 떠메어다가 징역은 시키지 않을지 모르되, 지니고 있는 집간이며 땅섬지기나마 몰수를 당할 것이니, 비록 자식은 없을 망정 자기는 자기대로 살길을 차려야 하겠다고 나선 길이 이 길이었다. 상하 식솔을 혼자 떠맡고 영감의 약값을 제 손으로 벌어야 될 가련한 신세같이 우는소리를 하지마는 그래야 남의 욕을 덜 먹는 발뺌이 되는 것이다.

옥임이는 정례 모친이 혼쭐이 나서 달아나는 꼴을 그것 보라는 듯이 곁눈으로 흘겨보고 입귀를 샐룩하여 비웃으며, 버젓이 사람 틈을 헤치고 종로 편으로 내려갔다. 의기양양할 것도 없지마는, 가슴속이 후련하니 머릿속이고 가슴속이고 무언지 뭉치고 비비 꼬이고 하던 것이 확 풀어져 스러지고 화가 제대로 도는 것 같아서 기분이 시원하다. 그러나 그 뭉치고 비비 꼬인 것이라는 것이 반드시 정례 어머니에 대한 악감정은 아니었다. 옥임이가 그 오랜 동무에게 이렇다 할 감정이 있을 까닭은 없었다. 다만 아무리 요샛돈이라도 이십여만 원이라는 대금을 받아내려면은 한번 혼을 단단히 내고 제독을 주어야 하겠다고 벼르기는 하였지마는, 얼떨결에 나온다는 말이 젊은 서방을 둔 떠세냐 무어냐고 한 것은 구석 없는 말이었고 지금 생각하니 우스웠다. 그러나 자기보다도 훨씬 늙어 보이고 살림에 찌든 정례 모친에게는 과분한 남편이라는 생각은 늘 하던 옥임이기는 하였다. 남의 남편을 보고 부럽다거나 샘이 나거나 하는 그런 몰상식한 옥임이도 아니지마는 자식도 없이 군식구들만 들썩거리는 집에 들어가서 몸도 제대로 가누지 못하는 늙은 영감의 방을 들여다보면 공연히 짜증이 나고, 정례 어머니가 자식들을 공부시키느라고 어려운 살림에 얽매고 고생하나, 자기보다 팔자가 좋다는 생각도 나는 것이었다. 내년이면 공과대학을 나오는 맏아들에 중학교에 다니는 어머니보다도 키가 큰 둘째아들이 있고, 딸은 지금이라도 사위를 보게 다 길러놓았고, 남편은 펀둥펀둥 놀며 마누라가 조리차를 하는 용돈이나 받아 쓰고, 자동차로 땅뙈기는 까불렸을망정 신수가 멀쩡한 호남자가 무슨 정당이라나 하는 데 조직부장이니 훈련부장이니 하고 돌아다니니 때를 만나면 아닌 게 아니라 장래 대신이 되지 말라는 법도 없을 것이다. 팔구 삭 동안 동사를 하느라고 매일 들러서 보면, 젊은 영감을 등이라도 두드리고 머리를 쓰다듬어줄 듯이 지성으로 고이는 꼴이란 아닌 게 아니라 옆에서 보기에도 부러운 생각이 들 때가 없지 않았지마는, 결혼들을 처음 했을 예전 시절이나 도지사(道知事) 관사에 들어서 드날릴 때에야 어디 존재나 있던 위인들인가? 그것이 처지가 뒤바뀌어서 관 속에 한 발을 들여놓은 영감이나마 반민자로 지목이 가다니, 이런 것 저런 것을 생각하면 쭉쭉 뽑아놓은 자식들과 한참 활동적인 허우대 좋은 남편에 둘러싸여 재미있고 기운꼴 차게 사는 양이 역시 부럽고 저희만 잘된다는 것이 시기도 나는 것이었다. 보기 좋게 이년 저년을 붙이며 한바탕 해대고 나서 속이 후련한 것도 그러한 은연중의 시기였고, 공연한 자기 화풀이였던지 모른다.

옥임이는 그 길로 교장 영감 집에 들러서,

"혼을 단단히 내주었으니까 인제는 딴소리 안 할 거외다. 내일 가서 표라두 받아다 주슈."

하고 일러놓았다.

4

"오늘은 아퀴를 지어주시렵니까? 언제 갚으나 갚고 말 것인데 그걸루 의 상할 거야 있나요?"

이튿날 교장이 슬쩍 들러서 매우 점잖은 수작을 하는 것이었다.

"이렇게 말씀 드리면 교장 선생님부터가 어떻게 들으실지 모르지만 김옥임이가 그렇게 되다니 불쌍해 못 견디겠어요. 예전에 셰익스피어의 원서를 끼구 다니구, 『인형의 집』에 신이 나구, 엘렌 케이의 숭배자요 하던 그런 옥임이가 동냥 자루 같은 돈 전대를 차구 나서면 세상이 모두 노랑 돈닢으로 보이는지? 어린애 코 묻은 돈푼이나 바라고 이런 구멍가게에 나와 앉았는 나두 불쌍한 신세지마는 난 옥임이가 가엾어서 어제 울었습니다. 난 살림이나 파산지경이지 옥임이는 성격 파산인가 보드군요……"

정례 어머니는 분하다 할지 딱하다 할지 속에 맺히고 서린 불쾌한 감정을 스스로 풀어버리려는 듯이 웃으며 하소연을 하는 것이었다.

"그런 말씀을 하시니 나두 듣기에 좀 괴란쩍습니다마는 다 어려운 세상에 살자니까 그런 거죠. 별수 있나요. 그래도 제 돈 내놓고 싸든 비싸든 이자라고 명토 있는 돈을 어엿이 받아먹는 것은 아직도 양심이 있는 생활입니다. 입만 가지고 속여먹고 등쳐먹고 알로 먹고 꿩으로 먹는 허울 좋은 불한당 아니고는 밥알이 올곧게 들어가지 못하는 지금 세상 아닙니까…… 허허허."
하고 교장은 자기 변명인지 옥임이 역성인지를 하는 것이었다.

이날 정례 어머니는 딸이 옆에서 한사코 말리며, "그따위 돈은 안 갚아도 좋으니 정장을 하든 어쩌든 마음대로 하라구 내버려두세요" 하며 팔팔 뛰는 것을 모른 척하고 이십만 원 표에 이만 원 현금을 얹어서 옥임이 갖다가 주라고 내놓았다.

정례 모친은 그후 두 달 걸려서 교장 영감의 오만 원 빚은 갚았으나, 석 달째 가서는 이 상점 주인이 바뀌어 들고야 말았다. 정말 교장 영감의 조카가 나서나 하였더니 교장의 딸 내외가 들어앉았다. 상점을 내놓고 만 바에는 자질구레한 셈속을 따진대야 죽은 아이 귀 만져 보기지 별수 없지마는, 하여튼 이십만 원의 석 달 변리 육만 원이 또 늘어서 이십육만 원인데 정례 모녀가 사글세의 보증금 팔만 원마저

못 찾고 두 손 털고 나선 것을 보면, 그 팔만 원을 아끼고 남은 십팔
만 원이 점방의 설비와 남은 물건 값으로 치운 것이었다. 물론 옥임
이가 뒤에 앉아 맡은 것이나, 권리값으로 오만 원 더 얹어서 교장 영
감에게 팔아 넘긴 것이었다. 옥임이는 좀 더 남겨먹었을 것이로되 교
장 영감이 그 빚 받아내는 데에 공로가 있었기 때문에 오만 원만 얹어
먹고 말았고, 또 교장은 이북에서 내려온 딸 내외에게는 똑 알맞은 장
사라는 생각이 있어서 애초부터 침을 삼키고 눈독을 들이던 것이라,
이 상점을 손에 넣으려고 애도 썼지마는, 매득하였다고 좋아하였다.

정례 모녀는 일 년 반 동안이나 죽도록 벌어서 죽 쑤어 개 좋은 일
한 셈이라고 절통을 하였으나 그보다도 정례 모친은 오래간만에 몸
이 편해져서 그렇기도 하였겠지마는 몸살 감기에 울화가 터져서 그
만 누운 것이 반달이나 끌었다.

"마누라, 염려 말아요. 김옥임이 돈쯤 먹자고 들면 삼사십만 원쯤
금세루 녹여내지. 가만있어요."

정례 부친은 앓는 마누라 앞에 앉아서 이렇게 위로하였다.

"옥임이 돈을 먹자는 것두 아니지마는 무슨 재주루."

마누라는 말리는 것도 아니요 부채질하는 것도 아닌 소리를 하였다.

"김옥임이도 요사이 자동차를 놀려보구 싶어한다는데 마침 어수
룩한 자동차 한 대가 나섰단 말이지. 조금만 참어요, 우리 집문서는
아무래도 김옥임 여사의 돈으로 찾아놓고 말 것이니……"

하며, 정례 부친은 앓는 아내를 위하여 뱃속 유하게 껄껄 웃었다.

1. 이 작품의 제목이기도 한 '두 파산'은, 절친한 친구였던 두 여인이 해방과 더불어 변모하게 된 각각의 삶의 모습을 일컫는 말이다. 작가는 이 두 여성의 삶의 모습을 왜 '파산'이라고 불렀을까? 그리고 두 여성의 '파산'은 어떤 점에서 서로 대조가 되는가?

2. 이 작품에 등장하는 두 여주인공은 모두 일제 강점기에 일본 유학까지 다녀온 신여성이다. 신여성이란 어떤 사람인지 알아보고, 당시의 시대 상황에서 그들이 가정적·사회적으로 어떤 갈등을 겪었을지 말해보시오.

순례자의 노래

지은이　이 글을 쓴 **오정희**(1947~　)는 서울에서 출생하여 서라벌예술대학에서 수학하였다. 1968년 「완구점 여인」을 발표하면서 등단했는데, 이후 그녀는 줄곧 여성의 내밀한 의식을 해부하고 여성 삶의 조건을 문제삼는 문제작들을 발표하였다. 독특한 문체와 심리 분석을 동반한 그녀의 소설은 여성의 삶을 본격적으로 해부한 한국 여성주의 문학의 전범으로 평가받고 있다. 『불의 강』과 『유년의 뜰』 『바람의 넋』 『불꽃놀이』 등의 작품집을 펴냈으며 이상문학상과 동인문학상을 수상한 바 있다.

발표　『문학사상』, 1983. 10.

출전　『문학사상』, 1983. 10.

눈이 내리고 있었다. 아침부터 내리는 눈이었다. 혜자는 창문을 열어놓고 창틀에 올라앉아 천지를 어지럽게 흔들며 편편이 쏟아져 내리는 눈을 바라보았다. 눈이 내리기 때문인가, 들려옴 직한 작은 소음까지 묻혀버린 듯 동네는 조용했다. 하루에도 몇 차례씩 담 안으로 날아 들어온 야구공을 넘겨달라고 소리치거나 몰래 담을 타 넘는 아이들의 소리도 들리지 않았다. 문간방에 세 든 처녀마저 일터로 나가고 나면 통상적으로 비어 있기 마련이었던 집이어서 생겼을 것이 분명한, 동네 아이들의, 담을 타 넘어 들어오는 버릇은 쉽게 고쳐지지 않았다. 집에 돌아온 첫날, 마루 문에 기대어 지켜보는 그녀를 흘끗거리면서도 유유히 담을 타 넘는 사내아이를 날카롭게 불러 세웠을 때 그 애가 불만스레 내뱉은 말에 오히려 안도감을 느꼈던 것을 혜자는 기억하고 있었다. 여태껏 만날 그랬단 말예요. 다른 애들두요. 집 안에 사람이 없으니 어떡허란 말예요. 안도감을 느꼈다는 것은 아마 적어도 그녀의 집이 흉가이거나 마음씨 고약한 거인이 지키는, 저주받은, 황폐한 정원은 아니라는 의미에서였을 것이다.

잎 떨군 나뭇가지에 무겁게 얹힌 눈이 가끔 툭, 툭, 부러지는 소리를 내며 떨어지고 그 서슬에 눈 위에 내려앉아 먹이를 찾던 참새들이 포르르 날아올랐다. 문간방에서 대문으로 이어지는 곳에 발자취가 없는 것으로 보아 문간방 처녀는 아직 나가지 않은 모양이었다.

혜자는 희게 눈 덮인 마당으로 내려가 눈을 한 움큼 쓸어 쥐었다. 발목까지 눈 속에 빠졌다. 이대로 눈이 내린다면 저물기 전 무릎까지 쌓이기 쉬울 것이다. 눈을 쓸어야겠다고 생각하면서도 혜자는 그대로 서 있었다. 어느 집에선가 피아노 소리가 들려왔던 것이다. 한 손으로 서툴게 간신히 멜로디만 잇는 노래를 혜자는 조그맣게 따라 불렀다.

산도 들도 나무도 하얀 눈으로 하얗게 하얗게 덮일 거예요. 하아얀 마음으로 자라니까요. 혜자가 어린 시절 불렀고 그녀의 아이들 역시 어릴 때 부르던 동요였다. 아이들을 학교에 보내고 난 후 한가롭게 빈집을 지키던 어느 젊은 엄마가 내리는 눈발을 보며 홀연히 솟아오르는 어릴 때의 멜로디를 좇아 건반을 두드리는 것이리라.

피아노 소리는 갑자기 그치고 혜자는 노래를 부르던 그대로 입을 벌린 채 우두커니 서 있었다. 문득 지난밤의 꿈을 떠올린 것은 사라진 소리에서 비롯된 깊은 정적 때문이었을 것이다.

지난밤, 그녀는 꿈을 꾸었다. 오랫동안 잊고 있었지만, 어릴 때부터 그리고 어른이 되고 나서도 종종 꾸던 꿈이었다. 꿈에는 늘 같은 길을 간다. 이제는 잊혀지고 버려진 옛 성벽처럼 퇴락하고 이끼 낀 돌담이 끝없이 이어지고 돌담을 따라 걸으며 혜자는 꿈속에서도 여기가 어디던가, 그전에도 왔었는데 하며 너무도 익숙한 분위기에 친근하게 중얼거리곤 했다. 돌담을 따라 한없이 가다가 어디쯤에서 닳아지고 부서진 돌 틈에 손을 넣으면 틀림없이 그 언젠가 약속과 맹세의 뜻으로 넣어둔 작고 예쁜 단추알, 비밀의 표지, 조그맣게 접힌 종이 쪽지 따위를 찾아내리라는 예감과 확신으로 하냥 걷다가 꿈은 깨이곤 했다. 꿈은 시작도 끝도 종잡을 수 없는 하나의 길, 헤맴이었을 뿐이었지만 꿈을 깨임이란 또 역시 줄곧 따라가던 길의 잃음에 다름 아니어서 혜자는 잠을 깬 후에도 미아처럼 막막하고 안타까운 느낌에서 헤어나지 못하곤 했던 것이다. 그것은 도대체 어디로 가는 길이었을까. 그리고 또한 그 익숙한 느낌은 무엇이었을까. 귀신처럼 늙어 살고 있는 어머니라면 그게 바로 저승길, 혹은 전생(前生)의 길이라고 주저하지 않고 한마디로 명쾌히 대답할 것이다. 근 이 년 가까이 잊고 있던 꿈을 다시 꾸기 시작한 것은 확실히 집에 돌아왔다는 자기 암시, 확신일 것이다.

손이 차갑게 얼어들어왔다. 쓸어 쥔 눈이 손 안에서 녹고 있었다. 혜자는 젖은 손을 문지르며, 발을 굴러 신에 묻은 눈을 털어내고 집 안으로 들어왔다. 방과 마루는 한껏 어질러져 있어 발을 내디딜 때마다 벗어 던진 잠옷이며 물컵, 걸레, 트랜지스터 라디오 따위가 밟혔다. 당연했다. 일주일 전 집에 돌아온 이래 그녀는 집안일에 전혀 손을 대지 않았다. 늘 아귀처럼 달려드는 허기로 어쩔 수 없이 밥은 지었으나 설거지는 내팽개쳐두었다. 욕조에 더운물을 채워 한기가 느껴질 만큼 물이 식을 때까지 몇 시간이고 몸을 담그고 들어앉았고 욕실에서 나온 알몸 그대로 불을 끈 마루에서 서성이기도 했다. 엊그제 그녀는 집 뒤편 마당의 시멘트 갈라진 틈에서 딸아이의 노란 꽃핀을 주워 그것을 들여다보며 하루를 보냈다. 중학교 졸업반이 된 딸애는 이미 오래전에 꽃핀 꽂을 나이가 지났다.

한 달 전까지 남편과 두 아이, 살림을 보아주던 시모(媤母)가 살던 집이었지만 그녀가 돌아왔을 때 그녀의 살림살이만 고스란히 남긴 채 말끔히 비워져 있었다. 퇴원을 앞둔 그녀의 거취에 대해 많은 논란과 숙의가 있었겠지만 이미 호적 정리까지 깨끗이 마친 그녀에게 집을 내주기로 한 것은 그쪽으로서는 대단한 배려였을 것이다. 담당 의사로부터 언제든 퇴원해도 좋으리라는 통고를 받자 남편은 말했었다. 곧 집을 비우기로 했소. 그 집에 들어가는 것이 싫으면 팔고 작은 아파트를 얻는 것도 한 방법이 될 거요. 내 생각이긴 하지만 그편이 여러모로 좋을 것 같소. 집이 팔릴 동안 임시로 친정에 가 있는 게 어떻겠소. 그날 이후 혜자는 남편을 만난 적이 없었지만 어쨌든 그로서는 이혼한 전처에 대한 예를 다한 셈이었다. 표면상으로는 그녀가 원한 이혼이었고 그 역시 그리 될 수밖에 없다는 방향으로 생각이 기울고 있었지만 그것이 그녀가 병원에 있는 동안 이루어진 일이라는 점을 괴로워한 듯했다.

그러나 그녀는 퇴원하는 길로 이 집으로 들어왔다. 인간은 망각의 동물이다. 당신은 심신이 아주 건강하다. 그전처럼 충분히 잘 살아갈 수 있다. 무엇보다 두려움을 갖지 말라고 의사는 말했었다. 긴 여행 뒤의 휴식처럼 그녀는 극도의 게으름 속에 자신을 풀어놓았으나 이따금 울리는 전화 벨소리, 이제는 이곳을 떠난 남편과 아이들을 찾는 소리들은 소스라치는 현실감으로 그녀를 일깨웠다. 없어요, 이사 갔습니다, 모르겠는데요. 짤막하고 무뚝뚝한 대꾸로 전화를 끊고 나면 그녀는 미친 듯 그들이 남긴 흔적을 찾아 집 안을 뒤졌다. 그것은 마치 그녀가 떠나 있던 시간들을 지우려는 노력과 같았다. 벽에 붙인 스티커, 빗살에 낀 검고 윤기나는 긴 머리칼, 한 귀퉁이에 수놓은 손수건 따위 흔적은 어디서나 발견되었지만 그것은 오히려 그녀와 그들 간에 놓인 엄청난 공백을 강하게, 생생하게 인식시켰고 그들은 이제 돌아오지 않는다는 것, 되찾을 수 없는 시간들임을 상기시켰을 뿐이었다. 어쩌면 더 깊은 사랑으로 굳게 맺어질 수 있지 않았을까. 서로의 가슴 밑바닥에 단단히 도사린 수치심과 두려움을 숨길 수 없을지라도. 한바탕 집 안을 휘젓고 난 뒤면 그녀는 무릎을 싸안고 소리 죽여 흐느껴 울었다. 그리고 기진할 때까지 울고 나면 텅 빈 위장의 속쓰림, 오랜 벗처럼 친근한 허기증이 달래듯 부드럽게 찾아오는 것이었다.

찬밥에 고추장을 비벼 늦은 점심을 먹고 잠깐 누웠던 혜자의 낮잠을 깨운 것은 요란한 벨소리였다. 누굴까. 얼결에 화들짝 놀라 깬 그녀가 마루 문을 열었을 때 또 한 차례 초인종이 울리고 등기 왔습니다. 도장 주세요. 소리치는 집배원의 모습이 철대문 너머로 보였다. 도장이 어디 있더라. 도시 등기 우편이 올 데가 없다는 생각과 집배원의 다그침에 허둥대며 예전의 버릇대로 대부분 빈 화장대 서랍들을 차례로 열었다. 역시 도장은 없었다. 도장이 없어요. 혜자는 밖을 향해 황망히 소리쳤다. 원 참, 손도장이라도 찍으쇼.

등기 편지는 건넌방 처녀에게 온 것이었다. 건넌방은 아무런 기척 없이 조용하고 부엌 문에는 맹꽁이 자물쇠가 걸려 있었다. 혜자는 부엌 창으로 손을 들이밀어 편지를 넣어두고는 방으로 들어왔다. 놀라 잠에서 깬 탓에 아직 쿵쿵 뛰는 가슴을 누르며 한껏 열린 화장대 서랍들을 밀어 닫았다. 맨 아래칸 네번째 서랍을 닫으려다 혜자의 손이 멈칫 멎었다. 그곳에 들어 있는 눈에 익은 작은 수첩 때문이었다. 까마득히 잊고 있었던 것, 그러나 분명히 손때 묻은 자신의 것이었다. 그녀는 수첩을 꺼내 성급히 한 장씩 넘겼다. '29일 덕수궁' '冬服 세탁소' '16일 오후 3시 아라야' '신세계백화점 바겐세일, 15일부터 21일까지, 모직 셔츠와 조끼' 짤막짤막한 메모들은 흐릿하게 기억나는 것도 있고 전혀 짐작이 가지 않는 것도 많았다. '3일 우미화원 꽃바구니, 카네이션 빛깔 섞어 60송이' 이것은 아마 스승의 환갑 잔치에 가져갈 선물이었을 것이다. 때로 미소 지으며 때로 애써 기억을 더듬어 눈살을 찌푸리며 혜자는 하나씩 읽어나갔다. 수첩의 뒷부분에는 전화번호들이 적혀 있었다. 위로부터 나란히 적힌 것은 그녀의 대학 동창들의 전화번호였다. 그네들은 한 달에 한 번씩 모이던 친목계 회원이기도 했다. 비교적 가깝게 지내던 친구들이었는데 왜 그네들 생각을 한 번도 한 적이 없었을까. 혜자는 비로소 할 일을 찾아낸 듯 성급히 전화 다이얼을 돌렸다. 숙자가 근무하는 여성지 편집실로 전화를 했을 때 전화를 받은 상대방은 그녀가 오래전에 잡지사를 그만두었음을 알려주었다. 애경의 집으로 전화를 걸자 막바로 테이프에 녹음된 여자의 음성이 흘러나왔다. 지금 거신 전화번호는 잘못된 번호이오니 다시 거시기 바랍니다. 아라비아 숫자를 하나씩 짚어 확인하며 다시 돌렸으나 마찬가지였다. 이상한 일이었다. 무엇엔가 홀린 기분이었다. 명화의 집은 아예 신호음만 갈 뿐 받지를 않았다. 그녀는 참을성을 가지고 춘자의 집 번호를 돌렸다. 전화번호가 바뀌었습니다. 상대방은 짧은 한마디로 전화를 끊었다. 혜자는 수화기를 내려놓고 잠시 망연해졌다. 자신이 홀로 떨어져 있던 이태 간의 세월이 비로소 엄청난 현실감으로 압박해왔던 것이다. 그것은 쓰디쓴 배반감이기도 했다.

이게 마지막이야. 그녀는 속으로 다짐하며 마치 자신의 운(運)을 걸고 마지막 패를 던지는 도박꾼처럼 비장한 심사가 되어 다섯번째로 다이얼을 돌렸다. 신호가 떨어지고 여보세요, 응답하는 목소리에서 곧장 정옥의 얼굴을 떠올리며 혜자는 짐짓 느릿느릿 말했다. 정옥이? 나 혜자야. 어머, 어머. 뜻이 분명치 않은 감탄사의 되풀이에 이어 말이 끊겼다. 죽은 사람에게서 온 전화라도 받은 듯 질린 기색이 역력히 전해졌다. 오랜만이구나, 정말 그래. 건강은 어떠니? 그녀의 말을 받으며 정옥이 허둥지둥 덧붙였다. 어디 있니? 집이야, 집에 왔어. 다른 친구들 잘 있지. 통 연락이 안 되는구나. 그럴 거야. 이사를 많이 했어.

만나고 싶다는 혜자의 말에 정옥은 잠시 뜸을 들인 후 대답했다. 마침 잘됐어. 봉선이가 남편 따라 외국으로 가게 되어 송별회를 해주기로 했어. 7시야, 광교 K빌딩 13층 스카이라운지 알지? 거기야. 모두들 널 보면 반가워할 거야.

정옥과 통화를 끝낸 후 혜자는 다시 인형극 연구소로 전화를 걸었다. 민선생은 인형 제작도 하지만 인형극 연출에 더 뜻이 큰 사람이었다. 혜자가 만든 「빨간 모자」와 「해님 달님」의 인형으로 텔레비전 방송국에서 극을 연출한 적도 있었다. 그때 민선생은 혜자가 만든 인형들이 표정이 살아 있고 아이디어가 참신하다고 칭찬했다. 언젠가 인형 전시회를 해도 좋지 않으냐고 부추긴 것도 그였다. 이 년 간은 그녀에게만 긴 시간은 아니었던 모양이었다. '김혜자'라는 이쪽의 밝힘을 듣고도 그는 금시 알아듣지 못했다. 「빨간 모자」와 「해님 달님」 극에 쓰인 인형을 만들었던 김혜자라고 설명을 했을 때야 그는 아, 가늘게 놀람의 외침을 내뱉었다. 그러나 그는 곧 예사롭게 물었다. 오랜만입니다. 어떻게 지내세요. 그도 잘 알 것이다. 혜자가 어떻게 지냈는가는 아는 사람 사이에서는 일흔 번도 더 돌아다녀 낡아빠지고 진부한 얘깃거리가 되었을 테니. 건강은 괜찮으십니까. 아주 좋은 편이에요. 요즘도 인형극 하시지요. 그녀는 오래 얘기하고 싶었다. 그는 친절하고 더욱이 혜자의 인형에 대해 호감을 가진 사람이었다. 언제 짬내서 한번 놀러 나오십시오. 지금이라도 나갈 수 있노라고 저녁의 약속 시간까지 서너 시간쯤 낼 수 있노라고 말하고 싶었으나 혜자는 아쉽게 수화기를 내려놓으며 그는 워낙 바쁜 사람이라는 생각으로 서운한 마음을 달랬다. 그는 인형극에 미쳐 마흔이 넘은 이제까지 독신으로 지내며 인형극에 관한 책을 쓰고 소극장과 국민학교 강당, 그리고 텔레비전 방송국으로 바쁘게 뛰어다녔다. 그렇더라도 그가 혜자의 인형에 보인 관심은 잊지 않았을 것이다. 인형 전시회를 하고 전시회장에서 직접 인형극을 보여주자는 제안도 잊지 않았을 것이다. 내일이라도 민선생을 만나야겠다고 혜자는 생각했다. 다시 인형 만드는 일을 할 수 있으리라. 낙도와 벽지의 학교로 순회 공연을 다니고 또 인형극의 인형들을 한 세트씩 갖춰 싼값에 보급한 다면 어린이들은 스스로 집 안에 작은 극장을 갖춰 인형극 놀이를 할 수 있으리라. 그것이야말로 자신이 뜻을 갖고 하고 싶은 일이며 또한 얼마간 돈도 벌 수 있을 것이다. 그것은 당연하고도 근사한 일이었 다. 스스로 돈을 벌어 생활할 수 있어야만 비로소 진정한 의미의 자 존(自存), 독립이 될 것이다. 다시금 인형 제작을 시작하겠다는 결의 가 그녀에게 갑작스런 생기와 활력을 주었고 그것은 또한 이제껏의 생활이 단순히 기생적(寄生的)인 삶으로, 굴욕적인 것이었다고 자신 을 준열하게 비판하게끔 만들었다. 저녁에 친구들을 만나는 자리에 서 지금 자신이 하고 있는 일, 앞으로의 창창한 계획에 대해 얘기하 리라. 인형과 인형극에 대해 자기만큼 알고 있는 사람이 그들 중 누 가 있겠는가. 민선생과 함께할 전시회나 순회 공연 얘기는 거짓말이 아니다. 약속된 것은 아니지만 조만간 그렇게 될 것이 틀림없었다. 민선생은 늘 혜자가 만드는 인형에 관심을 표하지 않았던가. 친구들 사이에서 자신의 얘기가 일흔 번씩이나 돌고 돌았을 것이란 생각은 자신의 기우일 뿐일지도 몰랐다. 처음 전화 받았을 때 민선생이 곧 그녀를 기억해내지 못하던 것 그리고 뒤를 이은 감전된 듯한 놀라움 과 막연한 약속의 말에서 그녀를 기피하는 심사를 읽은 것은 이편의 공연한 피해 의식인지도 몰랐다. 자신이 생각하는 만큼 남들은 자신 에게 관심을 갖거나 오래 기억하고 있지 않다고 의사도 말하지 않았던가. 그리고 그것은 그들에게는 이태 전 어느 여름 석간 신문 귀퉁이의 1단 기사에 불과한 일이었다. 적어도 그들은 한 지인(知人)의 불행한 사건을 잊기 위해 이 년 동안 살았던 것은 아니었다. 그들이 자식을 기르고 재산을 늘리며 삶의 기쁨을 탐욕스럽게 거머쥐고 찾아 헤맬 동안 자신은 한없이 이어지는 지루하고 단조로운 실뜨개놀이와 오후 한시에서 세시까지 이어지는 해바라기, 의사와의 의미없는 문답놀이로 시간을 보내며, 다만 잊혀지려는 염원으로 기다려왔다. 환경을 바꿔보는 것도 좋으리라는 남편의 충고를 따르지 않고 이곳으로 다시 돌아온 것은 천만 잘한 일이었다. 빈집의 적막함, 혼자 있는 쓸쓸함이 아니었다면 어떻게 다시금 인형 만드는 일에 손을 대겠다는 생각을 할 수 있었겠는가. 작은 수첩을 찾아낼 수가 있겠는가.

혜자는 다락으로 올라갔다. 그녀의 작업장으로 쓰던 지하실은 허섭스레기와 안 쓰는 살림살이 따위로 채워 자연스레 폐쇄하게 되자 그곳에 있던 물건들은 커다란 트렁크에 넣어 다락 구석에 올려두었던 것이다.

트렁크에는 두텁게 먼지가 앉았고 쇠장식은 녹이 슬었으나 잠겨 있지는 않았다. 그녀가 넣어두었던 그대로 한 겹 신문지 아래 그것들은 고스란히 들어 있었다. 굵고 가는 토막 철사, 굳어버린 접착제 튜브, 물감 들인 새의 깃털과 한 움큼의 스팽글, 얼굴뿐인 견우와 직녀, 만들다 만 선녀의 나래옷. 그녀의 손에 의해 잠긴 후 한 번도 열려본 적이 없었을 트렁크 속에서 재처럼 조용히 누워 있는 그것들을 하나씩 들춰내며 그녀는 이상하게 가슴이 무너지는 듯한 슬픔을 느꼈다.

한꺼번에 쓸어 담은 듯 뒤섞인 갖가지 인형의 머리와 팔다리, 옷감 자투리들을 들추자 또 한 겹 신문지가 나타났다. 그녀는 잠깐 눈을 감고 심호흡을 했다. 트렁크 맨 밑바닥에 감추어진 것, 그녀의 가슴 밑바닥에 돌처럼 단단히 자리 잡은 것이 무엇인지 그녀는 너무도 잘 알고 있었다. 상기도 백 년 동안의 깊은 잠에서 깨어나지 못한 아름다운 공주, 그녀가 마지막으로 완성한 작품이었다. 의상을 입히고 화려한 드레스에 주름을 펴기 위해 마지막 인두질을 할 때 그 사건이 일어났던 것이다. 떨리는 손으로 신문지를 벗겨내자 화관에 둘러싸인 풍성한 머리털을 자랑스럽게 흩트린 공주의 얼굴이 드러나고 몸체가 드러났다. 그리고 그녀는 화려한 의상의 곳곳에서 끊긴 사슬 토막처럼 금빛으로 반짝이는 좀벌레의 허물을 보았다.

눈발은 훨씬 가늘어져 있었다. 저물녘인데도 먼 하늘이 맑게 트여오는 것을 보면 이대로 그쳐버릴 성도 싶었다. 네시였다. 약속 시간까지는 아직 넉넉히 시간이 남아 있었지만 혜자는 외출 준비를 시작했다. 저물자 이내 밤드는 쓸쓸한 집을 뒤로하고 나갈 수 있다는 사실이 그녀에게 어느 정도의 기쁨과 흥분을 불러일으켰음에 틀림없었다. 세수를 하고 시간을 들여 화장을 했다. 밤화장이야 조금 짙어도 무방하리라 싶었다. 더욱이 오늘은 모처럼 허물없는 친구들을 만나는 날이 아닌가. 옷장 문을 활짝 열어 옷걸이에 걸린 옷들을 하나씩 점검했으나 입고 나갈 만한 것은 없었다. 지난 이 년 간 옷을 한 벌도 해 입지 않았고 또 그동안 엄청나게 몸이 불었던 것이다. 모양과 색깔이 마땅치 않은 점은 백번 양보하고라도 입어본 옷들은 하나같이 단추가 채워지지 않았고 그것은 그녀를 암담한 절망감에 빠뜨렸다. 옷장에 걸린 옷들을 모조리 입어본 후에야 그녀는 몸에 맞는 옷을 찾아낼 수 있었다. 십여 년 전 유행했던 자루 모양의 풍덩한 옷이었다. 흰 칼라가 대담하게 넓게 목을 두르고 어깨 아래부터 망토처럼 퍼진 검정 벨벳 원피스를 지어 입고 외출한 그녀가 퇴근길의 남편을 만났을 때 아내의 옷차림에 까다로웠던 그는 대단히 소녀 취향의 옷이라고, 그녀의 나이에 걸맞지 않음을 넌지시 둘러 말했고 그녀 역시 곧 새로운 유행을 따라 그 옷을 입지 않게 되었던 것이다. 몸이 얼마나 불었는지 옷을 입자 자루 속에 든 듯 답답하게 죄어왔다. 길게 자란 머리를 빗어 묶고 그녀는 자신의 모습이 무성 영화 시대의 배우와 같다는 생각을 하며 거울을 보았다.

마루의 유리문이 드르륵 열리고 건넌방 처녀의 목소리가 들렸다. 아줌마, 나 나가요. 좀 있다가 우리 방 연탄 구멍 막아주세요. 혜자가 다락에서 트렁크를 들추고 있는 동안 들어왔었던 모양이었다. 대문 여닫기는 소리를 들으며 혜자는 눈을 흘겼다. 격일로 야간 근무와 주간 근무를 하는 공장에 다닌다고 했지만 지난 일주일 이래 혜자가 알기로도 세 번이나 방에 사내를 끌어들였다. 아, 내보내야지 안 되겠어. 행실 나쁜 계집애의 연탄불 시중이나 들면서 살겠어? 곧 집이 팔릴 거라고, 방을 내달라고 말해야지, 내일 당장. 그녀는 단호히 중얼거렸다.

다섯시가 넘자 혜자는 코트를 걸치고 집을 나섰다. 눈이 와서 교통 사정이 나쁠 수 있다는 점을 감안하더라도 삼사십 분이면 약속 장소에 충분히 가 닿을 수 있으리라는 것을 알면서도 텅 빈 집에 괴어 드는 어둠에 등을 밀리듯 바삐 집을 나섰다.

시간이 넉넉했기에 종로에서 차를 내린 혜자는 곧장 지하도를 건 넜다. 환기가 안 되는 지하도는 악취가 가득하고 사람들이 묻어들인 눈으로 질척거렸다. 전동차 소리로 끊임없이 발밑이 우릉우릉 흔들 렸다. 창백한 불빛 아래 분주히 오가는 사람들을 혜자는 방심한 눈길 로 바라보며 느릿느릿 걸었다.

눈은 완전히 그치고 저무는 거리에는 바람이 불고 있었다. 지하도 를 빠져나와 비로소 큰 숨을 내쉬며 혜자는 가야 할 방향을 가늠했 다. 오랫동안 시내에 나와본 적이 없었지만 그녀의 머릿속에 찍힌 약 도는 명료했다. 지하도의 입구, 지상에 한 발을 올려놓은 채 그녀는 잠시 다섯시 사십분을 가리키는 시계탑이 얼어붙은 분수, 그리고 분 수 옆에 세워진 이제 막 꼬마전구 불빛들이 명멸하기 시작하는 대형 크리스마스 트리를 보았다. 허옇게 눈이 얹힌 크리스마스 트리 너머 저편에 K빌딩 13층 스카이라운지의 불빛이 희미하게 떠 있었다. 횡 단보도가 없는 그곳까지 가기 위해 세 개의 지하도를 건너야 했다. 아직 시간이 많이 남았군. 약속 시간보다 일찍 가서 우두커니 앉아 있는 것도 청승맞아 보일 텐데. 근처에서 커피라도 한잔 마시며 몸을 녹일 생각으로 두리번거리던 그녀의 눈길이 길 건너 왼쪽 갈색 빌딩 에 이르러 찔린 듯 멎었다. 순간 K빌딩이며 불빛 깜박이는 대형 트 럭 따위는 눈앞에서 걷힌 듯 사라졌다. 오직 창마다 불을 밝힌 15층 빌딩만이 가득 눈에 들어왔다. 왜 진작 그 생각을 못했을까. 정옥에게서 K빌딩의 위치를 들었을 때 그 맞은편에 남편의 근무지가 있다는 걸 전혀 생각지 못한 자신의 우둔함을 가볍게 나무라며 혜자는 빠져나온 지하도로 다시 바삐 내려갔다. 그는 아직 사무실에 있을 것이다. 설혹 퇴근 시간이 지났다 하더라도 그는 언제나 늦게까지 회사에 남아 일을 하곤 했었다. 그리고 그는 언제든 어려운 일이 있으면 의논해주기 바란다고 말하지 않았던가. 인생의 어느 한 시절, 결코 짧지 않은 세월을 가장 가깝게 함께 지낸 사람으로서 이 추운 날 따뜻한 커피 한잔 나누는 일에 어떤 끈끈함이나 칙칙함이 있는가, 그러한 관계에조차 인색하다면 사람들의 어울려 살아감, 인생이란 도대체 무엇이란 말인가. 더욱이 자신은 이제 새로운 출발, 멋진 일들에 대한 계획으로 가득 차 있지 않은가. 곧 일을 시작할 것이라는, 게다가 인형극계의 독보적인 존재인 민선생과 함께 하는 일이라면 남편도 훨씬 미더워할 것이다.

쉴새없이 자문자답으로 의기양양해진 혜자가 '영우무역'이 들어 있는 5층에서 엘리베이터를 내렸을 때 수위가 앞을 가로막았다. 빌딩의 5, 6, 7층을 모두 '영우무역'이 쓰고 있었던 것이다. 어떻게 오셨습니까, 아주머니. 혜자는 예상치 않은 벽에 잠깐 주춤했으나 곧 당당히 대답했다. 기획실장을 찾아왔는데요. 그가 인터폰을 들었다. 교환이 나오는 동안 수위는 다시 물었다. 누구시라고 그럴까요. 안사람이라고 해주세요. 젊은 수위는 고개를 갸웃하고 다시금 찬찬히 그녀를 아래위로 훑었으나 기획실이 나오자 곧 수화기를 건네주었다. 기획실장입니다. 바로 곁에서 말하듯 송수화기를 가득 채우며 크게 울리는 목소리가 이상하게 귀에 설었다. 당신……이세요? 나예요, 영선이 엄마예요.

귀에 설고 여유 있는 목소리가 와락 그녀를 위축시켜 혜자는 서툴게 더듬거렸다. 누구십니까, 제가 기획실장입니다만…… 그리고 잠시 사이를 두었다가 그가 덧붙였다. 혹시 이영섭 실장을 찾으시는 게 아닙니까? 그래요, 이영섭 실장님을 대주세요, 제가 안사람이에요. 허덕이며 하는 그녀의 대답에 상대방은 아, 낮게 부르짖었다. 잠깐 기다리세요. 제가 이군호입니다, 곧 나가지요. 곧이어 왼쪽으로 꺾인 복도로부터 키가 크고 아는 사내가 나타났다. 머리가 많이 벗어지고 안경을 쓰고 있었지만 혜자는 첫눈에 그를 알아볼 수 있었다. 남편의 입사 동기로 꽤 가까운 사이였던 이군호였다. 만혼을 한 그는 결혼 전까지 술이 취하면 으레 그녀의 집에서 묻어 자곤 했었다. 그가 안내한 곳은 접객용의 작은 방이었다. 무언가 애기하고 있던 두 사람이 그들과 엇비껴 나간 뒤 실내는 시잇시잇 스팀 소리만 들릴 뿐 조용했다. 몇 개의 의자와 탁자만이 놓인 장식 없는 방을 혜자는 호기심도 없이 둘러보았다. 그럴 이유가 짐작되지 않는 대로 그가 몹시 당황하고 있다는 느낌을 받았기 때문이었다. 그는 인터폰으로 차를 부탁하고 비로소 그녀에게 말을 건넸다. 많이 좋아지셨군요. 건강은 괜찮으십니까? 모두들 자신에게 한결같이 건강을 묻는다. 마치 당신의 화약고는 안전한가라고 묻듯이. 혜자는 말없이 웃었다. 요즘은 어떻게 지내세요. 일을 시작했지요. 호오. 반가운 소식이군요. 무슨 일인지 물어도 괜찮습니까? 그럼요. 인형극에 관계하게 되었답니다. 그리고

집을 옮길까 해서요. 역시 그이 말대로 환경을 바꿔보는 것은 좋을 것 같은 생각이 들어요. 그런데 그이는 자리에 없나요? 혜자는 웃음 띤 얼굴로 그를 바라보며 조심스레 물었다. 모르셨습니까? 그가 미간을 좁히며 뜻밖이라는 듯 되물었다. 반소매 스웨터를 입은 젊은 여자가 커피를 가져와 탁자 위에 놓았다. 그는 더 이상 입을 열지 않고 찻잔에 설탕을 넣어 천천히 젓기 시작했다. 무슨 말씀이신가요? 뉴욕 지사로 나갔지요. 한 달 되었습니다. 혜자는 방금 한 모금 마신 흰 찻잔에 붉게 찍힌 자신의 입술 자국을 뚫어지게 바라보았다. 실내는 너무 더웠다. 속옷 밑으로 축축이 땀이 흐르는 것을 느꼈다. 게다가 꽉 끼이는 옷은 운신할 수 없이 숨통을 죄었다. 코트의 단추는 풀어 놓았지만 좁은 벨벳 원피스 위로 살이 터질 듯 괴롭게 부풀어올랐다. 그녀는 손수건을 꺼내 얼굴과 목덜미의 땀을 찍어냈다. 흰 손수건에 분과 루주, 아이 새도의 빛깔이 진하게 묻어났다. 아무래도 화장이 너무 짙어진 게라고 혜자는 민망해진 마음으로 생각했다. 한 삼 년 있을 작정으로 아이들을 모두 데리고 떠났지요. 모르고 계셨군요. 모르긴 해도 그 친구가 아주머니에게 알리지 않은 건 행여 아주머니의 상처를 건드릴지도 모른다는 배려였을 겁니다. 아니, 괜찮아요. 저는 지나가는 길에 그저…… 들른 것뿐이에요. 그이는 저더러 의논할 일이 있으면 언제든 찾아오라고 말했었거든요. 옷 속으로 줄곧 흐르는 땀과 후텁지근하고 더러운 공기에 질식할 것만 같다는 생각을 하며 그녀는 멍청히 말했다. 가야겠어요. 그녀는 무겁게 몸을 일으켰다. 편찮으세요? 안색이 아주 나쁘군요. 창백한 얼굴로 땀을 흘리고 있는 그녀를 보며 그가 걱정스럽게 물었다. 좀 더워서요. 바쁘실 텐데 시간을 내주셔서 고마워요. 또 친절히 대해주셔서 고맙습니다. 엘리베이터 문이 닫히고 정중히 허리를 꺾은 그의 모습이 가려지자 그녀는 조용히 울기 시작했다.

시계탑의 전자시계는 일곱시 이십분을 가리키고 있었다. 약속 시간인 일곱시에서 이십 분이 지났는데도 그녀가 아는 얼굴들은 하나도 나타나지 않고 있었다. 그녀가 앉은 창가에서는 시계탑이 맞바라다보여 일초 일초 흐르는 시간을 헤아릴 수 있었다. 크리스마스 트리의 불빛이 한결 명료해지고 도시의 불빛은 깊고 현란하게 돋아났다. 어둠이 깊어지고 있는 것이다. 삼십 분이 지났다. 한산하던 실내는 거의 차다시피 했고 그녀는 출입문이 여닫힐 때마다 긴장한 눈길을 보냈다. 혹시 그들이 자신을 알아보지 못한 것은 아닐까. 그녀는 자신이 첫눈에 쉽게 알아보지 못할 정도로 모습이 변했다는 걸 알고 있었다. 밖의 어둠을 배면으로 해서 유리창에 음화상처럼 찍힌 얼굴은 자신이 보기에도 낯설었다. 사람들이 세상이 그녀의 일을 잊어주기를 원하는 간절한 바람으로 그녀는 규칙적인 투약과 주사, 간단없이 찾아드는 나락과 같은 수면과 허기증으로 살을 찌우며 열심히 자신의 모습을 변모시켰고 머리털은 회백색으로 길게 자랐다. 병실을 함께 쓰던 여자가 자기의 머리핀을 훔쳐갔다고 어거지를 쓰며 느닷없이 그녀의 머리털을 뜯을 때까지, 그녀의 손에 한 움큼 뽑힌, 회백색 머리털이 자신의 것인 줄 깨닫지 못하고 있었다. 그네들이 자신을 못 알아볼지도 모른다는 생각에 혜자는 출입문 가까운 곳으로 자리를 옮기고 진토닉을 한 잔 시켰다. 벌써 한 시간이 지나고 있었다. 유리로 밀폐되고 난방이 잘된 실내는 역시 더웠다. 그녀는 코트를 벗어 의자에 걸쳐놓고 답답하게 죄는 목과 가슴의 단추를 살며시 풀어놓았다.

얼음을 가득 채운 투명한 유리컵에 얇게 저민 레몬 한 조각과 붉은 체리가 떠 있었다. 그것은 그녀에게 시큼하고 떫은 맛이 나는 냉수에 지나지 않았다. 보기에 좋은 것이 먹기에도 좋다는 서양 속담은 적절하지 못한 비유라고 생각하며 점점 작아져 컵의 표면으로 떠오르는 얼음 조각을 우울하게 바라보았다. 얼음은 금시 녹아버리고 레몬의 맛은 속임수처럼 엷어졌다. 그리고 시간이 감에 따라 그들이 오리라는 희망 또한 엷어져갔다. 아홉시가 넘자 그녀는 웨이터에게 또 한 잔의 진토닉을 주문했으며 비로소 자신이 약속 시간과 장소를 잘못 안 것이 아닌가 하는 실제적인 의혹에 사로잡혔다. 혹시 내일, 또는 모레로 정해진 날짜를, 오직 나가고자 하는 그녀의 절박한 갈망이 임의로 오늘이라 속삭인 것이나 아닐까. 점점 작아지는 얼음 조각들이 달그락 소리로 부딪히다가 흔적 없이 녹아 사라지는 것을 지켜보며 한없이 기다려야 한다는 것은 쓸쓸한 일이었다. 열시가 되어 또 한 잔의 진토닉을 주문했을 때 젊은 웨이터는 넓고 흰 깃을 목둘레에 부챗살처럼 두르고 강철처럼 뻣뻣하고 윤기 없는 회백색 긴 머리털을 늘인, 몹시 비대한 여자를 마치 유령을 보는 듯한 눈초리로 바라보았다. 그들이 이제 오지 않으리라는 것이 자명한 사실로 드러났고 그녀는 심한 노여움에 사로잡혔다. 그녀가 모임에 나오리라는 것을 알고는 몰래 장소를 옮겼음에 틀림없었다. 이 부근의 어딘가에 자리 잡고 앉아 유리창을 통해 환히 보이는, 기다림에 지친 그녀를 손짓하며 끝없이 수군댈 것이다. 글쎄 걔가 전화를 했지 뭐니? 너희들에게도 다 전화를 했었대. 용케 피했구나…… 남자는 죽고 그 앤 풀려났지만 그럼 뭘 하니, 폐인이 다 된걸. 실제로 귓전에서 울리는 소리에 혜자는 귀를 틀어막았다. 아무리 정당 방위라지만…… 어쨌든…… 그랬으니까. 이혼했다지? 그럴 거야, 어떻게 같이 살겠어. 무서워서…… 정절을 지키기 위해서였을까? 얼결에 자기도 모르게 한 짓이 아니었을까. 아마 공포 때문이었을 거야. 후에 걔가 정신병원에 들어간 걸 봐도 알지. 남들의 얘기 속에서는 죽은 것은 언제나 도둑이 아닌, 남자였다. 남편도 그랬었다. 뭣인가 자꾸 알아내고 싶어했다. 그가 단순히 낯털이 도둑인가 전부터 알던 사이까지는 아니더라도 적어도 지나치며 낯이 익은 사내는 아닌가를 교묘히 우회하며, 그러나 집요하게 캐물었다. 처음 보는 남자였어요. 무슨 일이 있었냐구요? 보는 그대로지요. 제발 날 내버려둬요. 도대체 뭘 알고 싶어서 그러는 거예요. 그녀는 그녀의 생각으로는 수천 번 이상 했었던 말을 되풀이하며 입을 틀어막고 울었다. 그녀가 속치마 바람이었고 사내가 흉기를 지니고 있지 않았다는 것이 끝내 석연치 않은 의혹으로 자랐던 것이리라.

문득 주위가 조용해진 것을 깨닫고 혜자는 두리번거렸다. 창가의 자리에 이마를 맞대고 앉은 한 쌍의 남녀가 있을 뿐 텅 비어 있었다. 스탠드에 기대서 있던 웨이터가 그녀를 보며 커다랗게 입을 벌려 하품을 했다. 시계탑의 시계가 열한시를 가리키고 있었다.

깊은 밤, 땅속을 구르는 전동차가 우릉우릉 발밑을 울리며 지나갔다. 사람들의 자취는 뜸했지만 지하도는 여전히 질척이고 악취가 가득했다. 다시금 세 개의 지하도를 거쳐 지상으로 솟아오른 혜자는 바람 부는 하늘을 올려다보았다. 뿌연 대기 속에서 몇 개인가 돋아난 별이 어둡게 깜박였다.

지하도의 마지막 계단을 밟고 입구를 빠져나오다가 그녀는 무엇엔가 무릎을 부딪혀 허뚱거렸다. 발밑에서 동전 흩어지는 금속성의 소리가 차갑게 울렸다. 그녀는 반사적으로 허리를 굽혀 아래를 살폈다. 형광등이 고장난 지하도의 입구는 어두웠다. 그곳에 담요를 쓰고 웅크리고 앉은 사람에게 발이 걸렸음을, 그의 동냥 그릇을 뒤엎었음을 깨닫고 혜자는 황급히 말했다. 미안합니다. 딴생각을 하다가 그만…… 담요 속에 잠든 아이를 안고 있는 그 여자는 장님이었다. 내리감은 눈으로 턱을 쳐들고 한 손으로 앞을 더듬어 쏟아진 동전을 그러모았다. 혜자는 그녀를 도와 허리를 굽히고 침침한 불빛에 의지해 발밑을 살피며 계단에 떨어진 동전들을 주웠다. 혜자가 주워 모은 동전들을 바구니에 넣으려 할 때 그 여자의 손이 느닷없이 손목을 거머쥐었다. 깜짝 놀랄 만큼 끈끈하고 억센 손아귀였다. 그것은 혜자가 손 안에 든 동전을 완전히 털어넣어 빈손임을 확인할 때까지 아프게 쥐어 비틀며 놓지 않았다. 혜자는 얼얼하게 통증이 느껴지는 손목을 문지르며 그녀를 바라보았다. 그녀는 다시금 잠든 듯 조는 듯 담요

속에 둥글게 몸을 웅크렸다. 아무렴 내가 그 돈을 집어갈 줄 알았나요? 하긴 멍청히 딴생각을 하다가 걷어챘으니 내 잘못이 많지요. 차가운 바람이 사납게 지하도 입구로 밀어닥쳤다. 혜자는 그 여자 곁에 쭈그리고 앉았다. 얼어붙은 분수 옆 크리스마스 트리의 불빛이 외롭게 깜박이는 것이, 열한시 반을 가리키는 시계탑이 보였다. 춥지 않아요? 밥은 먹었어요? 아기는 아주 얌전히 자는군요. 이젠 들어가야죠? 날씨가 아주 추워질 거라는군요. 그 여자는 듣는지 마는지 대꾸가 없었다. 숙소가 어디죠? 길을 건네줄까요. 한뎃잠을 자다간 얼어죽고 말아요. 더구나 아기를 데리고…… 살그머니 담요를 들추는 혜자의 손을 사납게 뿌리치며 그 여자는 눈을 부릅떴다. 씨팔, 귀찮게 진드기붙네, 멀쩡하게 생긴 여편네가, 할 일 없으면 들어가 발 닦구 자라구. 핏발 선 붉은 눈으로 혜자를 노려보며 내뱉고는 아이를 부둥켜안은 채 동전 그릇을 들고 뚜벅뚜벅 서너 계단 내려가 주저앉았다. 섬뜩 놀란 혜자는 쫓기듯 황황히 그곳을 떠났다.

 밤이 깊을수록 바람은 심해지고 뜸한 행인들은 코트 깃을 바짝 올리고 종종걸음을 치거나 택시를 잡기 위해 미친 듯 뛰곤 했다. 옛 기억을 더듬어 집으로 가는 방향의 택시 정류장을 찾아 겨우 한 구간을 걸었을 뿐인데도 그 사이 행인들은 눈에 띄게 줄었다. 대신 차들이 미친 듯 달리고 있었다. 택시 정류장 표지가 된 곳에서도 보안등을 켜고 대기한 택시는 없었다. 어떻게 해야 집에 갈 수 있는지 도시 짐작이 되지 않았다. 그러나 무엇보다 혜자를 괴롭히는 것은 위벽이 쥐어뜯기는 듯한 허기증이었다. 점심때 이후 그녀가 먹은 것이란 맹물과 다름없는 진토닉 세 잔뿐이었다는 생각이, 그 시큼하고 떫은 맛의 억울함이 더욱 그녀의 허기증을 자극했다. 허기가 들 때마다 늘 그러하듯 그릇 가득한 흰밥과 기름 발라 구운 생선, 뜨거운 파전 따위가 눈앞에 떠올라 그녀는 꿀꺽 침을 삼켰다. 병원에서도 늘 그랬다. 언제나 배가 고픈 그녀를 위해 지난 여름 딸애는 닭구이를 보온통에 담아 면회를 왔었다. 눈부시게 흰 여름 모자를 쓰고 온 그 애는 게걸스레 먹는 그녀를 보며 몹시 울었다. 엄마 우린 모두 죄를 지어요. 용서해주세요, 라고 말하며, 잠시의 작별인 듯 인사를 하고 떠난 그 애를 아직 본 적이 없었다. 무엇이든 먹을 수 있다면. 조금이라도 입에 넣을 수만 있다면. 집에 가는 일이야 그 다음에 생각해도 충분할 것이다.

배를 움켜쥐고 쉴새없이 주위를 두리번거리던 혜자는 길모퉁이 불빛이 버언히 비쳐 나오는 포장마차로 들어섰다.

뭐, 먹을 만한 걸 좀 주세요. 배가 고파서 그래요. 칼이며 도마, 냄비 따위를 주섬주섬 챙기던 아낙네는 불쑥 들어선 그녀를 좀 놀란 눈으로 바라보았으나 말없이 그릇에 어묵꼬치 두 개를 넣고는 국물을 부어 내밀었다. 이것밖에 없어요. 다 떨어졌어. 지금 들어가려는 참인데…… 꼬치 두 개를 순식간에 먹어치우자 그녀는 국물을 한 그릇 더 부어주었다. 숨도 쉬지 않고 다 마신 혜자가 입가를 훔치며 다시 그릇을 내밀자 아낙네는 진정 딱하다는 표정으로 사죄하듯 손을 내리었다. 정말 소주밖에 없다니까. 혜자는 아낙네가 이빨로 마개를 따주는 소주병을 받아들고 돈을 치렀다.

혜자는 찻길에서 비낀 고궁의 돌담을 끼고 걸었다. 느릿느릿 울리는 자신의 발소리뿐 꿈속의 길처럼 조용했다. 거짓말처럼 허기증이 말끔히 가신 위장에 술기운이 부드럽게 피어올랐다. 바람이 세차게 불어올 때마다 이끼 낀 돌담의 안쪽, 오래 묵은 나무들이 머리 풀며 울었다. 혜자는 서너 걸음에 한 번씩 멈춰 서서 찔끔찔끔 소주를 부어넣었다. 도수 높은 안경을 썼을 때처럼 자꾸 발밑이 꺼져들었다. 약속 위반이야. 혜자는 소리내어 말했다. 어린 시절 소꿉놀이를 하던 동무들이 그녀만 남겨놓고 아무런 말 없이 단순히 놀이에 싫증이 났다는 이유만으로 돌아가버릴 때 혹은 숨바꼭질놀이에서 술래가 된 그녀가 열심히 열을 셀 동안 그녀가 절대로 찾을 수 없는 곳에 숨어 나오지 않거나 놀이를 일방적으로 파기해버린 아이들에게 막막하고 외로워진 그녀가 울 듯한 심정으로 외치던 소리였다.

그녀는 다시금 엄마를 이런 곳에 두다니, 우리가 이렇게 살아야 하다니 차라리 난 죽어버리고 싶어요 하고 울면서도 나날이 새롭게 아름답게 피어나던 딸에게 거짓말쟁이라고 욕설을 퍼부었다. 그래, 빈집에 그녀만 남겨두고 남편과 아이들은 훌훌 떠났다. 마치 어릴 때의 신의 없는 계집애들처럼.

돌담길은 어디까지 이어지는 것일까. 문득 어젯밤의 꿈이 생각났다. 꿈속에서 늘 가는 길인가. 어느 무너진 돌 틈에 자신을 위한 표지가 있으리라는 것을 알면서도 언제나 안타까움뿐으로 꿈을 깨었었다는 기억이 그녀를 조바심 나게 했다. 혜자는 병을 들어 꿀꺽꿀꺽 목 안으로 부어 넣었다. 그것이 마치 영원히 깨지 않을 꿈의 묘약인 듯 숨도 쉬지 않고 단숨에 마셨다. 모두들 나를 살인자라고 경계하고 기피하지만…… 그녀는 큰 소리로 말하며 새삼스러운 호기로 빈 병을 힘껏 내던졌다…… 누구라도 그런 상황에서라면 그럴 수밖에 없었을 거야. 정말 그랬다. 혜자는 아이들이 학교에 간 뒤 여느 때처럼 지하실에 꾸민 작업장에서 인형 만드는 일을 하고 있었다. 아주 더운 여름날이었고 더욱이 아교를 녹이기 위해 전기 곤로까지 피운 지하실은 찜통 같았다. 대문은 안으로 걸렸고 찾아올 사람도 없다는 것이 그녀로 하여금 속치마 바람으로 일하게 했을 것이다. 잠자는 공주의 머리칼과 장신구를 붙이는 까다로운 공정(工程)을 끝내고 마무리 작업에 열중해 있을 때 지하실 문을 가로막고 기척 없이 들어서는 낯선 사내를 보았다. 그때 그녀가 본 것은 사내의 얼굴이 아니라 자신의, 거의 벗은 몸이었다. 그러나 다가오는 사내의 두 눈에 한껏 달구어진 전기 인두를 들이댄 것은 오직 공포심 때문이었다.

몸의 곳곳에서 꽃처럼 피어나는 취기에 흔들리며 혜자는 걸었다. 무너진 돌 틈에 숨은 언젠가 맺은 비밀의 약속, 사랑의 맹세를 찾듯 한 손으로 돌담을 쓸며 똑바로 앞을 보고 걸었다. 모두들 잊었다고, 어쩔 도리가 없지 않았느냐고 누군가 그녀의 귓전에서 웅웅 속삭였다. 그녀가 달아오른 전기 인두를 들이대지 않았다 하더라도 결과는 지금보다 결코 나을 것이 없을 것이라고 속삭였다. 돌담길, 꿈에는 그리도 익숙하게 자주 가는 길, 길이 끝나는 곳에는 꿈 깨인 쓸쓸한 현실이 있을 뿐이라고 어렴풋이 생각하면서도 혜자는 꽃처럼 피어나는 취기가 영원히 그 길을 이어주리라는 기대로 더 깊은 어둠을 향해 한 걸음씩 옮겨놓았다.

1. 도둑을 죽이고 정신병원으로 옮겨진 이 작품의 여주인공은, 친구들로부터 외면당하고 남편한테 이혼까지 당한다. 정당 방위가 분명한 그녀의 행동이 그런 결과를 낳게 되는 그 사회적 배경에 대해 말해보시오.

2. 이 작품의 여주인공은 피해자이다. 그렇다면 그녀를 피해자로 만든 사람은 누구인가? 그녀를 두고 아이들과 함께 외국으로 떠난 남편은 가해자인가 피해자인가? 그리고 그를 멀리하는 친구들은 어떤가? 그 각각의 이유는 무엇인가?

광야로 나선 여성들

4

먼 그대
__서영은

기다림이 없는 풍경
__차현숙

마른 꽃
__박완서

먼 그대

지은이　이 글을 쓴 **서영은**(1943~　　)은 강릉에서 출생하였고 건국대학교 영문과에서 수학했다. 1968년 「교(橋)」를 발표하면서 등단했다. 이후 인고하는 여성상을 그린 「먼 그대」를 발표하여 이상문학상을 수상했으며, 「사다리가 놓인 창」을 발표하여 연암문학상을 수상했다. 작품집으로 『살과 뼈의 축제』와 『황금 깃털』 등이 있으며 장편으로는 『그리운 것은 문이 되어』와 『꿈길에서 꿈길로』 등이 있다. 일상적 삶의 수수께끼 같은 비밀을 여성 특유의 시선으로 포착해내는 작가로 평가받고 있다.

발표　『한국문학』, 1983. 5.

출전　『한국 3대 문학상 수상 소설집 4』, 가람기획, 1998.

먼지 낀 유리창 너머로 바람이 세차게 몰아치고 있는 거리를 차분히 내다보며, 문자는 장갑을 한 쪽 또 한 쪽 끼었다.

빨 때마다 오그라들고 털이 뭉쳐 작아질 대로 작아졌기 때문에 그녀는 장갑 낀 손가락 새새를 꼭꼭 눌러주어야 했다. 몇 년 전 이미 한 차례 유행이 지나간 알록달록한 털장갑을 여태 끼고 다니는 사람은 그녀 주위에 아무도 없었다. 장갑만 구식인 건 아니었다. 소매 끝이 날깃날깃 닳아빠진 외투며, 여름도 겨울도 없이 신어온 쫄쫄이식 단화, 통은 넓고 기장은 짧아 발목이 껑뚱해 보이는 쥐똥색 바지, 보푸라기가 한 켜나 앉은 투박한 양말, 서랍에서 꺼내어 얼찐거릴 때마다 반찬내를 물씬 풍기는 가방 등, 몸에 걸치고 지닌 것마다 구멍만 뚫리지 않았다 뿐이었다.

문자의 이런 차림새는 사십 고개를 바라보도록 노처녀로 알려진 그녀의 입장을 더한층 측은해 보이게 했다. 아동 도서를 간행하는 H출판사에서 문자는 영업부 편집부 통틀어 최고참이었다. 입사 이래

현재까지 그녀는 줄곧 교정일만 보아왔다.

편집부 정원은 부장을 포함해 일곱이었다. 그 사이 문자만 제외하고 자리마다 얼굴이 수없이 바뀌었다. 대학을 갓 졸업한 축일수록 반 년도 못 채우고 떠나갔다. 출근 첫날부터 의자가 기우뚱거린다, 화장실이 더럽다, 층계가 가파르다, 등등의 불만이 하나씩 쌓여가다가 나중엔 말끝마다 "이놈의 데 얼른 떠나야지, 더러워서 못 해먹겠어" 하고 군시렁거렸다 하면 견뎌야 한두 달이 고작이었다.

문자는 그런 나이 어린 동료들로부터 노골적으로 따돌림을 받았다. 그네들로서는, 가르마에 새치가 희끗희끗하도록 무엇 하나 이룩해논 것 없이, 한평생 있어봐야 별 볼일 없는 출판사에, 그것도 말석에서만 십 년을 보낸 노처녀 동료가 있다는 그 자체가 자존심 상하는 일이었다.

그네들의 눈엔, 문자가 교정지를 앞에 하고 등을 쭈그리고 있을 때는, 그녀의 등 뒤에만 보이지 않는, 유난히 시린 바람이 회오리치고 있는 듯이 여겨질 때가 많았다. 그리고 그녀의 턱 언저리는 늘상 소름이 돋아 까실까실한 것같이 보였다.

점심 시간에 다들 우르르 몰려나가 곰탕 한 그릇씩 먹고, 다방에 들러 커피까지 마신 뒤 사무실로 돌아와보면, 두 손으로 뜨거운 보리차 컵을 감싸쥔 문자가 그네들을 맞았다. 그네들은 문자가 측은하다 못해 마음이 언짢아져, 어쩌다 그녀 쪽에서 말을 건네오면 심히 퉁명스럽게 내쏘았다.

그렇더라도 문자는 한 번도 기분 나쁜 표정을 드러내는 일이 없었다. 나이 어린 부장으로부터 이따금 민망할 정도로 면박을 받아도 늘 다소곳이 받아들였다. 동료 간에 그런 것처럼 사내 규칙에 대해서도 그녀는 한마디 불평 없이 성실하게 지켰다. 다른 동료들이 입 모아 사장을 험구하고, 시설이나 월급에 대해서 불평을 늘어놓아도 그녀 만은 잠자코 듣고만 있었다.

그런 그녀를 두고, 나이 어린 동료들은 문자가 밥줄이 떨어질까 봐 두려워해서 몸을 사리는 줄로 알았다. 그네들은 문자가 주눅 들고 처량해 보일 때마다 남몰래 자기 자신에게 다짐하곤 했다.

"나도 저렇게 될까 무섭다. 얼른 여기를 떠야지."

문자는 이제 창문으로부터 돌아섰다. 퇴근 시간이 이십여 분이나 지났음에도 다른 동료들은 자리에 앉은 채 노닥거리고만 있었다. 퇴 근 시간이 임박해지자 한참 전화가 오고 가고 하더니 저마다 약속이 된 모양이었다.

문자는 가방을 집어들고 부장 쪽으로 다가갔다. 그가 다른 동료랑 하던 얘기를 끝낼 때까지 기다린 끝에 먼저 가겠다는 인사말을 남기 고 사무실에서 나왔다.

계단을 서너 개 내려오노라니, 안에서 미스 최의 조심성 없는 목 소리가 그녀에게까지 들려왔다.

"참 안됐어요. 토요일인데도 전화 한 통 걸려오지 않구."

"집으로 가봤자 반겨주는 사람도 없을 테구."

"어머, 왜요? 결혼은 안 했더라도 가족은 있을 거 아녜요?"

"이런, 한 사무실에서 너무들 하시는군. 같은 여자끼린데 신상 파

악은 하고 있어야지."

"본인이 가르쳐주지도 않는데 어떻게 알아요?"

"하긴 나도 몇 다리 건너 들은 소리지만, 부모는 일찍 돌아가시고 오빠가 한 분 있었는데 수년 전에 이민 가고 그때부터 내내 혼자 처지인가 봐. 고생도 무지무지하게 하고. 지금까지도 용두동인지 어디에 세 들어 있는 방 전세금이 전부라나 봐."

"이상하다? 옷도 안 해 입고, 도시락도 꼭꼭 싸 오겠다, 그만큼 알뜰하게 십 년이나 직장 생활을 한 사람이 어째서 그 정도밖에 못 모았을까."

"이상하구 자시구, 남에게 신경 쓸 거 없이 미스 최나 뜸들이지 말고 데꺽 면사포 쓰라구."

문자는 그네들이 혹시나 이쪽에서 들었다는 것을 알고 무안해할까 봐 나머지 계단을 소리를 죽여 살금살금 내려왔다.

길에 나서니 바람이 생각보다 매웠다. 언제나 좁은 골목에 한두 대쯤은 정차하고 있어 행인을 불편하게 하던 승용차들도 보이지 않았다. 길 양쪽으로 즐비한 밥집의 문전도 평일 같으면 드나드는 사람들로 한창 북적댈 시간이었으나 한산하기만 했다. 어느 집 추녀의 못이 삭았는지 함석 귀가 들려 널뛰듯 덜컹거리는 소리만 자못 바람의 기세를 짐작케 했다. 그녀는 목덜미가 선득거리자 외투 깃을 올렸다. 회사 앞 골목을 빠져나오며 그녀는 생각했다.

내 인생이 남 보기에 그렇게 안되어 보일 만큼 실패한 걸까?

그러자 괜히 웃음이 터져나올 것 같아 입술을 지그시 깨물었다.

자기가 동료들과 세상 사람들을 멋지게 속여넘기고 있는 듯한 기분
이 들었기 때문이다. 물론 그녀가 세상 사람들 앞에 은닉하고 있는
것은 남루한 옷차림의 이도령이 도포 속에 감춰 가지고 있던 마패 같
은 것은 아니었다. 또는 텔레비전이나 영화에서 가난한 여주인공이
었던 여자가 알고 보니 무슨 재벌 총수의 딸이더란 식의 돈 많고 지
위 높은 아버지를 감춰두어서도 아니었다. 글쎄, 그녀들로선 남들이
눈치 채지 못하는 자기 맘속의 어떤 그윽하고 힘찬 상태, 그걸 무어
라 해야 할지 알 수 없었다.

문자로선 유행의 흐름이란 데 따라 바지통이 넓어지든 좁아지든,
외투 길이가 짧아지든 길어지든, 또 동료들이 자기를 미스라고 부르
든 선생이라 부르든, 의자가 기우뚱거리든, 사장이 잔소리가 많든 적
든, 그런 것은 정말 아무래도 좋은 일로 여겨졌다.

언젠가 자칭 '교정 박사'라는 비교적 나이 든 한 여자가 새로 입사
했다. 그녀는 출근한 지 열흘도 못 되어 옆자리의 남자 직원이 자기
를 선생이라 부르지 않고 미스라 부른다고 대판 싸운 끝에 이튿날 사
표를 집어 던졌다. 문자는 삿대질을 하며 악악거리는 그녀를 멀거니
신기한 듯이 쳐다보며 이렇게 생각했다.

'남들이 자기를 뭐라 부르든 그게 무슨 큰 대수로운 일이라고.'

도로 자기의 교정지 위로 고개를 떨군 문자는 턱을 깊숙이 감춘
채 혼자 빙그레 미소 지었다.

타인의 눈에 자기가 형편없이 초라하게 비치어 있는 것을 의식할
때도 그녀는 잠자코 맘속으로만 이렇게 생각했다. '그래 불쌍해 보

여도 좋고, 초라해 보여도 좋다. 너희 맘대로 생각해라.'

또 어떤 날은 출근해서 서랍을 열어보면 쓸 만한 사무용품들이 다 없어지고 몽당연필 하나와 볼펜 껍질만 소롯이 남아 있는 경우도 있었다. 그때도 그녀는 몽당연필 하나만으로 견디든가 자기 돈으로 다른 볼펜을 사오면 사왔지 절대로 내색하지 않았다. 그녀는 속으로만 이렇게 생각했다. '그래 좋다. 내게서 필요한 것이 있으면 다 가져가라.'

다른 회사로 옮겨가 부장이 된 옛 동료가 봉급을 더 많이 주겠다는 조건으로 몇 차례나 그녀를 끌어가려 했을 때도 문자는 한사코 거절했다. '몇 푼 더 받겠다고 이리저리 철새처럼 옮겨다닐 사람은 다 니라지. 하지만 난 그깟 몇 푼 없어도 살 수 있어.'

일요일이나 공휴일에 일직을 하는 거며, 그 밖의 사내(社內) 궂은 일들을 모두 슬그머니 그녀 앞으로 미뤄놓고 달아날 때도 마찬가지였다. '좋다. 그까짓 얼음물에 청소 좀 한다고 손이 떨어져나가는 건 아니니까, 뺄 사람은 빼라지.'

물론 이보다 몇 배나 불리하고 괴로운 일을 당한 경우도 마찬가지였다. 그녀는 자기에게 지워진 어떤 가혹한 짐에 대해서도 결코 화를 내거나 탄식하지 않았고, 피하지도 않았다. 그녀의 억센 정신은 아직도 얼마든지 무거운 짐을 짊어질 수 있다는 듯이, 항시 무릎을 꿇고 있었다.

하지만 H출판사 직원들이나 주위 사람들이 보기에 문자는 그저 '죽은 듯이 가만히 있는 사람'으로만 보였다. 그네들은 아무도 문자의 그런 침묵이 '어떤 상황, 어떤 조건 아래서도 나는 살아갈 수 있다'는 절대 긍정적 자신감에서 기인된다는 것을 몰랐다. 더욱이 그 자신감이, 자신들의 키를 훨씬 넘어 아주 높은 곳에 있는 어떤 존재와 겨루면서 몇만 리나 되는 고독의 길을 홀로 걸어오는 동안 생겨난 것이리라고는 꿈에도 몰랐다.

아무리 그렇더라도 남에게 아쉬운 소리를 하는 일만큼은 문자로서도 너무나 곤욕스러웠다. 정말 저녁때까지는 무슨 일이 있어도 이십만 원을 구해야 했다.

짓눌린 듯 무거운 맘으로 문자는 공중전화를 바라보며 걸었다. 한 청년이 전화에 매달려 통화를 하고 있었다. 그의 높은 웃음 소리가 그곳서 꽤 떨어진 문자에게까지 들려왔다. 며칠 전 통화했을 때 이모는 분명히 확실한 어조로 잘라 말했다. 그러나 이제 다급해진 문자는 다시 한 번 더 이모에게밖에 매달릴 데가 없었다. 그녀의 사정을 가장 잘 알고, 이따금 급할 때마다 돈을 변통해왔던 친구에겐 아직 갚지 못한 빚이 있어 더 이상 매달려볼 염치가 없었다.

청년의 통화는 한정 없이 늘어질 듯했다. 상대 쪽에서는 빨리 오라고 조르는 모양이었고, 이쪽에서는 WBC 타이틀 매치 위성 중계를 놓칠까 봐 지금은 안 되겠다는 내용이었다.

청년의 등 뒤에 서서 시린 발을 동동거리며 문자는 건너 빌딩의 높은 꼭대기 위로 빠른 물살처럼 흘러가는 음산한 구름을 초조하게 바라보았다. 바람은 쉬이 잘 것 같지 않았다. 청년은 자기 주장대로 관철된 것이 흡족한 듯 담배를 한 대 피워 물고서야 공중전화 앞을 떠났다.

문자는 아직도 청년의 미적지근한 체온이 배어 있는 수화기를 집어들었다.

"이모, 전화 또 했어요."

그 이상 할 말은 없었다. 찍찍거리는 잡음만 한동안 계속되었다. 이윽고 이모 쪽에서 "쯧쯧" 하고 약간 짜증스럽게 혀를 찼다.

"하여간 얼굴이나 좀 보자."

눈물이 핑 돌아 앞이 흐릿한데도 문자는 기를 쓰고 그래야 하는 듯이 누군가 전화 받침대에다 그려논 낙서를 손톱으로 지우고 또 지웠다.

매달 얼마씩 가져가는 것 이외에 이따금 한수가 적지 않은 목돈을 요구해오는 데 대해서 문자는 한 번도 그 이유를 묻지 않았다. 오히려 돈을 받아 넣으면서 불안해진 한수가 제풀에 화를 내곤 했다. "젠장, 내가 뭐 이러고 싶어서 그러는 줄 알아. 두고 보라구."

그는 항시 이번만은 틀림없다고 전제하면서, 광산에 자금을 투자해줄지 모르는 유력한 자본주를 만나는 데 급히 필요하다고 했다. 문자에겐 그의 말의 진부는 아무래도 상관없었다. 옥조를 그가 데리고 있는 이상, 그를 도와줌으로써 옥조에게도 간접적으로 도움이 될 거라 여겨지기 때문이었다.

설사 그가 집에는 한 푼도 들여놓지 않고 예전의 씀씀이대로 그것을 하룻밤 술값으로 날려버린다 하더라도, 역시 상관없었다. 문자는 이제 그런 일 때문에 더 이상 마음 상하지 않았다. 한수는 그녀에게 천 개의 흉터를 내었을 뿐, 그녀가 그 흉터를 스스로 딛고 일어선 지금에 이르러서는 그는 이미 그녀의 맘속으로부터 지나가버린 그 무엇이었다. 그가 무자비한 칼처럼 그녀에게 낸 상처 하나하나를 딛고 일어설 때마다, 문자의 정신은 마치 짐을 얹고 또 얹고 그러는 동안 자기 속에서 그 짐을 이기는 영원한 힘을 이끌어낸 불사(不死)의 낙타 같았다.

그러나 한수는 문자의 주위 사람들이나 마찬가지로 그런 사실을 조금도 눈치 채지 못했다. 그는 바보스러울 만큼 착하다고 여겨지던 그녀가 딱 한 번 '무서운 여자다' 하고 생각된 때가 있었다. 왜 그렇게 생각되었는지 그 이유는 그 자신도 확실히 알지 못했다.

문자가 옥조를 낳은 지 한 달도 못 되어서였다. 그는 아내의 등을 떠밀어서 문자로부터 옥조를 빼앗아 오게 했다. 아내와의 사이에 일남 일녀를 둔 그가 새삼스레 그 자식이 탐났을 리는 없었다. 그는 옥조를 데려옴으로 해서, 문자를 영원히 자기 곁에 붙잡아둘 수 있으리라고 계산했다.

데려온 핏덩이를 내려놓으면서 그의 아내가 상기된 얼굴로 말했다.

"세상에, 얼마나 변변치 않은 년이었으면 집 안을 그 꼴로 해놓고 산단 말이우. 미리 겁부터 줄려고 뭘 좀 때려부술까 해도 눈에 띄는 게 있어야지. 없다 없다 해도 손바닥만 한 경대조차 없는 여편네는 내 생전 처음이라니까."

한수의 아내는 말은 그렇게 했지만, 기실은 문자의 살림이란 게 캐비닛 하나뿐임을 보고 속으로 적이 안심했었다. 아무것도 없이 산다고 늘 남편으로부터 들어온 터이긴 해도 그녀는 설마 했었다. 왜냐하면 남편이 광업소 소장으로 있었을 무렵, 봉투나 값진 선물을 가지고 찾아오는 업자들이 문턱에 줄을 이었던 만큼, 그가 마음만 먹는다면 그쪽으로 얼마든지 빼돌릴 수도 있었기 때문이다.

그래서 한수의 아내는 남편 덕으로 뜻하지 않은 밍크나 악어백이나 보석 같은 것을 몸에 휘감게 될 때마다, 혹시 그년이 나보다 더 좋은 걸 갖고 있는 게 아닐까, 하는 의구심이 치밀어올라 남편 속을 슬그머니 떠보곤 했다. 그러다 한수는 광업소를 그만둔 뒤 자영(自營)해보겠다고 중석 광산을 하나 사들였다. 그러곤 지녔던 동·부동산은 물론 집이며 선산까지 팔아 광산에 집어넣었다. 끼닛거리가 없어 자신에게 남은 마지막 보석 반지까지 팔아야 했을 때 한수의 아내는, 나만 이렇게 빈털터리가 되는 게 아닐까, 그년은 여전히 몸에다 보석을 휘감고 있는데 나만 거지 꼴이 되는 게 아닐까 싶어 새삼스레 속이 지글지글 끓었다.

올케에게서 빌린 밍크와 악어백으로 치장하고, 용두동 개천가의 개구멍만 한 쪽문을 밀고 들어서, 한달음에 문자의 살림 속을 읽고 난 그녀는 그동안 공연히 가슴을 태웠다 생각하니 우습고 허전했다. 남편이 가져다 주었음직한 것은 정말 아무것도 눈에 띄지 않았다. 한때 방방마다 놓아두었던 그 흔한 텔레비전 한 대도 없고 보면, 남편의 그녀에 대한 사랑이란 건 대수롭지 않은 게 분명했다.

그러나 한수의 아내는 애 엄마가 순순히 아기를 내놓더냐고 남편이 물어보자 매처럼 사납게 눈을 부릅떴다. "순순히 안 내놓음, 지년이 별 수 있어요? 호적에도 못 오른 년이 새끼를 낳아놓고 할 말 하겠다고 들면 그게 되려 뻔뻔스럽지. 어쨌든 눈물 한 방울 안 흘리고 새끼만 잠자코 들여다보더니 딱 한마디 합디다. 아기가 한밤중에 깨어서 우는 습관이 있으니 그럴 때는 숟갈로 보리차를 몇 모금 떠먹이라나 어쩌라나."

한수는 그 애기를 듣는 순간 아내에겐 들리지 않게 "하여간 맹추라니까. 제 속으로 난 자식인데 그렇게 맥없이 뺏겨?" 하고 중얼거리다가 단단한 쇠꼬챙이에 명치를 치받힌 듯 입을 다물었다. 갑자기 그 소리 없는 조용함이 간담을 서늘하게 하는 그 무엇으로 그의 가슴에 와 닿았던 것이다.

한수가 십 년 전 처음 문자의 자취방으로 드나들기 시작했을 때는 한겨울이었다. 유난히도 눈이 잦았던 그해 겨울을 문자는 거의 지붕 위에서 살다시피 보냈다. 눈이 쌓인 채로 놔두면 그 물이 언제까지나 콘크리트 천장으로 스며들어 곳곳에 낙수가 지곤 했다. 오르내릴 사다리도 변변치 않았고 고압선이 길게 늘어져 있어 위험하기 짝이 없는데도, 문자는 부삽을 들고 날개가 달린 듯 지붕으로 오르내렸다. 식당을 한다는 주인집 내외가 비죽이 웃으며 대청마루에 선 채 구경 삼아 쳐다보고 있거나 말거나, 그녀는 빨갛게 상기된 얼굴로 마치 춤추듯 가볍게 눈을 퍼서 지붕 아래로 집어 던졌다. 어쩌다 지나가던 행인이 흙탕물이 튀었다고 화를 내면, 날듯 뛰어내려 그의 바짓가랑이를 털어주며 만족할 때까지 몇 번이나 사과하고 나서 또다시 지붕으로 올라가곤 했다.

또한, 헛간이나 다름없는 문자의 부엌에는 수도가 없었기 때문에 안집 마당에 있는 수도에서 일일이 물을 길어다 먹었다. 안집 마당으로 가자면 부엌 뒷문으로 나가서 높게 가파른 계단을 내려가야 했다. 이전에 세 든 사람들에겐, 그 계단이 죽지 못해 오르내리는 굴욕의

사다리로 여겨졌었다. 그 가난한 여인들은 자신이 양손에 물바께쓰를 들고 낑낑거리며 계단을 오르는데, 주인집 여자가 비죽이 웃으며 자기의 뒷모습을 주시하는 것이 무엇보다 싫었다.

그러나 똑같은 방을 빌려 사는 처지이면서도 문자는 그녀들과 전혀 달랐다. 그녀가 뒷문 앞에 나타날 때 보면, 무슨 좋은 일을 하다가 중단하고 나온 것처럼 항시 두 뺨이 발그레했다. 때로 그녀는 양손에 바께쓰를 든 것도 잊고 층계참에 서서 한참 동안씩 하늘을 쳐다보곤 했다. 그러고 난 뒤엔 두 뺨에 발그레한 빛이 안에서 불을 켠 것처럼 더욱 짙어졌다. 그녀가 계단을 내려오는 모습은 마치 몸속에 깃들어 있는 싱싱한 생명의 탄력이 음계를 밟고 있는 듯이 보였다.

그래서 그 계단은, 그 위에 있는 아주 신비롭고 아름다운 세계를 그녀 혼자만 누리기 위해 외부로 나타난 부분을 일부러 조악(粗惡)하게 꾸며논 것같이 보였다.

주인집과 그 집에 세 들어 사는 여느 식구들은 문자가 새벽같이 층계참에 나와 매운 연기를 마셔가면서도 연탄 화덕에다 신나게 부채질을 활락활락 해대며 때로는 콧노래까지 흥얼거리는 광경을 종종 볼 수 있었다. 그도 그럴 것이 그 부엌의 아궁이에선 물이 솟았기 때문이다.

아궁이뿐만 아니라, 지붕이며 방고래를 고쳐달랄 만한데도 문자가 혼자 힘으로 잘 참아나가자, 주인집은 고마워하기는커녕 오히려 그녀에게 물세 불세까지도 터무니없이 물리었다. 그래도 문자는 한 마디도 따지지 않고 달라는 대로 선선히 내주었다. 마치 큰 여유가 있어 그만 한 일은 불문에 부치는 것처럼.

때문에 한집에 세 들어 사는 여인들은 문자의 살림 형편이 겉보기보다는 훨씬 알심 있을 거라고 추측했다. 어느 날 그녀들은 자기들끼리 짜고 불시에 문자를 찾아갔다. 방 안을 찬찬히 둘러본즉, 물이 스며든 천장은 페인트칠이 일어나 너덜거렸고, 녹슨 손잡이가 달린 캐비닛 외에 이렇다 할 세간이라곤 아무것도 없었다. 그녀들로서는 문자의 두 뺨에 서린 발그레한 홍조와 노래를 몸에 휘감고 있는 듯한 그 발랄한 생기가 어디에서 연유하는지 더욱 몰라졌다. 그녀들은 문자가 수돗가에 나왔다가 떠나고 난 뒤에, 향기 좋은 꽃으로 가슴을 꾹 눌렀다가 덴 것 같은 느낌을 어떻게 설명해야 할지 알 수 없었기 때문에, 그중 누가 엄지손가락으로 돌았다는 시늉을 해 보이면 거기서 전적으로 동의하는 듯 폭소를 터뜨렸다.

그녀들이 이미 확인한 바와 같이 문자는 남다른 무엇을 소유했던 게 아니었다. 그녀로선 무엇을 하든 그 일을 하면서 사랑하는 사람을 생각한 것뿐이었다. 콩나물을 다듬든, 연탄불을 피우든, 지붕 위의 눈을 치우든 그를 생각하노라면 어딘가 높은 곳에 등불을 걸어둔 것처럼 몸 구석구석이 따스해지고, 밝아오는 것을 느꼈다. 그 따스함과 밝은 빛이 몸 밖으로 스며나가 뺨을 물들이고, 살에 생기가 넘치게 하는 것을 그녀 자신은 오히려 깨닫지 못했다.

한수가 그녀에게 오는 것은 단지 일요일 밤뿐이었지만, 그는 항시 그녀의 시렁 위에 걸려 있는 등불이나 다름없었다. 시장에서 물건을 깎다가도 그녀는 '그가 만약 이 사실을 안다면' 하고 깎는 일을 그만두었고, 남과 다툴 뻔하다가도 그를 떠올리면 분노가 촉촉하게 가라앉았다.

이렇게 해서 월요일, 화요일…… 토요일을 보내는 사이에 그는 그녀의 존재 가치를 조금씩 연금(鍊金)시켜, 이윽고 일요일이 되었을 땐 그녀의 손길이 닿기만 해도 닿는 것은 무엇이든지 금빛 물이 들었다.

문자는 그가 미처 문을 두드리기도 전에 이미 그의 발걸음 소리를 알아듣고 미리 나가서 그를 맞아들였다. 그녀가 그의 옷을 벗기면 그 옷이 금빛으로 물들었고, 양말을 벗기면 양말이 그러했다. 뜨거운 물이 담긴 대야를 가져와 그의 발을 씻기면 그 발 역시 금빛이 났다.

그녀가 그를 위해 마련한 저녁상은, 가난한 자가 일주일 내내 거친 솔과 젖은 걸레로 마룻바닥을 힘들여 닦아서 번 돈으로 성전(聖殿) 앞에 켤 양초를 사는 것같이 마련된 것이었다.

한수는 그녀가 살코기를 집어줄 때마다 입을 딱 벌려 받아먹기만 할 뿐, 자기도 그녀의 입에 그 고기를 먹여주려는 생각은 한 번도 해보지 않았다. 한수의 마음은 무디고 이기적이어서 온 방 안에 가득 찬 금빛을 보지 못했고, 가만히 있어도 그 침묵이 노래임을 알지 못했다. 심지어는 그녀의 몸을 만지면서도 잘 익은 과육에서 나는 것과 같은 향기가 자기 손가락에 묻어나는 것도 몰랐다.

그는 마치 돈 없는 주정뱅이가 어쩌다가 값싼 술집을 발견하고도 긴가민가하여 자꾸 주머니 속의 가진 돈을 헤아려보듯이 문자가 과연 자기가 줄 수 있는 것만으로도 만족하고 자기와 살아줄 것인지를 알고자 끊임없이 탐색의 눈초리를 번득였다. 그는 이미 아내와 자식들이 있었으므로, 그가 문자와 더불어 지낼 수 있는 시간은 한정되어 있었다. 그는 또한 여당 소속 국회의원의 비서라는 그럴싸한 직업을 가지고 있었지만 수입은 보잘것없었다. 그래서 그는 문자에게 생활비 같은 것을 보태줄 처지가 못 되었다.

그는 문자로부터 어떤 요구도 받은 적이 없으면서, 항시 이 여자가 내가 줄 수 있는 한도 밖의 것을 요구해오면 어쩌나 하고 불안해했다. 그는 문자가 화장도 하지 않고, 모양도 내지 않고, 집 안에 값나가는 물건을 사놓으려 하지도 않는 걸로 봐서, 욕심 없는 성격이라는 것을 간파했으면서도 여전히 경계를 게을리하지 않았다.

그러던 차에 그가 모시고 있던 K의원이 장관으로 발탁되었고, 그의 도움으로 광산과 출신의 한수는 반관반민의 동동 광업소 소장으로 임명되었다.

그의 수입은 이제 문자에게 정식으로 딴살림을 시킬 수 있을 만큼 풍족해졌다. 그는 멋진 새집을 사서 이사를 했고, 그의 아내와 자식들은 좋은 옷을 입었고, 가만히 앉아 심부름하는 사람들의 시중을 받았고, 과일과 케이크는 미처 먹지 못해 곰팡이가 필 정도로 지천이었다.

그럼에도 그는 문자에겐 아무것도 나누어주지 않았다. 사과 하나, 귤 하나도. 이따금 그는 문자에게 가져가려고 무심히 과일 바구니 하나를 집어들었다가도 도로 내려놓았다. 일단 그녀에게 무엇을 주기 시작하면 혹시나 끝없이 요구의 손길을 뻗쳐오지 않을까 겁이 났다.

문자는 여전히 그에게 아무것도 요구하지 않았다. 주인집에서 방값을 올리자 그는 자기 힘으로 구해보다가 끝내는 방을 옮겼다. 그 사이 물가가 많이 올라서 문자가 그에게 예전과 같은 저녁상을 차려

내기 위해서는 자기가 일주일 살 몫에서 더 많이 쪼개내야 했다. 그녀는 버스를 두 번 타는 대신 한 번만 타고 나머지는 걸었다. 그리고 점심도 라면으로 때웠다.

반대로 한수의 몸에서는 날이 갈수록 기름이 번지르르하게 흘렀다. 그는 매번 올 때마다 구두를 갈아 신었고, 와이셔츠와 넥타이와 커프스 버튼과 내의까지도 달라졌다. 양복도 가지각색으로 늘어났다.

어느 날 문자는 시계를 보고 자리에서 일어나는 그의 내의 자락을 뒤에서 꽉 움켜쥐며 "가지 말아요. 오늘 밤만은 함께 있어줘요" 하고 등에 얼굴을 묻었다. 그러나 이내 잡은 옷자락을 맥없이 놓아주는 순간, 울컥 울음이 넘어오는 것을 간신히 참았다. 예전에는 문자의 손길이 닿는 것마다 금빛으로 물들었던 것이 이제는 그녀의 가슴을 미어지게 할 때가 많았다. 그녀는 그에게 옷을 입혀주려고 옷걸이에서 양복을 걷어내다 그 속주머니에 찔려진 두툼한 돈뭉치를 보고도 목이 메었고, 보자기에 싸서 아랫목에 묻어두었던 그의 구두를 꺼내다가 밑창에 새겨진 고급 상표를 보고도 가슴이 미어졌다.

그녀의 맘속에서는 끝없는 해일(海日)이 일고, 번개가 치고, 폭풍이 몰아치는 종말 같은 나날이 계속되었다. 아무도 없는 강가나 깊은 산속에 가서 목놓아 울고만 싶은 슬픔이 그녀의 두 뺨에서 발그레한 홍조를 차츰차츰 스러지게 했다.

또다시 집값이 올라 하루 종일 방을 구하러 다니다 돌아오던 길에, 문자는 소주 두 병을 샀다. 안주도 없이 단숨에 소주 두 병을 비우고 나서 그녀는 의식을 잃었다. 눈을 떴을 때 그녀는 자기가 눈부신 아침 햇살과 끈적거리는 오물 속에 누워 있음을 발견했다.

새로이 눈물이 괴어올라 눈앞이 어룽졌다. 그녀는 이를 악물었다. 그때 그녀 속에서 낙타 한 마리가 벌떡 몸을 일으켜 세우며 외쳤다.

"고통이여, 어서 나를 찔러라. 너의 무자비한 칼날이 나를 갈가리 찢어도 나는 산다. 다리로 설 수 없으면 몸통으로라도, 몸통이 없으면 모가지만으로라도. 지금보다 더한 고통 속에 나를 세워놓더라도 나는 결코 항복하지 않을 거야. 그가 나에게 준 고통을 나는 철저히 그를 사랑함으로써 복수할 테다. 나는 어디도 가지 않고 이 한자리에서 주어진 그대로를 가지고도 살 수 있다는 것을 보여줄 테야. 그래, 그에게뿐만 아니라, 내게 이런 운명을 마련해놓고 내가 못 견디어 신음하면 자비를 베풀려고 기다리고 있는 신(神)에게도 나는 멋지게 복수할 거야!"

회사에도 못 나가고 그녀는 이틀을 꼬박 누워 앓았다. 그 이튿날은 일요일이었다. 문자는 일어나서 아무 일도 없었던 것같이 그를 맞기 위해 목욕을 하고, 시장에 다녀와서 은행알을 깠다.

그날 저녁 그의 넥타이를 받아 옷걸이에 걸다가 문자는 그것에 꽂혀 있는 진주 넥타이핀을 발견했다. 그러나 그녀의 가슴은 이전처럼 미어지지 않았다. 마침내 그녀의 맘속으로부터 그가 가진 모든 것이 무관해졌던 것이다. 그가 누리는 모든 것이 그녀와 무관해졌다.

문자는 오로지 곁에서 담담한 맘으로 지켜볼 뿐이었다. 그의 끝없는 욕망이 그의 집 문전에 줄을 잇는 업자들의 선물 상자와 돈 봉투를 딛고 자꾸자꾸 높아지는 것을.

어느 날 새벽에 라디오와 TV에서는 베토벤의 영웅교향곡 2악장을 끝없이 되풀이하여 들려주었다. 계엄령이 선포되었고 국회와 내각이 해체되었다. 그런 뒤 두 달도 못 되어서였다. 한수는 수염이 덥수룩하고 초췌해진 얼굴로 비틀거리며 문자에게 나타났다. 몸을 가누지 못할 만큼 취해 방바닥에 퍼질르고 누운 그에게서 문자는 하나씩 옷을 벗겨냈다. 갑자기 그가 문자의 옷자락을 움켜쥐며 목쉰 소리로 울먹였다.

"난 이제 아무것도 아냐, 우리집 문전엔 인적이 끊겼어. 그렇지만 너까지 날 괄시하면 죽여버릴 테다."

이모가 목욕 중이었으므로 문자는 거실에 앉아 기다려야 했다. 그녀가 앉아 있는 소파는 보드라운 깃방석 같았고, 아라비아풍의 두툼한 양탄자가 깔려 있어 발밑도 포근했다. 모든 것이 포근하고 쾌적했다.

천장에서부터 내려뜨려진 하얀 망사 커튼 너머로 뜰의 나무들이 세찬 바람에 휘청거리는 것이 보였다. 이곳에서는 추운 바깥 날씨조차도 아프고 시린 것이 아니라 쾌적하고 달콤하게 느껴졌다. 음산한 하늘에서 차츰 먹빛이 배어났다.

욕실에서 타일 바닥을 때리는 상쾌한 물줄기 소리가 들려왔다. 문자는 갑자기 등이 시리고 몸이 저렸다. 그러한 자기 자신에게 그녀는 이렇게 타일렀다.

'약한 사람들은 자신의 삶을 보드라운 소파와 양탄자와 금칠을 한 벽난로와 비싼 그림과 쾌적한 침대 위에 세운다. 그런 뒤엔 그 물질로 해서 알게 된 쾌적한 맛에 길들여져 그들은 이내 물질의 노예가 된다. 그들의 갈망은 끝없이 쓰다듬는 손길에 의해서 잠을 잘 잔 말

의 갈기와 같다. 하지만 내 정신의 갈기는 만족을 모르는 채 항시 세찬 바람에 펄럭이기를 갈망한다.'

주방 쪽에서 슬리퍼 끄는 소리가 났다. 아줌마가 주스 쟁반을 들고 왔다.

"오랜만이에요, 아줌마."

"좀 자주 놀러 오시잖구. 애기는 잘 커요?"

"네?"

"어쩌면 엄마를 고렇게 쏙 빼다 박은 것 같죠?"

"어떻게 아세요?"

"사진을 봤어요. 저기 사진이 있잖아요."

아줌마는 거실의 한쪽 벽을 가리켰다. 문자는 아줌마가 주방으로 되돌아갈 때까지 기다렸다가 장식장 앞으로 갔다. 다섯 살이 된 옥조가 생일을 맞았으므로, 문자는 한수에게 부탁하여 아이를 데려와서 하룻동안 함께 지냈었다. 사진은 그날 이모 집에서 찍은 것이었다.

옥조는 이종들의 팔에 안겨 밝게 웃고 있었다. 옥수수처럼 고른 치열이 하얗다 못해 푸르렀다. 문자는 사진틀을 꺼내어 손에 들고, 먼지가 낀 양 손바닥으로 닦고 또 닦았다.

한수의 아내가 아이를 데리러 나타나기 며칠 전부터 문자는 밤마다 아기를 빼앗기는 꿈을 꾸었다. 때로는 아기를 안고 검은 옷의 괴한을 피해 산으로 들로 쫓겨다니기도 했고, 때로는 아기를 이미 빼앗겨 실성한 듯이 찾아다니다 잠이 깨기도 했다. 잠이 깨어보면 꿈속에서 질렀던, 자기 목소리 같지 않은 비명의 여운이 그저도 귓가에 맴

돌고 있었다.

불을 켜고, 그 바람에 불빛에 눈이 시려 아기가 눈두덩이를 옴찔옴찔 움직이는 것을 확인하고도 그녀는 여전히 그것이 꿈일까 봐 겁이 났다.

아기를 보고, 또 보는 동안 악몽의 환영은 멀어지는 것이 아니라 더욱더 그녀를 옥죄었다. 당장 아기를 데리고 먼 곳으로 도망치고만 싶었다. 어느 순간 갑자기 문자는 누구에겐지 모르게 무릎을 꿇고 울음 섞인 목소리로 탄원했다.

'그러면 왜 안 된다는 거지? 나는 그동안 너무 힘들었어. 연명할 것만 남기고 나는 늘 빈손으로 지냈어. 내 손은 무엇을 움켜쥐는 버릇을 잊어버린 지 오래야. 하지만 이제 내 속으로 난 혈육만큼은 놓치고 싶지 않아. 위안받기를 거부하는 일이 이제는 너무 힘들어! 고통스러워!'

그러나 그녀 속에서 또다시 낙타가 우뚝 몸을 일으켰다.

'너는 할 수 있어. 도달하기 위한 높은 것을 맘속에 지님으로써 너는 고통스러울지 모르지만, 그 고통이 너를 높은 곳에 이르게 하는 사닥다리가 되는 거야.'

그래도 문자는 고개를 가로저으며 계속 신음했다.

그러나 이제 딸의 사진을 보고도 문자는 담담하게 미소 지을 수 있었다.

타일 바닥을 때리던 줄기찬 물소리가 그치고 나서 욕실 문이 열렸다. 뜨거운 물의 쾌적함에 한껏 도취된 듯 이모의 눈빛은 약간 몽롱했고 우윳빛 살갗에는 분홍색이 감돌았다. 그녀는 브러시로 잘 염색된 갈색 머리카락을 빗어내리며 소파가 있는 데로 걸어왔다. 깃이 깊이 팬 비단 겉옷 사이로 나이를 멈춘 듯 피둥피둥하고 탄력 있어 보이는 앞가슴이 물결쳤다.

문자는 옥조의 사진을 가만히 제자리에 세워놓고 돌아섰다.

"옥조는 끝내 그 집에다 놔둘 거니?"

거침없는 이모의 말투는 반드시 문자를 믿거라 해서만은 아닌 듯했다. 문자는 무릎 위에 두 손을 가지런히 모아 쥐고, 다지고 또 다져서 표면이 탄탄하게 굳어진 땅과 같은 표정이 되며 짧게 대답했다.

"네."

"왜? 그 집에서 안 내놓겠대?"

"아뇨, 그쪽에서는 데려가래요."

"그럼 잘됐다. 옥조만 데려오고 나서 그 사람과는 연을 끊어라. 그 사람은 이제 운이 다했어. 끌면 끌수록 너만 손해라는 걸 알아야 해."

"……옥조는 안 데려올 거예요, 이모."

"너 참 이상한 애다. 네 새낀데 가엾지도 않니?"

"가엾어요. 그리고 너무너무 데려오고 싶어요. 하지만, 나는 그 아이를 데려옴으로써 나 자신을 만족시키고 싶지 않아요. 옥조를 내놓을 때 이미 그 아이는 제 맘에서 떠나갔어요. 그렇다고 그 아이를 사랑하지 않는다는 얘기가 아녜요. 제가 옥조를 사랑하는 맘은 여느 엄마들이랑 달라요. 얼마 전 칭기즈 칸에 관한 전기를 보았어요. 그는 금나라를 치고 나서, 그 낯선 나라의 낯선 사람에게 자기 아들을 버리고 떠나더군요. 칭기즈 칸으로 하여금 영원한 영웅이 되게 한 것은 아들을 버림으로써 사랑까지도 밟고 지나갈 수 있었던 바로 그 힘이었던 것 같아요. 소유에 대한 집념과 마찬가지로 혈육 역시도 초극(超克)되어야 할 그 무엇이라 여겨져요. 나는 꼭 누구랑 끊임없이 대결하는 긴장 상태 속에서 살고 있는 것 같아요."

"무슨 소린지 한 마디도 모르겠구나. 주스나 마셔라. 아줌마, 나는 당근 주스로 갖다 줘."

문자는 이모의 살지고 나태해 보이는 손을 가만히 바라보았다. 뜨거운 물 속에서 나른해졌던 손은 건조해지자 끝이 쪼글쪼글해졌고, 청회색 매니큐어 칠도 벗겨져 얼룩덜룩했다. 재미 삼아 손톱으로 매니큐어 칠을 긁어내던 이모가 불현듯 생각난 듯이 목소리를 높였다.

"내, 참 그렇잖아도 내가 전화할까 했는데 네 발로 왔으니 잘됐다. 너 이제 그쯤에서 결혼하면 어떻겠니? 마땅한 사람이 있단다. 시집가서 지금 옥조 아빠한테 쏟는 정성의 반만큼만 남편한테 쏟아도 너는 귀염받고 잘 살 거야."

설마 이 얘기를 하자고 오라 했던 건 아니겠지. 문자는 초조해져 창밖을 살폈다. 이제는 뜰의 나무들까지도 먹빛으로 변해 있었다. 한수는 집을 나서고 있을지도 몰랐다.

"어떠니? 그렇게 해볼래? 나이는 쉰 살이고 애가 둘 있지만 할머니가 데리고 있댄다. 압구정동에 아파트가 한 채, 또 과천 가는 어디에도 목장을 할 만한 산도 있다더라. 직업은 변호사야. 한쪽 눈이 짜부러진 게 큰 흠이지만, 흠으로 치면 너한테도 그만 한 게 있으니 쌤쌤이지 뭐."

이모는 문자에게서 좋은 반응을 기대했으나, 그녀는 수심 찬 얼굴로 창밖만 바라보고 있었다. 돈 때문에 저러지 싶었지만 이모는 자기 쪽에서 먼저 돈 얘기를 꺼내고 싶지는 않았다. 이모는 나오지도 않는 하품을 짝 찢어지게 했다. 겸연쩍은 한순간을 그렇게 해서 넘겼다.

하품 소리에 문자는 창밖에서 이모에게로 눈길을 돌렸다. 하품 때문에 질척해진 눈가를 본 순간 그녀는 이유 모를 분노를 느꼈다. 그러다 다음 순간 그녀는 자기 속의 낙타가 그 분노를 지그시 밟고 지나가는 것을 느꼈다.

"이모, 내가 부탁드린 거 어떻게 됐어요?"

"돈 말이니?"

"네."

"나한테 없다고 했잖아. 하지만 아줌마가 나한테 맡겨둔 거라도 가져갈 테면 가져가. 이자를 줘야 하는데 괜찮겠니? 오 부다."

"네, 좋아요."

그러고도 이모는 선뜻 일어나려 하지 않았다. 손톱으로 매니큐어 칠을 긁어내는 데 자지러져 있으면서 그녀는 여전히 홍얼홍얼 잔소리를 늘어놓는다.

"너 내 말 허술하게 듣지 마라. 이모라고 두 눈이 시퍼렇게 살아 있으면서도 조카가 결혼한 것도 아니고, 그렇다고 안 한 것도 아닌 그런 상태로 일생을 지내게 할 수야 없지 않니? 지하에 계신 느이 엄마가 알아봐라, 날 얼마나 원망하겠니? 그리고 너 매일 돈에 찌들리는 거 지겹지도 않니? 그 변호사한테 시집만 가봐라. 팔자가 확 바뀔 텐데."

"네, 알아요."

　이모가 이미 대답에는 신경을 쓰고 있지 않다는 것을 알고 문자는 맞장구만 쳤다.

　"하여간 어렸을 때부터 네 속엔 괴물이 들어앉아 있었어. 가다가 진창이 있으면 돌아가야 할 텐데, 너는 발이 빠지면서도 돌아갈 줄 모르는 고집쟁이야."

　"네, 알아요."

　문자는 문자대로 다른 데 정신이 팔려 있었다. 리비아를 여행하고 온 사람이 쓴 글 중에 이런 구절이 있었다.

　리비아는 국민 소득이 일인당 만 달러였고, 인구는 삼백만밖에 되지 않았다. 그 나라 정부의 절대 과제 중 하나는 인구를 늘리는 일이었다. 그래서 정부에서는 다산(多産)을 권장하는 한편, 사막의 오지에 사는 사람들을 도시로 끌어내기 위해 돈다발로 유혹한다. 푹신한 양탄자에 에어컨 장치에 안락한 침대에 꼭지만 틀면 수돗물이 콸콸 쏟아져나오는 집에서 편안히 살게 해줄 테니 제발 도시로 나오라고 간청한다.

　그러나 사막에서 살아온 유목민의 상당수가 그 유혹을 뿌리치고 더 깊이 사막 속으로 들어간다. 대부분의 인간은 시달리는 것, 즉 갈증을 몹시 두려워한다. 그런데 그들만이 갈증뿐인 사막 속으로 더 깊이 파고든다. 사막의 갈증. 흙조차도 타고 바래져서 먼지 같은 모래 땅. 해가 뜨면 땅과 하늘 사이는 분홍색 열안개의 도가니가 된다. 해가 지면 그 추위 또한 살인적이다. 사막 속의 인간이 열사(熱死)와 동사(凍死)로부터 자기를 보호할 것은 그의 살갗뿐이다. 그들은 무엇 때문에 이 갈증의 길을 스스로 택해서 가는가.

리비아에는 조상 적부터 전해져 내려오는 전설 같은 지도가 있다. 그 지도에는 사막의 땅속 깊은 곳으로 흐르는 푸른 물길이 그려져 있다. 그들은 이 길을 신(神)의 길이라고 부른다.

사막의 오지에서 나오지 않는 사람들만은 이 푸른 물길이 어디에 있는지 안다고 한다.

문자는 이모에게 다시 한 번 더 돈 얘기를 상기시켜야 했다. 이모가 돈을 가지러 방으로 들어간 사이에 문자는 옥조의 사진을 한 번 더 봐두려고 장식장 앞으로 갔다.

가엾은 자식. 엄마가 네게 지운 짐이 너무 가혹하지? 하지만 너도 네 힘으로 네 속에서 낙타를 끌어내야 한다. 엄마가 너의 삶을 안락한 강변도 있는데 굳이 고통의 늪가에다 던져놓은 이유를 그 낙타가 알게 해줄 거야. 그것이 사랑이란 것을 알게 해줄 거야.

문자는 이모가 건네준 돈을 받아 가방에 넣고 나서 아줌마에게 고맙다는 인사말이라도 하려고 주방 쪽으로 돌아섰다.

"애, 애, 넌 그냥 가라. 아줌마한텐 나중에 내가 얘기해줄게."

문자는 어리둥절한 채 이모가 허둥거리며 쇼핑백에다 주워 담아주는 과일을 받아들었다.

"저어……"

셈을 치르려던 문자는 상점 주인의 망설이는 얼굴을 쳐다보았다.

"저어, 아까 아저씨가 들어가시면서 오징어 한 마리하고 고량주 두 병을 가지고 가셨어요."

"네, 알겠어요. 그건 얼마죠?"

"가만있거라 보자, 천팔백 원이군요."

찬거리를 들고 문자는 상점에서 나왔다. 다닥다닥 붙어 있는 집들의 노란 창문들이 그녀로 하여금 한층 더 지치고 피곤하여 쉬고 싶은 생각을 간절하게 했다. 그러나 한수가 와 있으니 쉴 수도 없으리라. 그는 요즘 들어 부쩍 허물어진 모습에 주사(酒邪)까지 늘고 있었다.

문자는 높고 가파른 언덕을 올라갔다. 가는 도중에 그녀는 고목나무 아래서 다리를 쉬었다. 언제나 다름없이 신선한 영감이 가슴을 뿌듯하게 차올랐다.

그 고목은 몸뚱어리가 온전치 못한 불구의 몸임에도 늠름한 키에 풍성한 가지를 지니고 있었다. 그의 가지 하나하나가 모두 하늘을 어루만지려는 갈망의 손으로 보였다. 저토록 높은 데까지 갈망의 손을 뻗치기 위해서는 아마도 그의 뿌리는 자기 키의 몇 배나 깊이 땅속으로 더듬어 들어갔을 것이다. 생명수를 찾아 부단히, 차고 견고한 흙 속으로 하얀 의지를 뻗쳤다. 나무의 뿌리가, 자신의 발밑에 맞닿아 있다는 것을 생각하면 문자는 시린 삶의 아픔이 가시는 듯한 위안을 느꼈다.

문자는 미처 집에 닿기도 전에 대문 안에서 얼굴만 내밀고 자기를 기다리고 있던 주인집 여자를 만났다. 가슴이 철렁했다. 역시 그랬다.

"아유 속상해 죽겠어. 색시 저거 좀 봐요. 저기다 또 오줌을 누었어요. 개도 그렇진 못할진대, 남의 집 얼굴이나 다름없는 문간에다 찌린내를 진동치게 해놓는다니. 우리는 둘째치고 담벼락 주인이 알고 쫓아올까 봐 무섭군요."

"정말 죄송해요, 아주머니. 지금 당장 씻어내겠어요."

문자는 부엌 겸 자기 방 출입문으로 들어가서 찬거리랑 가방을 내려놓고 대야에 물을 퍼담았다. 주인집 여자는 여전히 눈꼬리에 독을 묻혀가지고 서서 문자를 흘겨보았다.

지칠 대로 지친 육체에 굴욕의 비수가 꽂히자 감미로운 동요가 일어났다.

'고통의 사닥다리를 오르는 일이 다 쓸데없는 것이라면? 이 길의 끝에 아무것도 없다면? 모든 것이 다 조작된 의미라면? 아픔과 고통의 끝이 또 다른 아픔과 고통의 연속으로 이어진다면⋯⋯'

그럼에도 그녀의 팔은 오랫동안 낙타의 지칠 줄 모르는 다리가 되어왔던 까닭에 걸레질을 멈추지 않았다.

문자가 담장을 말끔히 씻어놓고 안으로 들어가려니, 주인집 여자가 그제야 다소 누그러진 음성으로 그녀를 붙잡아 세웠다.

"색시, 잠깐만 기다려요. 편지 온 게 있어요."

잠시 후에 주인집 여자는 푸른 항공엽서 하나를 들고 나왔다. 그것을 건네주며 그 여자는 밑도 끝도 없이 쌕 웃었다. 그 웃음은 또다시 문자의 가슴을 철렁하게 했다. 틀림없었다.

"이사 온 지 육 개월도 안 됐는데 이런 말 하기가 뭣하지만, 이해해줘요. 우리 아들이 방을 따로 쓰겠다고 자꾸 보채는구려. 복덕방비는 이쪽에서 물어줄 테니 다른 방을 좀 봐보려우?"

"네, 알겠어요."

문자는 선선히 대답하고 안으로 들어갔다. 발등이 터진 한수의 헌 구두를 집어 한쪽으로 가지런히 세워놓고 방문을 열었다. 한수는 곯아떨어져 자는 중이었다. 빈 고량주 병이 머리맡에 나뒹굴었다. 그의 머리는 덥수룩하게 자라 귀를 덮었다. 와이셔츠 깃은 때에 절어 있었다. 새우처럼 등을 구부리고 자는 모습을 바라보고 있는 동안, 문자에겐 이제야말로 내가 이 사람을 진정으로 사랑하는 게 아닐까 하는 생각이 스쳐갔다.

손에 들린 편지 생각이 난 것은 그 다음 일이었다. 편지는 뜻밖에도 미국에 간 오빠로부터 온 것이었다. 문자는 저녁을 지으려는 생각이 앞서 편지를 대강대강 읽었다.

"이건 무슨 편지야?"

밥상을 차리는데 방 안에서 그의 목소리가 들려왔다.

"오빠에게서 온 거예요."

"내용이 뭔데?"

"날 보고 들어오래요. 자기가 하는 슈퍼마켓이 너무 잘돼서 손이 모자란대요."

"쳇, 지금까지 소식 한 장 없다가 겨우 손이 모자라니 와서 도와달라구? 당장 회답을 써보내, 웃기지 말라구. 물주만 만나봐, 그까짓 슈퍼마켓 같은 건 열 개라도 차릴 수 있어."

탁, 하고 성냥불 긋는 소리가 들려왔다. 그가 짜증이 난 것은 편지의 내용 때문이라기보다, 돈을 구했는지 못 구했는지 빨리 말해주지 않기 때문이라고 헤아려졌다.

밥상을 차리다 말고 문자는 방 안으로 들어갔다. 한수는 핏발이 선 눈길을 얼른 모로 비꼈다. 문자는 가방에서 돈을 꺼내 그에게 내밀었다. 그는 돈을 받는 즉시 담배를 신문지 귀퉁이에 눌러 끄고 벌떡 일어났다.

"저녁 다 됐어요."

"지금 몇 신데 저녁 타령이야. 다 늦게 들어와가지구."

문자는 잠자코 그에게 윗도리와 외투를 입혀주었다. 순간순간 그의 모질고 이기적인 성격을 엿볼 때마다 문자는 맘속으론 울고 입술로는 웃었다.

그가 단추를 채우는 동안 문자는 먼저 부엌으로 나와서 그가 신기 좋게 구두를 가지런히, 그리고 약간 벌려 놓아주었다. 밥을 푸다 만 밥솥에서 서려 오르는 김을 보고 문득 쓰라린 비애를 느꼈으나 그녀는 조용히 웃었다.

한수는 문자가 문밖에서 배웅하고 있다는 것을 알면서도 곧장 뚜걱뚜걱 계단 아래로 내려갔다. 그는 언덕을 내려가 잠시 후에 시야에서 사라졌다.

그러나 문자에겐 그가 자기 시야에서 끝도 없이 멀어지고 있을 뿐인 것으로 느껴졌다. 그는 이미 한 남자라기보다, 그녀에게 더한층 큰 시련을 주기 위해 더 높은 곳으로 멀어지는 신의 등불처럼 여겨졌다. 그리하여 그녀는 그것에 도달하고픈 열렬한 갈망으로 온몸이 또다시 갈기처럼 펄럭였다.

생각할 문제

1. 이 작품의 주인공 문자는 남자가 끝없이 요구만 해오는데도 불구하고 순순히 그 요구를 다 들어준다. 그녀의 이러한 태도에 대한 자신의 생각을 말하시오.

2. 주인공 문자는 온갖 시련 속에서 자신을 버텨내는 힘을 말하는 대목에서 자신의 내부에 깃든 '낙타'를 언급한다. 작품의 중간 부분에 나오는 사막의 유목 민족에 대한 삽화를 근거로, 이 '낙타'라는 비유가 어떤 의미를 갖는지 설명해보시오.

기다림이 없는 풍경

지은이 이 글을 쓴 **차현숙**(1963~   )은 경북 상주에서 태어났으며 동국대학교 철학과를 졸업하였다. 1994년 「또 다른 날의 시작」을 발표하면서 작품 활동을 시작했으며, 현재까지 『나비, 봄을 만나다』와 장편 『블루 버터플라이』, 그리고 『오후 3시 어디에도 행복은 없다』 등 세 권의 작품집을 펴냈다. 전 세대 여성 작가들과는 달리 결혼 제도 자체가 의문시되는 현대 사회에 있어서의 부부의 갈등이라든가 가정 주부들의 정체성의 문제를 치열하게 탐구하는 작가로 평가되고 있다.

발표 『현대문학』, 1995. 10.

출전 『나비, 봄을 만나다』, 문학동네, 1997.

가나 해안을 누비고 다니다 세상을 떠난 고기잡이배 선장 누누는 생전에 다 잡았다가 놓친 거대한 물고기 뱃속에 들어가 눕기를 소원했다. 친구들과 친척들이 장지로 메고 가는 분홍빛 물고기관은 어둠 속에서 반짝이는 파도 위로 머리를 내밀고 오시엔 마을 집집마다 작별 인사를 고하는 것만 같다.

『내셔널 지오그래픽』 9월호에 따르면, 가나의 수도 아크라 교외에는 고인이 생전에 가장 소중하게 여긴 것을 모델로 관을 만드는 장의사이자 공예사들이 있다.

관들은 메르세데스 벤츠와 비행기, 크고 튼튼한 고깃배, 심지어 일제 야마하 보트 엔진 모양을 하고 있는 것도 있으며, 꽃게관과 양파관……

'세계의 풍물'이라는 청탁 원고를 쓰다가 이 대목에서 담배를 찾아 불을 붙였다. 커다란 전화통 모양의 관. 그 속에 엄마와 내가 나란히 누워 있다……

공항에서 아버지는 말했다. 기다려.

그 말 한마디를 우리에게 남기고 아버지는 파리로 갔다. 도망친 것이다. 그 여자와 함께.

아버지의 말은 그럴듯했다. 한국에선 더 이상 견디기 힘들어. 재능에 대해서 회의도 오고, 무엇보다 그림이 그려지질 않아. 또 말했다. 마지막 기회라 생각하고 프랑스로 가서 그림에만 전념하겠어. 한 삼 년이면 충분할 거야. 그땐 뭔가를, 보여줄 뭔가를 가지고 꼭 돌아오겠어.

그 여자 역시, 어머니 앞에서 당차게 말했다. 선생님은 이대로 주저앉기에는 너무 아까우세요. 저도 프랑스로 가서 공부를 하고 싶었는데 마침 선생님도 가려고 하시니 함께 떠나려고 해요. 둘이 힘을 합치면 잘할 수 있을 거예요. 여자는 너무나 당당해서 내가 아버지와 그 여자에 대해 은밀하게 상상한 것을 부끄럽게 만들었다. 내 손을 꼭 쥐고 있는 어머니의 손이 얼음장처럼 차가워져갔다. 어른들의 무거운 침묵에 무서워진 나는 엄마를 보았다. 엄마의 텅 빈 눈은 벽에 걸려 있는 그림만을 뚫어지게 보고 있다. 아빠가 그린 열아홉 살 때의 엄마 얼굴.

아버지가 말한 삼 년에서 또 삼 년, 그리고 이 년이 지났는데도 아버지는 돌아오지 않았다. 연락도 끊겼다. 아버지가 말한 대로 보여줄 무언가를 아직 찾지 못했거나, 완성하지 못했나 보다. 아니면 시작도 못해봤는지도 모른다.

창에 기댄 채 또 다른 담배에 불을 붙인다. 사람들이 걸어나간다.

그들은 손에 우산을 들고 있다. 적진으로 향하는 사람의 그것처럼, 그들은 우산을 힘 있게 쥔 채, 이제 도시 한가운데로 뚫고 들어갈 버스를 타기 위해 정류장으로 향한다.

그도 우산을 들고 거리로 나설 것이다. 고동색 체크 무늬 우산을 든 그는 달리는 택시를 향해 손을 번쩍 쳐든다. 광화문, 하고 짧게 외친다. 차 안으로 들어와 앉는다. 그리고 무릎 위에 우산을 놓는다. 우산은 작년, 신촌에 있는 그레이스백화점에서 똑같은 닥스로 두 개 샀다. 그리고 신촌 거리에 서서 나를 기다리는 그의 옆구리에 살며시 하나를 찔러 넣어주었다. 이게 뭐야? 응, 올 여름에는 비가 많이 온대.

그는 우산 속으로 나를 끌어들여 가벼운 포옹을 했다. 나는 벅찬 회열에 몸을 떨었다. 그 떨림을 그에게 들키지 않게 하기 위해 어금니를 물었다. 길 가던 사람들이 우리를 쳐다보았다. 그는 우산을 비스듬히 내려 사람들의 시선을 차단했다. 세상은 존재하지 않았다. 존재하는 것은 우리 둘의 뜨거운 숨결뿐이다. 우리는 햇빛 창창한 신촌 거리를 우산을 쓰고 걸었다. 우산이 만들어준 은밀한 그늘 속에서 나는 그의 숨가쁜 욕정과 뱃속 깊은 곳에서 떨려 나오는 나의 부끄러운 욕망을 확인했다.

그때 나는 그를 완전히 다 알았다. 그런 확신은 그가 명확하게 내게 말해준 것도, 누가 객관적으로 그렇다고 도장을 찍어준 것도 아닌데, 그 한순간에 나는 그의 모든 것을 다 이해했다. 나 자신까지. 내가 남자와 사랑이라는 것을 할 수 있다는……

그는 아직 사무실에 도착하지 않았을 거다. 그에 대한 완전한 이
해, 안도감…… 그런데 한순간 다 알았다고 하는 그는, 점점 모호해
진다. 흐릿해지고, 좀처럼 잡히지 않는다.

그는 올해 취직을 했다. 괜찮은 일간 신문사에 취직을 하고 싶어
했던 그. 난 말이야, 사파리 잠바를 휘날리며 음모로 가득 찬 사건들
속에서 진실을 찾아내고 싶어. 있잖아? 워터게이트 사건을 파헤쳐
닉슨을 결국 물러나게 한 『뉴욕 타임스』의 기자, 존 그리샴 소설 『펠
리컨 브리프』에 나오는 그 기자처럼. 그는 말을 할 때마다 그의 눈은
순수한 열정으로 가득 찼다. 그는 그런 사람이었다. 우리는 서로가
서로에게 물처럼 스며들었다.

시험은 번번이 떨어졌다. 결국 이 년 간의 재수 끝에 그는 스포츠
신문의 연예 담당 기자가 되었다. 앞으로 영상 매체가 사람들을 지배
할 거야. 그 꽃이 누구냐, 연예인이야. 그들을 조종하는 것은 바로 우
리라구. 너도 구십년대에 들어와서 그 변화를 현기증 나게 느끼고 있
을 거야. 얼마나 영상 매체에 우리 삶이 통제되고 움직여지는지. 요
즘 아이들은 의사니, 판사니 하는 것보다 연예인이 되고 싶어한다구.
그게 지금 이 시대에서 무얼 뜻하는지 알아? 일주일 간의 신입 기자
연수를 마치고 나서 그는 말했다. 그의 두 눈은 빛났지만 그건 순수
한 열정의 빛이 아니었다.

조금만 기다려. 내년쯤에 우리 결혼을 해버리자. 기다리라는 말에
서 나는 왠지 모를 불안을 느꼈다. 나는 자신을 달랬다. 쓸데없는 피
해 의식이 또 발동한 거야. 그와 내가 수없이 나눈 사랑의 행위와 밀

어, 조금만 기다렸다가 아파트 전셋값이라도 마련해서 결혼하자는 확신에 찬 그의 목소리가 여기 있잖아.

"얘, 밥 먹어라."

잠긴 방문 앞에서 엄마의 힘없는 목소리가 들린다. 아마 오랜만에 햇빛은 거실 깊숙이 들어와 있을 거다. 늘 비에 젖어 있는 얼굴을 하고 있는 어머니의 마음에도 한줄기 햇살이 들어와 있을까.

여덟시 사십분. 그는 좀 일찍 회사에 도착해 커피를 한 잔 책상 위에 놓아둔다. 커피를 막 입에 대려고 할 때 옆자리에 있는 동료에게 이런 말을 전해 듣는다. 어제 자네가 막 퇴근하고 또 전화가 왔어. 그 여자인 것 같아. 그는 커피를 책상 옆으로 밀어놓고 일감을 들고 총총히 사무실을 나선다. 나는 벌떡 일어났다. 그가 사무실을 나가기 전에 그의 책상에 올려져 있는 전화의 벨을 울려야 한다.

"어딜 나가려는 게야?"

얇은 카디건을 걸치고 방문을 여는 나에게 엄마는 한 발짝 뒤로 물러나 묻는다.

"공원을 한 바퀴 돌다 올게요."

공원, 나는 마음이 급해진다. 그의 옷자락이 사무실 밖으로 빠져나가 내 눈에서 사라지는 것이 보인다. 나는 공원의 후미진 곳에 세워져 있는 공중전화 부스를 향해 서둘러 현관문을 연다. 나를 따라 현관문 앞에 우두커니 서 있는 어머니의 젖은 몸에서 비릿한 슬픔이 맡아진다. 나는 계단을 빠르게 내려간다. 두 칸, 세 칸씩 건너뛴다.

나에게도 저런 냄새가 맡아질까.

나는 엄마가 모딜리아니의 그림 속에 나오는 목이 긴 여자처럼 — 신기하게 그 여자들은 자신에게, 남자에, 세상에 지친 나이가 좀 든 여자들이다 — 그런 얼굴로 나의 마음으로 쳐들어오면 냉담하게 외면하고 만다. 그래도 엄마는 옆으로 길게 늘어진 눈매로 나를 향해 곧장 들어온다. 그럴 때 엄마의 눈은 모딜리아니가 그린 그림 속 여자들의 눈처럼 푸른색으로 변하는 것 같은 착각을 불러일으킨다. 길게 옆으로 가로누워져 있는 푸른 눈은 말한다. 너무 슬퍼. 나의 불행을, 이 슬픔을 어쩌면 좋으니.

꼭 엄마만은 아니다. 나는 그런 슬픔에 지친 눈빛을 몇 번 본 적이 있다. 그러나 그냥 지나쳤다. 그 빛이 가슴 깊숙한 곳에 푸른 점을 찍어놔도 지나칠 수 있었다. 그 자리를 뜨거나, 그들과 만나지 않거나, 몇 번의 전화를 받지 않거나 하면서 열심히 지나쳐왔다. 푸른빛을 가르고 저 멀리로 희망을 안고 떠나는 새를 생각하며. 하지만 엄마의 그것은 피해도, 다시 만나진다. 외면하고, 화를 내고 뼈아픈 상처를 주어도 번번이 제자리로 돌아와 마주 보게 된다.

공중전화 부스는 비어 있다. 나는 곧장 걸어가지 못하고 물웅덩이에 때 이르게 떨어져 있는 갈색 나뭇잎을 주워든다. 빗물에 젖어 있는 나뭇잎을 손에 들고 빙글빙글 돌린다. 시간은 정확하게 흘러간다. 나는 시계의 초침을, 마치 내 뇌 속에서 시한폭탄이 터질 시간을 재듯이 듣고 있다.

어느 집에서 이사를 가는지 곤돌라에 실린 빈 장롱이 천천히 지상을 향해 내려온다. 빈 장롱…… 핏줄이 터질 듯이 팽창한다. 아홉시 십오분. 이 시간쯤이면 전화를 해도 덜 무안할 것이다. 그는 커피를 마시고 벌써 누군가와 기분좋은 첫 통화를 끝냈을지도 모른다. 나는 천천히 버튼을 누른다. 마지막 하나 남은 숫자를 놓고 망설인다. 가슴이 울렁인다. 그의 책상에 놓인 전화기의 벨이 한 번, 두 번 울린다. 공원에 심어져 있는 자귀나무와 느티나무, 커다란 바위, 아파트 건물과 햇빛이 쏟아져내리는 하늘이 모두 정지된 채 나를 본다. 나는 숨을 죽인다. 손에 들고 있던 나뭇잎이 뱅그르르 발밑으로 떨어진다.

"……"

"여보세요. 저어 박민수씨 부탁합니다."

"아, 박기자요. 잠깐만요."

수화기 너머 어이, 박기자 전화 받아, 하는 소리가 들리는 듯하다. 경쾌한 목소리, 그의 목소리를 들을 수 있다는 안도감이 불안감을 누른다.

공원에 인공으로 조성한 언덕길로 한 소년이 자전거의 페달을 힘차게 밟고 달려온다. 앞머리가 바람에 갈라져 보이는 소년의 흰 이마는 신성하다.

"여보세요. 성함이 어떻게 되십니까?"

"네?"

다시 언덕을 오르려는 소년의 자전거는 기우뚱 한쪽으로 기울어진다. 소년은 다리 하나를 자전거에 올려놓고 다른 하나를 땅에 내려놓는다.

"저어, ……친구인데요."

전화를 받고 있는 남자는 그가 금방 취재 나가고 없다고 말한다. 그는 조금 전, 그를 바꿔줄 듯이 잠깐만요, 했다.

소년은 다시 자전거 위에 몸을 똑바로 균형을 잡고 힘차게 페달을 밟는다. 언덕을 단숨에 오른다.

"저어, 언제 들어오나요?"

이제 소년은 보이지 않는다. 다시 그 소년을 보지 못할 것이다.

"글쎄요."

나는 그 남자가 전화를 끊을까 봐 서두른다.

"여보세요. 어디로 간다고 그래요?"

뚜뚜뚜 하는 신호음 앞에서 나의 뒷말은 길을 잃는다. 나는 다시 버튼을 꾹꾹 누른다. 눈에서 눈물을 찍어내듯이. 그 남자는 나를 알고 있다. 내가 그의 입장이라도 며칠째 매일, 그것도 여러 통씩 전화를 해대는 여자를 모를 수가 없다. 그의 회사에 전화를, 거의 절망적인 기분으로 걸어대는 한 달 동안 나는 순간순간 이러다 미치겠지, 금방 곧 미치고 말 거야, 하고 중얼거리며 거리를 헤맸다.

내가 돌아다닌 곳은 그와 함께 있었던 자리들이다. 그와 걷던 신촌 거리, 카페, 공원…… 물론 그는 없다. 그가 그곳에서 나를 기다릴 일은 없다. 나는 그가 있을 리 없는, 그러나 그와 내가 함께했던 그 자리들을 하나씩 더듬어가며 얼굴의 표정과 나에게로 향하는 은밀한 말들을 생생히 재현해내려 애썼다. 그럴수록 그는 점점 모호해져갔다.

　그를 완전히 안다고 했던 날이 있었다. 나는 그런 날조차 진정 존재했던 건지 알 수 없다. 나는 점점 그의 얼굴을 기억해낼 수 없고, 그 낮고 부드러운 말의 울림을 들을 수가 없다. 그는 그저, 하나의 환한 빛으로, 어두운 저녁의 가로등 불빛으로, 끝이 보이지 않는 아픔으로만 다가왔다.

　내가 아버지를 용서할 수 없는 것은 아버지가 여자와 파리로 도망을 가서가 아니다. 연락을 하지 않아서도 아니다. 그건 바로 엄마를 기다림의 지옥으로 떨어지게 했기 때문이다.

　이제 기다림은 나와 함께하고 있다. 내가 지옥이다. 지금 나 자신이 바로 지옥인 것이다. 지옥을 만들어놓고 떠난 그는 내가 있는 지옥을 들여다볼 생각도, 그 지옥 속에 내가 있는지조차 모르고 있다. 그는 즐거울까, 행복할까…… 그는 지옥 밖 어디에서 사람들을 만나 웃음을 띠고, 맛있는 점심을 먹고 있을까. 그 지옥으로 떨어질까 봐 내가 있을 만한 곳을 피해 맹렬히 저 먼 곳으로, 내가 도저히 닿을 수 없는 곳으로…… 그는 가고 없다.

　통화 중이다. 나는 다시 누른다. 뚜뚜뚜…… 나는 버튼을 거칠게 누른다. 입술을 깨문다. 그는 그 남자 옆에 있는 것이 틀림이 없다. 그 남자는 시간을 두고 나에게 잠깐만요, 라고 분명히 말했다. 나는 그 남자와 방금 전 통화한 내용을 다시 처음부터 녹음기를 틀어 재생해보듯 듣고 말한다. 여보세요. 네, 박기자요. 잠깐만요. 그는 그렇게 잠깐 기다려보라고 말했다. 그가 옆에서 손사랫짓을 한다. 그 남자는 다시 수화기를 귀에 대고 말한다. 없어요. 언제 나갔나요. 모르겠습니다. 그 말은 내게 풀어야 할 암호처럼 들린다. 옆에 당신이 찾는 그놈이 있는데, 그냥 끊으라고 나에게 신호를 하는군요. 나도 고달파요. 무슨 말인지 알겠죠. 그 남자는 그런 암호를 내게 보낸 것이다.

다시 동전 네 개를 넣고 그에게 삐삐를 친다. 삐삐삑…… 한 번, 두 번…… 숫자를 누르다 다시 그의 오피스텔 숫자를 누른다.

"삐 소리가 끝나면 메모와 연락처를 남겨주십시오."

"나야. 당신을 만나는 일이 정말 어렵군. 충분한 각오를 했어. 쓸데없이 나를 지치게 하지 마. 우리는 우리가 만들어낸 계약에 대한 의무와 권리가 있어."

현관 문을 열고 들어서는 나에게 엄마는 기다렸다는 듯이 말한다.

"전화가 왔다. 학부형이라고 하는데 다시 전화한다고 했다."

엄마는 얼마나 가슴을 조이며 전화를 받았을까. 내가 오랫동안 수화기를 붙잡고 있으면 엄마는 불안한 표정을 감추지 못했다. 하루에도 여러 차례 전화기를 마른 수건으로 닦는 엄마……

아버지가 떠난 뒤 엄마와 나는 여러 소문에 시달렸다. 그 소문은 결국 하나의 사실을, 어쩜 엄마도 나도 알고 있는, 단지 확인하고 싶지 않은 사실들을 설명해주었다. 아버지는 여자 때문에 프랑스로 갔다. 아니 좀 더 그럴듯하게 말한다면 제자와 스승 간에 사랑과 예술을 향해 자유를 찾아 떠난 것이다.

그후 몇 번 엽서가 왔다. 마지막 전화를 내가 받았다. 아버지는 먼 이국 땅에서 들려오는 분명치 않은 목소리로 미안하다, 좀 더 기다려다오. 엄마를 바꾸겠다고 했을 때 아버지는 그럴 필요 없다고, 엄마를 잘 부탁한다고 하며 전화를 끊었다.

이 년 전 프랑스로 유학을 떠나는 친구에게 아버지를 찾아봐달라고 부탁했다. 그 친구는 편지에 거주하는 한인 화가 중에 그런 사람은 없다고 했다. 언젠가 알리앙스에서 영화를 보다 프랑스에서 영화 평론을 공부하고 왔다는 한 여자를 친구로 사귀었다.

이런저런 이야기 끝에 충격적인 말을 들었다. 프랑스 사람이 아닌 외국인에겐 정말 끔찍한 사건이었어. 이 년 전인가 삼 년 전에 불에 완전히 타버린 남녀 시체가 후미진 숲 속에서 발견되었어. 전혀 신원은 확인할 수 없고 부검 결과 둘 다 동양인이고 여자는 서른 살 중반, 남자는 오십 가까운 나이라는 거야. 여자의 시체는 칼로 갈가리 찢겨져 남자와 함께 숯덩이가 된 거지. 밀입국자의 치정 살인이라고 결론을 짓고 수사가 끝났대. 동양계라고 그래서 그때 좀 무서웠어. 나는 아버지 사진을 보여주었다. 그녀는 고개를 흔들었다. 전혀 본 적이 없어. 한인 미술가를 많이 알고 있긴 한데 그런 사람은……

"엄마, 복덕방에 알아보니깐 이 집이 꽤 올랐어. 이 집을 팔아서 그 돈을 반반 나누어서 엄마도 새로 시집을 가고 나도 시집을 가면 어떨까?"

올해로 마흔일곱인 엄마는 아직 예쁘다. 다른 남자를 만나 인생을 다시 즐겨도 충분하다. 나는 엄마가 연애를 해서 아버지를 마음속에서 날려버렸으면 하고 은근히 충동질을 한다. 열아홉 살에 엄마는 여학교의 미술 선생님인 아버지와 연애를 하고 결혼을 하고 곧 나를 낳으셨다. 아버지는 그때, 앳된 엄마 얼굴을 많이 그리셨다.

그 그림을 볼 때마다 열아홉 살에 멈춰진 엄마의 자라지 않은 정신을 혐오했다. 제발 이 그림 좀 태우든지 치우세요. 그런다고 아버지가 돌아오나요. 아버지는 돌아오지 않아요. 엄마는 이제 그 그림 속의 소녀가 아니에요. 지금은 열아홉 살이 아니라구요. 세월이 흐르면 엄마도 늙든지, 크든지 해야 해요. 결국 엄마에게서 그 그림을 빼앗지 못했다. 집 안 어딘가에 꽁꽁 싸매져 처박혀 있는 그림을 엄마는 이 햇빛 환한 거실 벽에 걸어두고 싶어하실 거다.

부엌 수돗물을 튼 어머니는 마치 설거지를 하다 이제 죽어야지, 하며 심장에 식칼을 겨누는 듯한 표정으로 나를 본다. 자신을 쓸모없는 사람으로 비하하는 엄마는 오직 하나, 프랑스에서 날아올 소식에만 자신을 쓸모 있게 했다. 나는 엄마가 기다리는 소식이 어떤 걸까 궁금했다. 아버지가 비참하게 그 여자에게 버림받고, 두 손이 잘린 채 비행기값을 보내달라고 애원하는 소식인지, 아니면 아버지가 성공을 했다는 그것인지를.

엄마의 마음이 무엇이든 나에겐 커다란 아기이다. 나는 강한 엄마 노릇을 하기 위해 애써왔지만 이제 엄마를 버리고 어디론가 떠나고 싶다. 그와의 결혼…… 그것처럼 나에게 명분 좋은 탈출이 어디 있을까. 그렇게 되면 어쩔 수 없이 엄마는 살기 위해 오랫동안 사용하지 않은 삶에 대한 야성적인 본능이 살아날지 모르겠다.

언젠가 나는 엄마에게 파리로 가 아버지를 한번 보고 오라고 했다. 엄마의 눈은 다시 가늘고 푸르스름해지면서 쓸쓸히 웃었다. 넌 그게 가능하다고 생각하니. 왜요, 뭐가 두려워요? 엄마는 더욱 쓸쓸한 미소를 띠며 그게 아니라 마음을 억지로 끌고 올 수 있겠니, 했다. 제 발로 오지 않는 한 그건 나에게 오는 것이 아니다. 나는 엄마가 너무 많은 욕심을 낸다고 화를 냈다. 그리고 엄마의 가슴을 향해 날카로운 화살을 쏘아댔다. 엄마, 제발 그만 하세요. 아버지의 마음을 평생토록 차지하려고 하는 엄마가 아버지는 정말 지겨웠을 거예요. 아버지가 프랑스로 간 것도 그런 엄마한테서 벗어나고 싶어서일 거예요.

물론 무슨 확신이 있어 한 말은 아니지만 나는 엄마를 거칠게 흔들어놓고 싶었다. 그래서 남편이 자기를 떠난 현실을 똑바로 보고, 사람들에게 하소연을 하고, 악착같이 딸을 제대로 키우겠다고 어금니를 물며 세상을 똑바로 쳐다보며 살아냈으면 싶었다.

나는 엄마의 불행이 나에게로 올까 겁을 먹고 있었다. 아버지가 떠난 뒤 이런 비극적인 운명의 암시가 나를 에워싸고 내가 가는 길마다 팻말처럼 세워져 있는 듯이 보였다.

좌석버스의 차창에 이마를 짚고 내 뒤로 빠르게 사라져가는 건물들과 가로수와 사람들을 아무 의미 없이 본다. 박혜경? 아, 조숙하고 당찬 그 아이.

고등학교 국어 선생인 친구가 산후 조리에 문제가 생겨 나는 그 친구의 부탁으로 그를 대신해 시간 강사를 했다. 교장의 특별 지시를 받고, 순결 교육 비슷한 그런 내용의 수업을 해야 했던 날이 있었다. 고 3인 여학생들이 대입에 대한 중압감을 견디지 못해 마지막 고지를 놓고 탈선을 하는 일이 많다고 교장은 말했다. 그는 늘어나는 십대 미혼모 이야기를 하면서, 모든 강간이나 추행은 결국 자신의 몸을 지키지 못한 여자들의 헤픈 정조 관념에 있다고 침을 튀기며 역설했다.

춘향이를 봐라. 요즘 같은 세상에 춘향이의 정조 관념을 깊이 새겨둔다면 좋은 남자를 만나 아이도, 집도, 소파와 평온한 노후가 저절로 들어온다고 했다. 여자는 몸 한번 버리면 그걸로 인생은 끝난 거라고…… 교장은 춘향이 대목에 이르러 검은 테의 무거운 안경을 벗어 손수건으로 정성껏 닦았다. 교장의 생각에 코웃음을 쳤지만 나는 춘향이가 들어가는 내용의 건전한 도덕 교육을 학생들에게 해야 했다.

학생들에게 교장이 지시한 내용을 요령껏 전달하기 위해 터져나올 듯한 열여덟, 열아홉 살의 여자들을 바라보았다. 낯이 간지러웠다. 말이 도저히 나올 것 같지 않았다. 내가 과연 자격이 있는지…… 우스꽝스럽게 안경을 닦는 교장의 얼굴만을 생각하자고 마음을 다졌다. 학생들은 내가 무슨 말을 할 듯 말 듯 교탁을 왔다 갔다 하는 걸 보고 긴장한 자세로 앉아 있다. 그러자 나 자신이 더욱 긴장이 되었다. 몸 간수를 잘해라. 그래야 남자도, 아이도……, 교장의 말대로라면 나야말로 남자도, 아이도, 집도, 평온한 노후도 받을 자격이 없는 끝난 여자인 것이다.

그날 수업이 이상한 방향으로 나아간 것은 혜경이 때문이었다. 나는 나를 제외시켜놓은 채 모든 여성이 순결해야 하고, 그렇지 않을 때 받아야 할 사회적 불이익을 역설했다. 그러나 춘향이를 예를 들어 설명하는 시점에 이르러서 혜경이의 도전을 받아야만 했다.

"……춘향이는 변사또의 어떤 유혹에도, 힘에도 결코 넘어가지 않고 지켰기 때문에 어사가 된 이도령을 만나 당당할 수 있었어. 만약 그렇지 않은 경우를 생각해봐. 이도령이 춘향이를 버리거나 아니면 목을 베겠지……"

진부하고 상식적인 이야기책을 줄줄 읽어 내려갔다.

"선생님, 춘향이가 이도령을 만난 나이는 지금 저보다 세 살이 어린 열여섯이에요. 그렇죠? 그리고 혼전 순결을 지키지 않고 지들 멋대로 맹세를 하고 섹스를 했어요. 왜 변사또의 수청을 거부하는 춘향이만 생각하세요? 로미오와 줄리엣도 지금의 저보다 나이가 훨씬 어렸어요."

까르륵 웃음이 여기저기서 터져나왔다.

"춘향이는 다른 면에서 보면 헤픈 여자예요. 혼전 순결을 지키지 못한 그 여자의 정조가 뭐 그리 대단해요. 또 이도령이 서울로 간다고 했을 때 춘향이는 치마를 쫙쫙 찢고, 이도령의 멱살을 잡고 포악을 떨었어요. 이렇게 말이에요. 아이고, 도령님. 지금 허신 말쌈이 재담이요, 농담이요, 패담이요, 진담이요오. 얼마나 남자에게 희생적이고 공손한 우리의 춘향인가요? 선생님!"

판소리 대목을 흉내낸 듯한 그 아이의 말에 다른 학생들은 허리를 잡고 웃어젖혔다. 얼굴이 화끈해져 교무실로 온 나는 그 반 담임을 찾아가 물었다. 그 선생은 당신도 당했나 보군 하는 얼굴로 나를 쳐다보았다. 그 앤 집안도 좋고, 머리도 좋고, 인물도 좋고, 또 문장력도 좋아 전국 백일장에 나가 상을 휩쓴다고 했다. 나는 무안하긴 했지만 뭔가 속이 뚫리는 듯한 시원한 감정을 느꼈다.

그 애는 그 일이 있은 후 나를 찾아왔다. 수업이 모두 끝나고 퇴근 준비를 서두르는 시간이었다. 우리는 우유 두 개를 사들고 한적한 교정 벤치에 앉았다. 그 애는 쉽게 말을 꺼내지 않았다. 좀 의외였다.

비밀을 약속하고 들은 이야기는 우울했다. 대학을 다니는 오빠의 친구를 사랑했는데…… 결혼을 약속했어요. 그 오빠가 모든 걸 책임지겠다고 했어요. 선생님, 이달에 생리가 나오지 않아요. 어떻게 해야 할지…… 오빠도 당황하고 있어요. 물론 나는 오빠를 믿고, 우리의 사랑을 믿어요. 후회하지 않아요.

나를 바라보는, 아니 나를 통해 어디 먼 곳을 향해 가고 있는 그 애의 눈이 옆으로 길게 늘어지면서 푸르스름한 색깔을 띠기 시작하자 나는 그만 고개를 돌렸다. 그때 내가 뭐라고 했던가. 나는 왜 이런 눈과 또 마주쳐야 하는가…… 하고 나 자신을 위로하며 딱 한마디 했던 것 같다.

"졸업은 해야지."

그 애는 나를 놀란 듯 보며, 이내 고개를 꺾으며 말했다.

"그렇게 말할 줄 알았어요."

그리곤 총총히 교문을 향해 걸어갔다. 나는 오랫동안 벤치에 앉아 있었다.

커피숍은 한산했다. 문 앞에서 나와 시선을 정면으로 마주친 여자가 나를 향해 손을 들었다. 나는 그 여자 앞으로 걸어나갔다.

"김수연 선생님이시죠?"

"네. 그렇습니다. 지금은 아니지만요."

"네?"

여자의 눈가에 고운 주름이 잡혔다. 한눈에 혜경의 어머니라는 것을 알 수 있을 만큼 많이 닮았고 점잖았다.

"임시 교사였어요."

나는 레모네이드를 주문했다. 그녀 역시, 같은 걸로 달라고 했다.

그녀는 흘러내리지도 않은 머리를 쓸어올렸다. 나 또한 별 이상이 없는 한쪽 눈을 손으로 비볐다. 마침내 그녀가 입을 열었다. 나는 레모네이드를 마시다 말고 여학생처럼 얌전히 두 손을 무릎에 놓았다.

"혜경이가 그러더군요. 선생님한테 말씀드렸다고……"

"아, 네에……"

나는 궁금했다. 그후 혜경이가 어떻게 되었는지.

"어제 병원에서 나오면서 들었어요. 저도 답답하니깐 아무한테나 말을 할 수는 없고…… 선생님한테 믿음이 갔나 봐요."

"……"

병원. 무슨…… 아, ……결국 일은 그렇게 되고 말았구나. 나는 핏기 없는 혜경의 얼굴을 떠올렸다.

"졸업을 해야 해요. 몇 달 남지 않았는데…… 졸업만 하면 그 다음은 네 마음대로 하라고 겨우 설득했어요. 워낙 고집이 센 아이라……"

나는 혜경의 상대 남자는 어떻게 됐는지 궁금했다. 열아홉 살도 안 된 여자애가 산부인과에 가서 그 고통을 겪었다면 그 남자는 어떤 형태로든 그것을 나누어야 한다. 하지만 나는 물어볼 수 없다. 그녀는 너무나 침통한 표정으로 앉아, 하기 어려운 말을 하느라 머리를 쓸어올리고 있다. 나는 얌전히 그녀의 말을 듣는 것으로 그녀를 돕는다.

혜경이가 내게 원했던 것처럼. 그 애는 그랬다. 기대하지 않았어요. 단지 누군가 내 말을 들어주었으면 했을 뿐이에요. 이해할 수 있지요. 나는 그 애의 외로움을, 무서운 절망감을 안다. 그럴 땐 말을 들어주는 것으로 족한 법이다.

"……만나자고 한 것은…… 선생님도 이해하실 거예요. 세상을 사랑만 가지고 살아갈 수 있나요. 제 나이쯤 되면 사랑에 인생을 건다는 것이 얼마나 어리석은 건지 잘 알지요. 사랑 말고도 얼마든지 해야 할 일들이 많잖아요. 아직 애가 어려서, 남자들이 얼마나 무책임한지도 모르고……"

여자는 그렇지 않냐고 내게 거듭 물었다.

"네, 그럼요. 사랑 따위가 뭐 그렇게 중요하겠어요. 사람이 살아가기 위한 여러 일들 중 하나지요."

나는 내가 한 말에서 나 자신을 위로했다. 입이 바싹바싹 탔다. 한 달 내내 전화를 건 나 자신이 혐오스럽다.

"선생님, 몸이 불편하세요? 얼굴이 좋지 않아요."

"아니요. 잠깐 현기증이 나서……"

여자는 한층 더 고개를 숙이며 또 머리를 쓸어올렸다.

"네에, 그래요. 듣는 것만으로도 정말 현기증이 나는 일이지요. 그러니 당사자는 오죽하겠어요. 스물도 채 안 된 계집이 몸부터 버려서…… 세상 무서운 줄 모르구……"

여자는 자기 절망에 빠져 천장을 올려다보며 중얼거린다.

"정말 살면서 이런 일은 상상도 하지 않았어요. 어떻게 내 애가……"

나는 상상했던가…… 이런 일의 예감을 충분히 느끼면서도 나는 나 자신을 달래고 설득하고, 취재라는 말 하나에 매달려 나의 불안을 해소하기 위해 이건 나의 피해 의식이야, 라고 수없이 나를 자학했다.

여자는 불쑥 일어섰다. 나도 따라 일어났다. 여자는 핸드백을 열고 흰 봉투를 내 손에 쥐여주었다.

"안 들은 걸로 해주세요. 그 애는 그 고통만으로 충분해요. 비밀이 지켜진다면 다시 시작할 수 있어요. 아직 어려요. 그저 선생님만 믿겠어요."

나는 완강히 흰 봉투를 그 여자의 손에 다시 쥐여줬다. 여자는 한사코 받으려고 하지 않는다.

"이러시지 않아도 충분히 알아듣겠습니다. 저를 통해 혜경이가 불리한 처지에 놓이는 일은 없을 거예요."

여자는 흰 봉투를 쥔 손으로 다시 나의 손을 잡았다. 그 여자의 눈에 눈물이 고였다. 여자는 여러 번 나를 뒤돌아보며 계산대로 갔다.

여자의 멀어지는 뒷모습을 보며 나는 건물 벽에 등을 대고 하늘을 보았다. 곧 비를 내릴 작정인지 검고 두꺼운 구름으로 금세 어두워져 있다. 우산을 펴고 걸었다. 며칠 전에 걸었던 그 길을 걸으며 스스로를 비웃는다.

그동안 나는 나 자신을 속이려고 얼마나 애를 썼는가. 시골에서 부모님이 오신대. 당신 물건들을 정리해서 당분간 집으로 가져가. 카페에서 술을 마실 때도 그는 내 얼굴을 똑바로 쳐다보지 않고 시켜논 칵테일을 얼른 들이켜며 나가봐야겠어, 아무래도 일을 제대로 정리하고 나오지 못한 것 같아. 급하게 전화가 와서 뛰쳐나갔을 때 그는 레스토랑 문 입구에서 나를 향해 빨리 오라는 손짓을 했다. 오피스텔 열쇠를 잃어버렸어. 지금 시간이 없으니 나중에 복사하자. 나는 가방에서 열쇠를 꺼내주었다.

이제 새삼 그를 확인할 이유도, 두 눈으로 볼 필요도 없어졌다는 걸 안다. 하지만 그런 내 의지와는 반대로 나는 떠나지 못하고 있다. 그가 계약을 이행했다면 이런 구차한 기다림을 갖지 않았을 거다.

이미 그는 내가 완전히 알았다고 한 그가 아니고, 그가 아닌 그를 다시 찾을 필요는 없다. 엄마가, 아버지가 이미 내게 가르쳐주었다. 나는 나 자신을 위해서, 그를 만나 우리의 계약에 대해 말해야 한다.

그리고 그에게 전화를 거는 일을 멈춰야 하고, 하루 종일 그가 무엇을 할지 상상하는 일을 멈추고, 기다림을 끝내야 한다.

오피스텔은 불이 꺼져 있다. 나는 오피스텔이 정면으로 보이는 벤치에 앉았다. 빗물이 고여 있는 벤치에 앉으며, 더 이상 젖을 것도 없지, 라고 중얼거린다. 비는 점점 세차게 우산을 두들기고 구두 속까지 흥건히 적신다. 나는 눈을 가늘게 뜨고 앞만을 바라본다.

시간이 얼마나 지났을까. 새벽 두시가 훨씬 넘었다. 나는 두 손으로 얼굴을 묻고 오랫동안 있었다.

어디선가 낯익은 목소리가 났다.

"빨리 올라가자. 감기 들겠다."

나는 얼른 고개를 들었다. 택시가 돌아 나가는 소리를 들으며 불이 환하게 켜져 있는 오피스텔을 본다. 나는 일어났다. 그리고 공중전화 부스로 천천히 걸었다.

여전히 자동 응답기는 그의 부재를 알린다.

"나야. 이리로 나올래, 아니면 내가 갈까. 내가 있는 곳은 공중전화 부스 옆 벤치야."

공중전화 부스에서 나온 나는 우산을 펴지 않은 채 벤치에 앉는다. 나는 초조해진다. 그의 모습 앞에서 내 감정이 흔들리지 않기를 바란다.

누군가 걸어오는 소리가 들린다. 몹시 허둥대며. 그의 눈과 내 눈이 허공에서 한참을 머물렀다.

"……"

“……”

그는 당황한 얼굴을 어떻게 정리해야 좋을지 몰라 담배를 찾는다.

“비가 너무 많이 온다. 다른 데로 가자.”

“어딜? 오피스텔?”

“……”

“여기서 이야기해. 그게 너한테 좋을 거야. 안에 있는 여자 생각도 해야지. 왜 나를 피했어.”

“너무 바빴어. 얼마나 바빴는지 알아…… 이번 건 특종이 될 거야. 거의 열흘 동안 그 여배우 집 근처에서 잠복한 보람이 있었어. 운이 좋았지. 그 여배우 이름은 아직 밝힐 수 없어. 그 여자가 만나는 남잘 사진으로 찍었거든. 내일 그걸 인화해 여배우를 불러 확인하고, 그리구 거기 딸리는 인터뷰를 하면 다른 신문들은 땅을 칠 거야! 한국 사회에서 스캔들에 살아남을 여자는 없어. 이제 걔도 끝장이야. 한창 잘 나가더니…… 끝이라구.”

그는 갑자기 생기를 띠었다. 그는 자기가 그 배우의 운명을 쥐고 있는 듯 자신만만해졌다.

“그전에도 너는 늘 바빴어. 하지만 우리는 만나고, 수시로 전화를 하곤 했어.”

그는 어깨를 한 번 으쓱하고는 다시 담배에 불을 붙인다. 그는 점점 침울해져갔고 나는 그가 빨리 사실을 내게 알려주고 이 자리를 떠나주기를 바랐다.

“사실은…… 당분간 널 만나지 않는 게 좋다고 생각했어. 넌 좋은 애야. 내게 시간을 좀 줘."

"처음 우리가 서로에게 강렬한 느낌을 가졌을 때 우리는 계약을 했지. 너와 나, 어느 쪽이든 마음이 식으면 즉시 말하기로. 그래서 혼돈 속에서 괴로움을 당하지 않게 하는 게 우리 사랑의 최고 배려라고. 넌 계약을 어겼어."

"……사실, 나도 나를 잘 이해를 못하겠어…… 그래, 우리 결혼하자. 그러면 모든 것이 다 해결이 돼. 나는 나 자신을 믿을 수 없어. 오해는 마. 내 방에 있는 여자는 술이 너무 취해 데리고 온 것뿐이야. 술이 깨면 곧 돌아갈 거야. 문제는…… 왠지, 당신한테 전화가 오는 걸 알았는데, 해야지 생각하면서 걸어지지 않아. 갑자기 말이야…… 당신 생각만 하면 가슴이 답답해지구…… 나는 책임을 질 줄 아는 남자야. 결혼하면 모든 문제는 간단해."

"책임? 무슨 책임? 내 육체에 대한 책임? 넌, 겁탈한 게 아니야. 내 육체는 내가 책임져! 네가 책임을 져야 할 게 있다면 솔직하지 못한 감정이고 우리의 계약을 어겼다는 거야. 결혼? 왜 내가 너하고 결혼을 해? 네가 계약을 어겼기 때문에 난 거의 한 달 동안 지옥에서 살았고 혼돈 속에 헤맸어."

"미안해. 하지만……"

"이유가 뭐야? 난 알고 싶어. 그리고 알아야 해. 날 위해서."

그는 풀이 죽은 어린 소년처럼 조용히 웅얼거렸다.

"나도 나 자신을 모르겠어. 너에 대한 내 감정에 자신이 없어. 이러면 내가 나쁜 놈이지, 하면서도 자꾸만 당신한테서 도망가구 싶어.

당신 잘못이 아니야. 내가 나빠서 그래."

"너는 약속을 지키지 못했어. 그에 대한 대가를 받아야 해. 우리의 계약대로. 한 달 동안 너는 내가 언제든 부르면 와야 해. 필요할 때면 섹스 파트너가 돼야 해. 나는 앞으로 한 달 동안 너에 대한 내 모든 감정을 죽일 거야. 한 달이면 충분해. 너에게도, 나에게도 그동안의 우리 일이 결코 추억으로 포장돼 마음 깊숙한 곳에 자리 잡게 하진 않겠어."

그는 고개를 푹 꺾었다. 그리고는 의자에 몸을 푹 묻히고 다리를 길게 뻗으며, 이젠 모든 일이 될 대로 되어라, 라는 안도감에 젖어가고 있었다. 나 역시 오랜 심문 끝에 자백을 다 받아낸 형사처럼 허탈해졌다.

그를 벤치에 두고 나는 일어섰다. 세차게 비가 뿌려지는 거리를 오랫동안 걸었다. 그도 그 나름으로 외로울 거라는 생각이 들었다. 그의 잘못은 무엇일까. 그가 내게 무엇을 잘못했는가. 한 여자의 처녀성을 갖고 결혼을 하지 않는 남자, 영원한 사랑의 맹세를 깨뜨린 남자, 한 여자의 가슴에 상처를 주었고, 그녀를 기다림의 지옥 속으로 빠뜨렸다. 그러나 그것이 꼭 그의 잘못인가. 그 자신도 알 수 없는 감정들, 책임지고 싶지만 책임져지지 않는 감정들. 붙잡아지지 않는 자신의 감정에 그도 외롭고 괴로웠을 거다. 비겁하고, 유약하지만 평생 그 감정의 비밀을 풀어내고 살아야 할 그가 불쌍해졌다.

나는 알 수 없다. 서로가 아니면 안 될 것처럼 서로를 향해 달려오다가 갑자기, 어느 한순간에 서로 비껴가며 외롭게 걸어야 하는지를. 어쩌자고 이미 깨져버린 사랑에 한쪽은 여전히 사랑의 감정이 식지 않아 지옥에서 살아가야 하는지를…… 왜 사람들은 이렇게 깨지고 시시해질 사랑을 놓고 영원할 거라고 믿는지를.

그와 헤어지고 나는 수면제를 먹고 사흘 동안 잠을 잤다. 오랜 잠에서 깬 나는 정성껏 양치질을 했다. 미칠 듯한 그 그리움은 나의 사랑에 대한 그리움이지 그에 대한 그리움은 아닐 거라고 생각을 한다. 시간이 지나면 잊혀질 것이다. 그와 연관된 거리와 음악과 우산…… 나를 금방이라도 불러 세울 듯한 그의 목소리도.

나는 아버지가 그렸다는 열아홉 살의 엄마 그림을 거실에 내걸었다. 이제 엄마 스스로가 그림을 두 눈 똑바로 뜨고 보면서 자신의 현실을 보기를 바라면서…… 나 또한 그러기를 나 자신에게 빌었다. 키르케고르가 그랬던가. 삶은 뒤를 돌아볼 때는 이해되어야 할 어떤 것이고, 미래를 볼 때는 살아내야 할 무엇이라고.

그후 나는 아주 중요한 전화 한 통을 받았다. 혜경이한테서 전화가 온 것이다. 그녀는 퍽 성숙한 목소리로 이제 졸업이 얼마 남지 않았다고 했다. 대학을 갈 거예요. 나는 그날 혜경이 어머니에게 결국 물어보지 못한 말을 물었다. 그 오빠요? 군대에 갔어요. 비겁하게 도망을 친 거죠. 하지만 용서했어요. 그리고 혜경이는 한마디를 덧붙였다. 사실은 여관에서 그 남자와 있을 때 선생님을 봤어요. 그래서 선생님한테 갔던 거예요. 선생님이라면 뭔가 위로가 될 것 같아서요. 나는 그랬었냐고, 담담하게 대꾸했다. 그리고 나 역시, 그때 여관에서 네가 본 그 남자도 도망을 갔다고 했다. 혜경이는 춘향전을 말할 때 웃어젖히던 그런 당찬 웃음을 터트렸다. 나 역시 그녀처럼, 웃었다. 그 일 이후, 처음 소리내어 웃는 웃음이었다.

생각할 문제

1. 이 작품은 그 제목이 시사하는 것처럼, 예전의 여성들은 평생토록 한 남편만을 바라보며 살았지만 현대의 여성들에겐 그러한 사랑의 관계가 있을 수 없다는 것을 말하고 있다. 주인공의 어머니와 주인공, 그리고 그녀의 학생인 혜경이, 각각 자신들의 남편과 애인에 대해 보이는 태도에는 어떤 차이점과 공통점이 있는지 말해보시오.

2. 이 작품에는 남성이 일방적인 가해자로, 그리고 여성이 일방적인 피해자로 그려진 면이 없지 않다. 남성과 여성에 대한 이 작가의 태도는 공정한가를 생각해보시오. 그리고 나아가 남성 작가의 작품에서는 여성 인물들이 어떻게 그려지는지를 살펴보고, 그와 이 작품의 양상을 비교하시오.

마른 꽃

지은이 이 글을 쓴 **박완서**(1931~   )는 경기도 개풍에서 출생하여 서울대학교 국문과를 중퇴했다. 1970년 장편소설 『나목』을 발표하면서 등단한 이후 『도시의 흉년』 『미망』 『그해 겨울은 따뜻했네』 등의 장편소설과 『그 가을의 사흘 동안』 『너무도 쓸쓸한 당신』과 같은 작품집을 펴냈다. 그녀는 삶에 대한 깊이 있는 시선으로 일상적 삶의 현실을 해부하는 데 탁월한 능력을 보이고 있으며, 특히 최근 들어서는 노년기의 삶을 형상화하는 데 빼어난 성과를 거두고 있다. 대한민국문학상과 동인문학상, 이상문학상과 이산문학상 등 많은 문학상을 수상했다.

발표 『문학사상』, 1995. 1.

출전 『너무도 쓸쓸한 당신』, 창작과비평사, 1998.

처음에 나는 그의 손밖에 보지 못했다.

반지 낀 손이었다. 백금 반지에 박힌 깊은 청남색 돌이 '아콰마린'이라는 걸 단박 알아보았다. 비싼 건 아니지만 흔한 돌도 아니었다. 그렇다고 내가 보석 보는 눈이 밝은 건 전혀 아니다. 그럴 리가 없다. 지금은 그만두었지만 한때 무궁화 다섯 개짜리 호텔 지하 상가에서 보석상을 하는 친구가 있었다. 그 친구의 말재주에 반해 거기 자주 놀러 다닌 일은 있지만 그때 얻어들은 이야기도 보석의 질이나 진짜 가짜를 감식하는 실용성과는 거리가 먼 쓰잘데없는 것들이었다. 미인이 자기도 모르게 인물값을 하듯이 보석도 그 아름다움에 홀린 인간의 운명을 간섭하게 돼 있다는 뜻이었을까? 주로 보석에 따라다니는 슬프거나 신비스러운 전설, 아니면 명품을 에워싼 인간의 제어할 수 없는 욕망에 대해 친구는 많이도 알고 있었고, 어찌나 화려한 요설로 그걸 풀어내는지 듣고 있으면 꼼짝없이 넋이 빠졌다. 친구는 돈을 벌기 위해서나 보석이 좋아서가 아니라 그런 이야기에 씌어 그 장사를 하는 것 같았다.

'아콰마린'에 관해 얻어들은 이야기는 그러나 그런 흥미진진한 전설하곤 좀 달랐다. 깊은 바다 빛깔이 나는 게 양질의 '아콰마린'이지만, 그런 건 아주 드물다면서 드문 까닭을 이렇게 말했다. 극진히 사랑하던 애인을 바다에서 잃은 청년이 있었다나. 그가 남은 생애 동안 돈을 버는 대로 오로지 뛰어난 아콰마린만 사 모은 게 늙어 죽을 때는 드디어 커다란 마대자루 하나 가득하더라는 것이었다. 깊은 바다에 애인을 빼앗긴 청년이 따라 죽는 대신 바다 빛깔 결정체에다 자신의 혼을 수없이 던진 이야기를 친구는 왠지 심드렁하고 간략하게 말했다. 그런 무기교야말로 극상의 기교였을까. 나 역시 무심히 들었음에도 불구하고 그 얘기를 듣고 나서 다시 본 그 돌의 청남빛은 면도날처럼 예리하고 차갑게 가슴살을 저미면서 내 안으로 들어오는 듯하여 오싹 소름이 돋았다.

마지막 기차를 놓치고 헐레벌떡 당도한 터미널은 입추의 여지가 없었고 역시 막차까지 매진이었다. 막차까지는 아직 두 시간도 넘게 남아 있었고 서울행은 십 분 간격으로 출발하는데도 매진이라니. 토요일 오후였다. 역에서 놓친 것도 기차가 아니라, 표 살 시간이었다.

친정 조카 결혼식에 왔다 가는 길이었다. 명색이 집안의 어른인데 결혼식에 청첩만 해놓고 돌아갈 표 하나 마련해놓지 않은 조카네의 야박한 소갈머리가 괘씸하고 얄미웠다. 서울서 왕복표를 끊지

않은 것이 잘못이었지만 실은 당일로 돌아오게 될 줄을 미처 몰랐
었다. 직장 관계로 그 도시에 자리 잡고 산 지가 오 년째 되는 장조
카는 내가 전화를 넣을 때마다 한번 다녀가시라는 인사를 잊은 적
이 없었기 때문에 제 동생 결혼식을 보러 내려온 고모를 으레 하루
이틀 묵어 가게 할 줄 알았다. 친정은 서울 토박이였지만 큰오라버
니 내외가 앞서거니 뒤서거니 세상 뜬 후 넷이나 되는 조카들은 제
각기 직장 따라 전국에 뿔뿔이 흩어져 살고 있었다. 유일하게 서울
에 직장을 얻은 막내조카마저 대구 색시와 연이 닿아 예식까지 그
고장에서 치르게 된 게 처가가 그 고장 유지인 때문만이라면 조금
은 심사가 꼬였으련만 장조카네가 거기 살기에 한결 참아줄 만했
다. 특별히 고르는 것도 아닌데 혼인이 안 되던 막내를 몇 번씩 선
을 뵈고 드디어 성사를 시킨 게 큰형수였으니까 신부가 그 고장 사
람인 건 당연했다.

　예식장은 온통 그쪽 사투리로 시끌벅적했다. 어른 대접을 할 줄
모르는 조카며느리 때문에 가뜩이나 울적한 마음이 더욱 오그라드
는 것 같았다. 폐백 받을 때 체면을 차리려고 한복까지 뻗쳐 입고
갔는데 폐백은 생략해도 좋다고 사돈집에다 일렀노라고 했다. 섭
섭해할 어른도 안 계신걸요. 폐백을 생략하도록 한 자신의 처사를
조카며느리는 이렇게 간략하게 변명했다. 어른이 없다니, 시고모
는 어른이 아니란 말인가. 사람을 면전에서 그렇게 무시할 수 있는
조카며느리에 질려 나는 나도 모르게 내 편을 찾느라고 두리번거
렸다.

세상에, 폐백도 안 드릴 거면 면사포는 뭣 하러 쓴답니까, 그냥 살고 말지. 정말 이런 일은 내 생전에 처음이네요. 그래도 법도 있는 집안에서 이럴 수가, 암 이런 법은 없구말구요. 누가 보면 콩가루 집안인 줄 알겠어요. 하지 말란다구 안 한 그쪽 집안이야말로 알 만하잖아요? 이게 어디 집안 흉이나 보고 말 문젭니까. 아무도 함부로 할 수 없는 우리의 아름다운 전통인걸요.

이렇게 조카며느리의 눈꼴사나운 선심을 주거니 받거니 입술 끝으로 짓씹고 같이 흥분할 만한 나잇살이나 먹은 얼굴을 찾았으나 눈에 띄지 않았다. 다들 낯설었다. 시고모란 뭔가. 법도로 따져도 출가외인에 불과하지 않은가. 어른에게 합당한 자리를 마련해주지 않고 줄창 겉돌게 만드는 것은 조카며느리의 계산된 출가외인 대접인지도 모른다는 생각이 들었다. 별안간 자신이 없어지니까 시부모가 안 계신데도 폐백을 하는 게 옳은 건지, 안 해도 그만인 건지도 알 수가 없어졌다. 내가 자신 있게 아는 건 뭘까? 내년이 환갑이란 나이가 늙은 이 대접을 제대로 못 받으니까 스산하고 흉흉하기까지 했다.

얼음으로 봉황까지 조각한 피로연 석상에선 발밑에서 안개가 피어오르는 가운데 신랑 신부가 케이크를 자르고 샴페인이 터지고 박수와 환호성이 진동했다. 축제 분위기가 한껏 고조된 피로연장에서도 들리느니 온통 그쪽 사투리였다. 조카네한테 무시당했다는 느낌은 그쪽 사투리가 패거리를 져서 나를 따돌리고 있는 것 같은 참담한 고독감으로 이어졌다. 딸 시집보낼 때 입었던 분홍색 한복은 치마폭이 도대체 몇 폭이나 되는지 감당할 수 없이 퍼지지 않으면 끌리는 것도 주책스럽다 못해 을씨년스러워 보일 터였다. 중요한 손님도 아니면서 남들이 한 번 볼 거 두 번 볼 요란한 옷을 입고 있다는 게 얼마나 못 할 노릇인지, 벌을 서듯이 시시각각 의식하느라 음식은 맛도 모르고 건성으로 먹고 있었다.

"참, 고모님은 몇 시 표로 끊으셨어요?"

내 옆에서 나는 무시한 채 제 자식 걷어 먹이기만 바쁘던 둘째 조카며느리가 초롱초롱한 눈으로 나를 빤히 바라보며 물었다. 그러나 나는 그녀가 나에게 보인 최초의 관심을 이해하지 못했다.

"표? 무슨 표?"

"올라가실 표 말예요. 어머, 예매도 안 하고 내려오셨나 봐. 오늘 토요일인데."

나는 대답 대신 아직도 손님 사이를 누비며 인사치레하기에 바쁜 장조카며느리를 눈으로 찾았다. 그러나 나보다 훨씬 잽싸게 큰동서를 찾아낸 둘째는 큰일난 것처럼 호들갑을 떨며, 올라갈 걱정도 안 하고 바보처럼 느릿느릿 답답한 동작으로 비프스테이크를 썰고 있는 내 걱정을 했다.

"아직은 늦지 않았을 거야. 지금부터라도 서두르면……"

장조카며느리가 시계를 보며 말했다. 그제야 그날로 돌아가야 한다는 것을 인정했다. 대접성으로라도 자고 가랄 줄 알았던 기대가 무너진 게 그렇게 서운할 수가 없었다. 하마터면 눈물이 다 핑 돌 것 같아 대강 썰어놓은 고기 조각을 꾸역꾸역 처넣었다.

"천천히 잡수셔요. 아직은 시간이 좀 있으니까요."

"그렇지도 않아. 여기서 역까지 가는 시간이 있잖아."

"저희가 가는 길에 모셔다 드릴게요. 형님 도와드리지 못해 죄송하지만 저희가 조금 일찍 떠나죠 뭐."

"그래줄래? 잘 생각했어. 남아 있어도 할 일도 없어. 고모님 모셔다 드리는 게 크게 도와주는 거야. 그럼 부탁할게."

나를 옆에 놓고 장조카며느리와 울산 사는 둘째네가 주고받은 말이었다. 울산서는 아마 제 차로 온 모양이었다. 좀 낡은 엑셀이었다. 신랑 신부만 빼고 조카들이 안식구하고 쌍쌍이 차 타는 데까지 배웅을 해주었다. 조카며느리는 남매를 데리고 뒤에 앉고 나는 운전석 옆에 앉아 조카 얼굴을 곰곰이 쳐다보았다.

"뭘 그렇게 보셔요?"

"네가 느이 아버지를 제일 많이 닮은 것 같아서……"

"어려선 외탁했단 소리 들은 것 같은데요."

"아냐, 야아."

나는 아무런 확신도 없이 강하게 부인을 했다.

"형석이 본 지 오래돼요. 이번에 고모님 뫼시고 내려올 줄 알았는데……"

"마침 해외 출장 중이잖니? 개 처도 직장이 있구."

"자긴 언제 해외 출장 갈 거야?"

뒷자리에서 방자하도록 영롱한 목소리가 끼어들었다.

"왜 독수공방하고 싶어?"

"나도 이런 행사에 슬쩍슬쩍 빠져보고 싶어서."

"야아, 친형제하고 사촌하고 같냐? 말을 해도……"

말은 그렇게 하면서도 조카의 입가에는 귀여워서 못 견디겠다는 미소가 맴돌았다.

"다를 건 또 뭐야? 예단도 못 받았는데. 형님이 예단 생략하라고 했다나 봐. 나 시집올 때는 기를 쓰고 챙기더니만. 자기 나 좀 봐봐, 어디 미운 털 박혔나."

"됐네 됐어, 여보게. 내 눈에만 미운 털 안 박혔으면 그만이지 무슨 상관이야."

역까지 저희들끼리 이렇게 찧고 까부느라 더는 나한테 끼어들 새를 주지 않았다. 대구역에서 주차장이 만원이라고 획획 호루라기를 불며 진입을 막는 것을 기화로 그들은 나를 짐짝처럼 내려놓기만 하고 가버렸다. 부창부수해서 얼씨구 하는 소리가 들리는 듯했다. 나도 마찬가지였다. 표를 살 수 있을까 없을까 하는 걱정보다는 우선 그 눈꼴사나운 수작에서 놓여난 것만 해도 시원해서 살 것 같았다. 형국이 형석이 내외는 내 앞에서 저러지는 않는다고, 내 자식들 두둔하고 싶은 기분도 나쁘지 않았다. 새마을호는 매진이고 남아 있는 무궁화호도 입석표뿐이었다. 나는 만약 바닥에 퍼더버리고 앉으면 능히 대여섯 명은 흙고물 하나 안 묻히고 앉힐 수 있을 것 같은 여섯 폭 비단 치마를 거머쥐고 고속버스 터미널 쪽으로 씩씩하게 달음질쳤다. 다행히 고속 터미널은 기차역에서 그닥 멀지 않았다. 그러나 버스표까지 매진된 걸 보자 더는 씩씩할 수가 없었다.

빽빽이 들어선 사람들, 매캐한 공기, 온통 그쪽 사투리끼리로만

어우러진 이해할 수 없는 아우성, 그런 것들보다 더 참을 수 없는 것
은 나의 분홍 한복이었다. 그 터무니없이 현란한 옷으로부터 놓여나
기 위해서라도 나는 오늘 안으로 내 집에 가야만 했다. 내가 얼마나
낙담하고 있는지 내 얼굴에 씌어 있었나 보다. 누가 혼자냐고 물었
다. 나는 고개만 끄덕거렸다. 그러면 매표구 앞에 헛되게 서 있을 것
이 아니라 승차장에서 기다려보라고 했다. 혼잣몸이면 예매를 해놓
고 미처 시간을 못 댄 승객의 자리를 출발 직전에 얻어 타기가 수월
하다는 것이었다. 사람이 아주 죽으라는 법은 없다더니 이 아비규환
속에서도 그런 방법이 있었구나. 나는 이 낯선 고장에서 그런 귀한
정보를 준 이에게 고맙다는 인사도 하는 둥 마는 둥 승차장으로 뛰어
나갔다.

그러나 약은 사람이 나 혼자일 리가 없었다. 혹시 생길지도 모르
는 빈자리를 얻어 타려는 사람이 따로 긴 줄을 이루고 있었다. 눈치
보거나 서로 다투면서 운 좋게 얻어 타는 게 아니라 순서껏 타게 되
어 있어서 그나마 다행이었다. 초조한 마음에 십 분 간격이 더디기는
해도 버스가 떠날 때마다 대기 줄에서도 한두 사람씩 얻어 타는 사람
이 생겼다. 그런데도 오늘 안으로 이 바닥을 뜰 수 있으리라는 가망
은 점점 더 희박해지고 있었다. 표도 못 끊고 기다리는 사람보다는
예매를 해놓고 버스 시간에 못 대 온 승객에게 우선권을 주었기 때문
이다. 너무도 가냘프고 기약 없는 기다림에 진득하니 붙어 있을 만한
참을성이 나에겐 없었다. 그놈의 비단 치마 저고리 때문에 더욱 그러
했다. 예전 비단은 몸에 따습게 감겼는데 요새 비단은 어떻게 된 게

계절도 없이 얇기만 한 게 미풍에도 부풀어오르려고만 들었다. 더군다나 승차장은 한데였다. 가을해가 설핏해지면서 기온이 떨어지는 걸 살갗으로 느낄 수가 있었다.

나는 내 뒤에 줄 선 아가씨에게 화장실이 급한 몸짓을 하면서 자리 좀 봐달라고 부탁을 했다. 대합실 안으로 들어가봐야 무슨 수가 생겨도 생길 것 같았다. 회사 측도 양심이 있다면 토요일 오훈데 상행 버스를 몇 대 늘릴 수도 있다고 생각했다. 나하고 비슷한 사람들끼리 목소리를 합쳐 회사 측에다 그렇게 하도록 촉구할 수도 있을 것 같았다. 별안간 힘이 솟아 비단 치맛자락을 깃발처럼 펄럭이며 대합실 안으로 들어서자마자 거짓말 같은 행운이 나를 기다리고 있었다. 반대편 출입구 쪽에서 꿈에도 그리던 승차권 두 장을 높이 쳐들고 뛰어드는 노인을 보자 즉시 노인이 차표를 무르러 온다는 걸 알아차렸다. 나는 노인이 매표구로 가기 전에 잽싸게 가로막으면서 어디 가는 푠가 알아보았다. 서울 가는 표고 삼십 분 후면 탈 수 있는 표였다.

"할아버지 그 표 저한테 파셔요. 얼마면 되죠?"

"산 데 가서 물러도 제 값은 준다던데⋯⋯"

지갑 먼저 열면서 말하는 내 표정이 얼마나 영악해 보였던지 좀 더 얹어드려도 된다는 뜻으로 말한 거였는데 노인은 제 값도 못 받을까 봐 경계하는 투로 표를 움켜쥐었다. 제 값을 드리기로 하니까 이번에는 두 장을 다 사야만 팔겠다고 했다. 한 장은 팔고, 나머지 한 장은 매표구에서 물러야 하는 게 귀찮은 눈치였다. 다 사는 건 어려울 게 없었다. 불필요한 한 장은 내가 물러도 되니까. 그러나 미처 그런 의사 표시를 할 새도 없이 저하고 한 장씩 나누시죠, 하면서 나타난 손이 있었다. 아콰마린 반지를 낀 바로 그 손이었다. 그의 얼굴까지는 미처 보지 못했다. 그럴 겨를이 없었지만 궁금할 것도 없었다. 한 장의 고속버스 표를 확실하게 손에 넣은 감격이 행운을 보장받은 복권을 거머쥔 것만치나 뿌듯하고 가슴 울렁거렸다.

나는 그 기분을 좀 더 느긋하게 즐기기 위해 자판기에서 커피를 한 잔 뽑았다. 남은 삼십 분은 그러기에 모자라지도 넘치지도 않는 동안이었다. 대합실에서도 앉을 자리를 얻는다는 것은 어림도 없었다. 그러나 구석진 벽에 기대어 따뜻한 커피를 마시는 기분은 그만이었다. 대합실 벽에 무심히 기댄 포즈를 취하기엔 영 안 어울리는 옷차림을 하고 있다는 것도 그닥 신경이 써지지 않았다. 커피 맛이 유별나게 혀에 감겼다. 나는 커피가 아니라 슬그머니 내 안에 미끄러져 들어와 있는 '아콰마린'의 추억을 음미하고 있었는지도 몰랐다.

오 분 전쯤에 버스에 올라탔다. 창가에 앉았다. 그는 출발 직전에 올라탔다. 나는 그를 쳐다보지 않았다. 그가 카키색 트렌치코트를 벗어서 시렁에 얹으려는 찰나 살짝 뒤집힌 옷자락에서 런던포그 상표가 드러났다. 세련된 느낌이 나쁘지 않았다. 혼자 기차나 고속버스를 탔을 때 가장 곤혹스러운 것은 옆에서 쉴새없이 우유나 빵, 귤 따위를 먹으면서 부득부득 먹으라고 권하는 건데 적어도 그럴 염려는 없을 것 같았다. 그러나 그때까지도 내 의식 속에서 '아콰마린' 반지와 런던포그는 따로따로 놀고 있었다. 차창 밖에선 어둠이 안개 빛깔에서 엷은 먹물 빛깔로 바뀌고 있었다. 버스는 대구의 안개를 뒤로하고 마침내 고속도로로 진입했다. 그가 신문을 펼치다가 내 어깨를 살짝 스쳤다. 미안합니다. 정중하고도 싹싹한 말씨였다. 나는 그를 바로 보지 않고 괜찮다는 표시로 고개만 까딱했다. 바로 보지는 않았지만 신문을 펴든 손의 반지는 선명하게 눈에 들어왔다. 뼈대가 실하고도 든든한 남자다운 손에 잘 어울리는 단순하고 중후한 세팅이 마음에 들었다. 남의 옷차림이나 장신구에 대한 관심과 야릇한 설렘은 스스로도 좀 뜻밖이어서 그쯤 해두고 싶었다. 의자를 뒤로 젖히고 눈을 감았다. 달착지근한 옅은 잠이 오락가락했다. 하루에 먼 거리를 왕복하느라 상당히 지쳐 있었음에도 불구하고 그는 누구일까, 하는 호기심이 내 의식의 한 가닥을 계속 잠들지 못하게 하고 있었다.

짐짓 깊은 잠에서 깨어난 것처럼 벌떡 상반신을 일으키면서 창밖을 내다보려고 했지만 김이 서린 유리창은 간유리처럼 불투명했다. 커튼 자락으로 그걸 닦아내려 하자 그가 옆에서 휴지를 한 뭉텅이 건네주었다. 고맙다는 인사 대신 또 고개만 까딱하고는 휴지를 받아 유리를 닦아냈다. 허허벌판을 달리고 있었다. 연도에서는 서울까지의 거리가 오백 미터 단위로 나타났다 사라지곤 했지만 그보다는 몇 시간이 남았나가 더 알고 싶었다. 토요일 오후였다. 거리를 시간으로 환산하는 일은 무의미할 터였다. 곧 금강휴게솔 겁니다. 그가 말을 걸었다. 아, 네. 나는 짤막하게 알아들었다는 표시만 했다.

금강휴게소에선 이십 분 간 정차한다고 했다. 그가 내린 후 나는 약간 더 지체하다가 내렸다. 화장실은 더럽지는 않았지만 질척했다.

용무를 보는 동안도 밖에서는 물 뿌리는 소리가 났다. 청소한답시고 타일 바닥을 한강수로 만들어놓고 있었다. 한복 치맛자락 건사하기가 너무 버거워 짜증이 났다. 밖으로 나와 내가 내린 버스를 찾으려는데 저만치 가로등 밑에서 차를 마시던 그가 나를 보고 미소 지었다. 마음에 스며들 듯한 웃음이어서 얼핏 시선을 비켰다. 그렇게 서 있는 그는 전체적으로 꽤 괜찮은 영화의 라스트 신처럼 인상적이었다. 청색 남방셔츠 위에다 포도주색 브이넥 스웨터를 걸치고 녹두색 모직 머플러를 가슴 언저리에서 아무렇게나 묶은 옷차림은 신세대 가수라고 해도 손색이 없을 만큼 야한데도 그의 은빛 머리하고 잘 어울렸다. 나는 얼른 속곳 가랑이가 무릎까지 드러나게 거머쥐고 있던 치마를 내리고 뾰로통한 얼굴로 버스 쪽으로 종종걸음을 쳤다. 맨땅에서도 물 건너는 시늉을 하고 있었다는 게 창피하고 화도 났다.

버스 안에서도 밖의 그를 계속해서 지켜보았다. 멋쟁이일 뿐 아니라 체중 관리도 잘한 것 같았다. 배도 안 나오고 다리도 길고 걸음걸이는 여유 있고도 늠름했다. 나는 선반 위에 얌전히 개켜진 채로 있는 그의 트렌치코트를 쳐다보았다. 같은 상표는 아니지만 나도 꽤 괜찮은 바바리코트를 가지고 있었다. 그놈의 폐백만 아니었으면 나도 그걸 입고 왔을지도 모른다. 그랬으면 지금보다 적어도 십 년은 젊어 보였을 것이다.

나도 모르게 그와 함께 바바리 자락에 찬 바람을 묻히고 그럴듯한 바에 들어가 양주를 한 잔씩 하는 상상을 하고 있었다. 내가 이렇게 이상해지는 것은 암만해도 아콰마린과 상관이 있을 터였다. 아니면 꼭 그랬으면 싶은 바를 알고 있기 때문인지도 몰랐다. 호텔 지하 상가에 있는 친구네 보석상에 별 볼일 없이 자주 드나들 때는 물론 지금보다 훨씬 젊었을 때였다. 그러나 아주 젊지는 않았었다. 아이들하고 지지고 볶으랴, 남편 뒷바라지하랴, 좋은 줄도 모르고 허위단심 넘어온 젊은 날을 돌이켜보며 어느 만큼은 대견해하고 어느 만큼은 허무해하던 때였으니 마흔은 훨씬 넘어서였을 것이다. 허무해지기 시작하면 꽤 괜찮게 자란 아이들도, 실력을 인정받는 간부 사원이 된 남편도 시들해졌고, 시들해지기 시작하면 손끝 발끝이 저리도록 기운이 빠졌다. 느닷없이 돈푼깨나 있는 친구가 보석상을 차리고, 겨우 사는 내가 아무것도 안 사면서 보석상을 뻔질나게 드나든 것도 그런 허전한 심사와 무관하지 않았다. 우리는 그때 늙는 일밖에 안 남은 나이를 죽음보다 더 두려워하고 있었다.

그때 그 호텔 지하 상가에는 보석상이 있는 거리에서 식당가 쪽으로 꺾이는 모퉁이에 카사노바라는 바가 있었다. 우리는 가끔 거기서 와인이나 칵테일을 한 잔씩 마시는 일을 즐겼는데 술맛을 알아서가 아니라 그 집 분위기가 어딘지 근사해 보여서였다. 처음엔 여자들끼리 술집에 가기를 수줍어하는 마음도 있고, 남편한테 떳떳지 못할 것도 같아 남편을 불러내 합석을 하기도 했다. 남편끼리도 동창이었다. 오늘 저녁에 나 쓸쓸한데 술 한잔 사줄래요? 하는 응석은 친구 남편에게도 내 남편에게도 통하지 않았다. 차라리 야단을 맞았더라면 다소곳이 집으로 갔을지도 모른다. 다들 선약이 있으니 우리끼리 한잔하라고 관대하게 굴었다. 남자들의 중년은 우리보다 훨씬 덜 쓸쓸해 보여서 우리의 쓸쓸함이 곱빼기로 불어나는 것 같았다. 남편까지 우리를 챙기지 않게 됐다는 게 가뜩이나 자신 없는 나이를 더욱 보잘것없이 만들었다. 그런 기분으로 분위기가 고급스러운 바에서, 부자 친구 덕으로 양주 맛과 분위기를 즐긴다는 것은 빌린 보석으로 꾸미고 호사스런 파티에 가는 것처럼 서글프지만 거역할 수 없는 위안이었다.

그때 우리가 위스키나 와인 맛보다 더 좋아한 것은 그 집 분위기였고, 그 집 분위기에서 빼놓을 수 없는 것은 그 집 단골인 늙은 한 쌍이었다. 점잖고 우아하고 여유 있어 보이는 노신사와 노부인은 늘 바텐더를 마주 보는 스탠드에 앉았다. 등받이 없이 다리만 긴 의자가 그들에겐 고가의 액세서리처럼 잘 어울렸다. 연인들을 위한 어둑시근하고 은밀한 자리도 많은데 그들이 단골로 앉는 스탠드는 밝고 도드라져서 도리어 은밀하게 보였다. 그들이 먼저 차지하면 늘 거기 앉던 사람도 그 근처를 피했다. 그들이 풍기는 은밀함에는 보장해주고 싶은 평화스러움이 있었다. 그럼에도 불구하고 우리는 그들을 노부부라고 여기지 않고 늙은 연인들이라고 여기고 싶어했다. 그건 순전히 우리의 바람일 뿐 그들 사이의 진짜 관계에 대해서는 끝내 모르고 말았다. 우리는 어두운 구석에서 그들의 일거수일투족을 지켜보기를 즐겼다. 미남 바텐더가 그들에게 치즈나 피클 같은 간단한 안주를 서브하거나 크리스털 잔 속의 호박빛 위스키에다 얼음을 넣어주는 걸 우리는 영화의 한 장면처럼 황홀하게 바라보기도 했다. 그들이 무슨 말을 하는지 표정이 어떤지는 잘 알 수 없었지만 늙어서도 그 정도로

멋있다는 건 우리에겐 선망이고 위안이었다. 그 노인들은 아주 천천히 거의 핥듯이 술을 마셨지만 자주 서로의 술잔을 부딪쳤다. 그들이 술잔을 가볍게 부딪치는 걸 보고 있으면 저 나이나 돼야 비로소 인간과 인간 사이의 진정한 화해가 가능하지 않을까 하는, 안 하던 생각이 들기도 했다.

그때 나는 생활은 어느 정도 안정됐다고는 하나 부부간의, 친척간의, 모자간의 관계가 삐그덕거리고 있다는 것을 마치 일찍 찾아온 류머티즘처럼 생급스럽고 불행하게 느낄 때였다. 지내놓고 보니 아무런 근거도 없는 거였지만 그때는 꽤 심각했더랬다. 친구도 왜 사는지 모르겠다는 소리를 자주 했다. 나는 깊은 한숨으로 공감을 나타냈다. 그 노인들을 우리가 극도로 미화해 바라보는 것도 우리의 이런 허망감, 미구에 닥칠 노추의 공포를 달래기 위한 한 방법이었을 것이다.

친구네 보석상이 망함으로써 그 시절은 졸지에 막을 내렸다. 막은 원래 서서히 아쉽게 내리게 돼 있지만, 부자가 망하는 것은 믿지 않을 만큼 순식간이었다. 친구의 남편이 부도를 내고 해외로 도피하고, 혼자 남은 친구는 빚잔치로 보석상을 빼앗기고 알거지 시늉을 내다가 어느 날 나한테까지 온다 간다 말없이 남편 따라 이민을 떠나버렸다. 나는 허둥지둥 내 생활로 돌아와서, 내가 정신을 딴 데다 팔고 있는 동안도 내 가정이 건재하고 있다는 걸 감지덕지 고마워하며 예전과 다름없는 살림꾼이 되었다.

그 호텔에 드나들지 않게 된 지가 몇 년쯤 됐을까? 아득한 옛날 같기도 하고 바로 엊그저께 같기도 했다. 카사노바는 아직도 거기 남아 있을까. 카사노바도 늙은 연인들도 세월과 함께 사라졌다 해도 환상은 남아 있는 것, 나는 그와 함께 어느 고급스럽고도 이국적인 술집에서 아름다운 크리스털 잔을 부딪치기를 꿈꾸고 있었다. 옛날의 추억 때문에 마치 오랫동안 그러기를 꿈꿔왔으나 다만 파트너가 없어서 못 해본 것처럼 느끼고 있었다. 그가 나에게 종이컵을 건네주었다. 율무차였다. 비로소 그를 가까이서 쳐다보면서 고맙다는 인사를 했다. 수려한 골상에 군살이 붙지 않아 강직해 보였고, 눈빛은 따뜻했다. 가슴이 소리내어 울렁거렸다. 이 나이에 이런 느낌을 가질 수 있다는 걸 누가 믿을까.

금강휴게소를 지나면서부터 버스가 조금씩 더 밀리기 시작했다. 기사는 승객의 양해를 구하는 절차 같은 건 생략하고 제멋대로 고속도로를 벗어났기 때문에 서울이 몇 킬로 남았다는 표지판도 사라졌다. 국도인지, 기사만 아는 어떤 지름길인지 버스는 줄창 어둠 속을 달리다가도 작은 읍이나 면 소재지인 듯 상점의 불빛이 있는 곳을 지나가기도 했다. 그럴 때마다 나는 거기가 어디라는 단서를 얻으려고 창밖을 살펴보려 들었고 그는 나에게 유리창을 닦을 휴지를 건네주었다. 시골의 상점 거리도 서울미장원, 명동양복점, 독일빵집, 의정부섞어찌개, 영재독서실 따위 간판을 달고 있으니 현재의 위치를 미루어 짐작하기는 불가능했다. 벌판이나 외진 산길만 가다가 어쩌다 나타난 그런 상점 거리도 반갑기보다는 비현실적이었다. 앞으로 가고 있는 게 아니라 마냥 헤매고 있는 것처럼 느낀 지 오랜만에 벌써 서울인가 싶게 번화한 도시로 접어들었다. 차들의 번호판으로 대전이라는 걸 알아보았고, 열시 가까운 시간이었다.

"대전이네요. 그래도 이 버스가 서울로 가긴 가고 있나 봐요."

이번엔 내가 먼저 수작을 걸었다.

"그럼 딴 데로 가고 있는 줄 아셨나요?"

"고속도로를 벗어나니까 괜히 불안했어요. 밤새도록 가도 아무 데도 당도하지 못하는 게 아닌가 싶지 뭐예요."

"아무 데도 당도하지 못하는 버스라…… 재미있어요. 제 상상력보다 시적이고."

"선생님은 무슨 생각을 하셨는데요?"

"저는 이 버스에 아주 중요한 사명을 띤 인물이나 거액을 가진 이가 타고 있어서 죄 없는 사람까지 어디론지 납치를 당하고 있을지도 모른다는 생각을 해봤답니다."

"만약 저 기사가 우리가 하는 얘길 들으면 별 고약한 승객도 다 있다 하겠죠. 자기 딴엔 조금이라도 일찍 가보려고 낯선 길을 헤매는데."

"깨어 있다는 게 고약한 거 아니겠어요. 보셔요, 다들 얼마나 곤히들 자고 있나. 저 사람들처럼 기사가 어련히 목적지까지 데려다주랴 믿고 잠들었으면 그런 실없는 생각을 했을 리가 없죠."

그의 말을 듣고 보니 정말 다들 곤히 잠들어 있고 깨어 있는 승객은 우리 두 사람밖에 없었다. 나는 왠지 그게 짜릿할 만큼 즐거웠다.

"댁이 서울이십니까? 대구십니까?"

그가 물었다.

"친정 조카가 대구에서 결혼식을 올려서 다녀가는 길이랍니다."

"그래서 그렇게 곱게 차려입으셨군요."

"네, 폐백도 받고 이것저것 어른 된 도리를 하려면 암만해도 한복이 편할 것 같아서요."

폐백도 못 받았단 소리는 일부러 안 했다. 그래도 버스 여행 하기에는 주책스러워 보일 게 분명한 한복에 대해 변명을 할 수가 있어서 속이 다 시원했다.

대전을 지나고부터 버스는 본격적으로 밀려 자정이 훨씬 넘어서야 서울에 도착했다. 승객들은 그동안 계속 잘도 잤고, 우리 두 사람은 계속 깨어서, 계속 젊은 애들처럼 굴었다. 육이오 때 몇 살이었고, 얼마나 고생했고, 어디로 피난 갔었나 따위 진부한 얘기는 하나도 안 하고, 흘러간 영화, 좋아하는 배우나 음악, 맛 좋고 분위기 좋은 음식점, 세상 돌아가는 얘기 따위를 두서없이 주고받으면서 나는 내가 얼마나 수다스럽고, 명랑하고, 박식하고, 재기가 넘치는 사람인가를 처음 알았고 만족감을 느꼈다. 그렇다고 모든 문제에 의견이 일치했던 건 아니다. 우리는 유신 시대나 군사 정권 시대를 살아내기가 얼마나 치욕스러웠는가에 대해서는 정열적으로 동의했지만, 그가 식구처럼 아낀다는 진돗개 얘기를 하자 나는 마치 개 소리만 들어도 알레르기를 일으키는 사람처럼 요란스럽게 질색을 했다. 그 모든 짓거리들이 그렇게 재미있을 수가 없었다. 여북해야 자정이 넘었는데도 벌써 서울인가 싶었을까.

시내버스가 드문드문 다니고 있었고, 지하철은 이미 끊긴 시간이었다. 고속버스에서 내린 승객은 거의 택시 승차장에 줄을 섰다. 밤공기가 냉랭했다. 그가 코트를 벗어 내 어깨에 걸쳐주었다. 나는 마다하지 않고 순순히 그 안에서 몸을 작게 웅숭그렸다. 나이 같은 건 잊은 지 오래였다.

댁이 어디시죠? 그가 물었다. 고덕 쪽이라고 대답했다. 이럴 수가, 우리는 같은 동네에 살고 있었다. 아무렇지도 않은 동네였다. 그러나 그가 살고 있는데 어떻게 아무렇지도 않을 수가 있을까? 가슴이 소녀처럼 발랑발랑 뛰었다. 아직도 동네 외곽에 많이 남아 있는 아름다운 숲과 꽤 괜찮은 산책로가 반사적으로 떠올랐다. 우리는 자연스럽게 같은 택시를 탔다. 같은 동네라지만 그가 살고 있는 아파트와 내가 살고 있는 주택가하고는 상당한 거리가 있었다. 그는 나를 먼저 내려주면서 명함을 한 장 건네주었다.

고교생이 있는 이층 방에 불이 켜져 있는 게 반가웠다. 그러나 나는 그 학생의 얼굴도 잘 모른다. 싹싹해 보여서 세금이나 공과금 등 은행에 갈 일을 스스럼없이 부탁해온 이층집 여자가 우리 전기 값을 자기네와 비교하면서 고 3이 있어서……라고 중얼거리는 소리를 몇 번인가 들은 적이 있을 뿐이다.

우리집은 처음부터 세를 놓아 먹도록 지은 삼층집이었다. 집주인인 나는 삼층에 살았고, 다른 층이 두 가구씩 살도록 설계된 것과는 달리 삼층만은 한 가구만 쓰게 돼 있어서 서른 평이 넘는 넓이였다. 혼자 살기엔 휘한 집이었지만, 온종일 비어 있던 집에 한밤중에 문을 따고 들어오는 일이 조금도 을씨년스럽지 않고 감미롭게 느껴졌다. 비록 혼자 살고 있지만 거실엔 열네 식구나 되는 대가족의 사진이 걸려 있었다. 큰아들이 미국 지사로 나가기 전에 기념으로 찍은 사진은 대문짝 반절 크기였다. 우리 부부와 각각 네 식구씩인 두 아들과 딸네가 함께 찍은 사진이었다. 열네 식구 중 남편이 먼저 이 세상 사람이 아니게 됐지만 비슷한 시기에 손자가 하나 더 생겨 내가 계산하고 있는 식구는 여전히 열넷이었다. 새로 생긴 손자는 미국서 낳아서 나는 아직 본 적이 없다. 큰아들은 전화값 안 아까워하고 일주일에 한 번씩은 꼭 전화를 하고 어떤 때는 어린것 옹알이하는 소리를 들려주려고 꽤 오래 통화를 끌기도 한다. 멀지 않은 곳에 살고 있는 딸과 분당에 살고 있는 아들도 매일 한 번도 안 거르고 꼬박꼬박 문안 전화를 한다. 내 집은 그렇게 전화선으로 내 핏줄들과 긴밀히 그리고 규칙적으로 연결돼 있어 내가 살아내는 데 힘이 돼주고 있다. 현관 불은 현관 문을 열면 켜지게 돼 있다. 다시 저절로 꺼지기 전에 얼른 마루 불을 켜고 버릇처럼 가족 사진한테 눈인사를 건넨다. 벗어놓았던 옷처럼 익숙하고도 눅눅한 내 집 공기를 들이마시면서 그의 명함을 들여다보았다. 아무런 직함 없이 이름 석 자하고 집과 사무실 전화번호만 들어 있는 간결한 명함이었다. 내가 그에 대해 뭘 안다고 나는 그게 그답다고 여겨져 더욱 호감이 간다. 뭐 하는 사무실인지는 그닥 궁금하지 않다.

　며칠 사이에 가을이 깊어지면서 삼층에서 바라보이는 숲의 단풍도 바야흐로 절정이다. 설악산 쪽은 이미 한물갔다고 한다. 그가 잘

생긴 진돗개를 데리고 산책하는 시간은 하루 중 어느 때쯤일까. 아파트에서 몰래 기르기엔 너무 덩치가 커서 단독에 사는 둘째아들네하고 번갈아 데리고 있다고 하면서, 좋은 법이고 나쁜 법이고 그 나이까지 법을 어기는 짓은 못 해봤는데 그 녀석 때문에 위법 행위 하느라 이웃 아주머니들한테 기를 못 펴고 산다고도 했다. 그는 살 만하고 선량한 사람일 것이다. 그만 하면 알아야 할 것은 다 알고 있는 셈이다. 그가 준 명함은 전화기 옆에 얌전히 놓여 있다. 그에게 우리집 전화번호를 가르쳐준 적이 없건만 전화벨이 울릴 때 그를 생각하며 받을 적이 종종 있다. 전화는 의당 번호를 알고 있는 쪽에서 걸어야 하건만 나는 그러지 못한다. 걸까 말까 망설인 적도 없다. 그가 우리집을 알고 있다는 건, 왠지 그를 또 만났으면 하는 바람에 전혀 도움이 되지 않는다. 그가 우리집을 불쑥 찾아온다는 것은 그의 신사다움과 너무도 안 어울리기 때문이다. 천생 내 쪽에서 뭔가 하지 않으면 안 된다. 그럴 기회는 의외로 빨리 찾아왔다.

사돈 상을 당했다. 혼자 남아 고향을 지키고 살던 둘째며느리의 친정어머니가 돌아가셔서 식구들이 아이들까지 다 내려가면서 나한테 손자들이 기르던 조막만 한 개를 맡기고 떠났다. 푸들이라던가, 어찌나 조막만 한지 꼭 손 안에 드는 봉제 완구 같았다. 꼼지락거릴 때마다 제 힘으로 움직이는 게 아니라 털 속에 숨은 태엽이 풀리고 있는 것처럼 느껴지곤 했다. 동물 같지도 않은 느낌 때문에 싫어하고 말고도 없이 떠맡게 되었고, 맡기는 쪽에서도 무얼 먹는지 어디서 싸는지 어떻게 돌봐야 하는지 한마디도 일러주지 않고 덮어놓고 데밀

기만 하고 떠났다. 졸지에 당한 일이라 황망하여 그리 되었을 것이다. 행여나 해서 화장실 문을 열어놓았더니 그 안에서 용무를 보는 게 신기하고 깜찍했다. 그러나 누기만 하고 통 먹지를 않았다. 우유도 죽도 카스텔라도 냄새도 안 맡고 도망부터 쳤다. 그대로 내버려두었다가는 굶겨 죽였단 소리 들을 것 같았다. 혼자 이 방법 저 방법 다 써보다가 안 돼서, 이층 고 3 엄마한테 의논을 했더니 아마 여태껏 길들여진 사료가 따로 있을 거라고 했다. 내일 시내 나갈 일이 있으니 그런 것만 전문적으로 취급하는 집에 들러서 의논해보고 한두 가지 사와보겠노라고 한 날 저녁이었다. 나는 허섭쑤로 한데 모은 음식 찌꺼기에다가 국 국물을 부은 것을 고 녀석 입에다 갖다 대보았다. 또 고개를 외로 꼴 줄 알았는데 앙칼지게 달려들더니 붉은 혀를 맹렬하게 날름대며 국물부터 핥기 시작했다. 그래, 만물의 영장도 배고픈 설움엔 무릎을 꿇게 돼 있는데, 네까짓 게 찬밥 더운밥 가려봤댔자야 요것아, 알았지? 하면서 회심의 미소를 띠려는데 별안간 째지는 소리로 캥캥대며 죽을 둥 살 둥 몸부림을 치는 게 아닌가. 어째서 그런 일이 일어났는지 차근차근 생각해볼 겨를도 없이, 당장 숨 넘어가는 꼴을 볼 것만 같아 더럭 겁부터 났다. 아들 내외 볼 낯도 없지만, 그 강아지한테 영락없이 엄마처럼 굴던 손녀의 모습이 아른거리니까 더 미칠 것 같았다. 그때 도움을 청하고 싶은 사람으로 제일 먼저 떠오른 게 그였다. 나는 떨리는 손으로 그의 전화번호를 돌렸고 그의 목소리가 들리자 울음이 복받쳐 말을 제대로 할 수가 없었다. 그래도 알아듣고 차까지 가지고 즉각 달려와주었기 때문에 가까운 수의사한테까지 가는 동안이 얼마 걸리지 않았다.

달려와준 그를 보자 나는 다시 울음이 복받쳤다. 왜 그렇게 눈물이 잘 나는지 나도 이해할 수가 없었다. 그는 한 손으로 운전대를 잡고 한 손으로는 내 어깨를 토닥거리며 위로를 했다. 수의사의 처치를 받는 동안 강아지는 더욱 애처로운 소리를 냈고 나는 숫제 그의 품에 안겨서 귀를 막고 흐느꼈다. 내가 생각해도 요사스럽기 짝이 없는 짓거리였지만 나는 그 감미로운 울음을 멈출 수가 없었다. 수의사는 강아지 목구멍에서 집어낸 생선 가시를 보여주면서 개 아픈 데 같이 우는 아이는 많이 봤어도 같이 우는 할머니는 처음 봤다고 했다.

강아지는 무사했고 며칠 안 돼 제 집으로 돌아갔고 나는 물론 하나도 안 섭섭했다. 나는 강아지를 사랑한 적이 없으니까. 그러나 그 강아지가 집에 있는 동안 강아지 안부를 주고받는 것으로 시작된 그와 나의 전화질은 강아지를 보낸 후에는 차 한잔 하자는 만남으로 발전했다. 그를 만나기 위해 아침 산책을 나가기도 했고, 첫눈이 오는 날은 마침내 카사노바하고 비슷하게 분위기가 고급스러운 바에서 괜히 잔을 부딪치며 위스키를 마시기도 했다. 그때는 내가 샀고, 다음엔 그가 답례로 토속적인 목로술집에서 막걸리를 샀다. 서양식 술집 못지않게 근사한 집이었다. 내가 한식을 사면 그는 양식을 샀고, 내가 싼 걸 산 다음 그는 비싼 걸 샀지만 서로 부담을 안 느끼기 위한 어떤 규칙이 있는 건 아니었다. 정해진 건 아무것도 없었다. 그때그때 마음 내키는 대로 행동했다. 그의 잘생긴 진돗개하고도 낯을 익혔고, 그의 차에다 진돗개를 태우고 드라이브를 가기도 했다. 서울 근교에 그렇게 좋은 곳이 많다는 걸 처음 안 것처럼 느꼈다. 강아지를 핑계로 눈물을 흘릴 수도 있을 만큼 간사스러워진 후였다. 곳곳이 새로워 함부로 탄성을 지르지를 않나, 열여섯 살 먹은 계집애처럼 깡충거리지를 않나, 요즈음 신세대 탤런트의 연기를 톡톡 튄다고들 하는데 내 안에서도 뭔가가 핑퐁알처럼 경박하고 예민한 탄력을 지니게 되었다는 걸 느꼈다. 뿐만 아니라 연기를 하고 있다는 혐의가 아주 없는 것도 아니었다. 내가 자신 속에서 느끼는 경박한 즐거움은 유희의 기쁨 같은 것이었으니까, 어차피 현실감이 있는 건 아니었다. 뭐든지 꿈꾸는 대로 이루어지는 건 꿈속과 다를 바 없었다.

여북해야 이런 일까지 있었겠는가. 하루는 목욕을 하는데 전화 벨소리가 났다. 전화기는 마루에 하나 안방에 하나 두 대였지만 아직 무선 전화기는 가지고 있지 않았다. 이럴 때 벌거벗은 채 당당히 걸어나가 전화를 받아도 된다는 것도 혼자 살아서 좋은 일 중의 하나였다. 욕실은 안방에 붙어 있고 안방 전화는 경대 옆 문갑 위에 놓여 있다. 몸에서 물이 떨어져 발밑에 타월을 깔고 뻣뻣이 서서 전화를 받다 말고 나는 하마터면 아니 저 할망구가 누구야! 하고 비명을 지를 뻔했다. 문갑 옆 경대는 시집올 때 해가지고 온 구식 경대여서 거울이 크지 않았다. 거기에 하반신만이 적나라하게 비쳤다. 나는 세 번 임신했고 삼남매를 두었지만 실은 네 아이를 낳아 셋을 기른 거였다. 세 번째 임신이 쌍둥이였다. 그중 아우를 돌 안에 잃었다. 쌍둥이까지 밴 적이 있는 배꼽 아래는 참담했다. 볼록 나온 아랫배가 치골을 향해 급경사를 이루면서 비틀어 짜 말린 명주 빨래 같은 주름살이 늘 쩍지근하게 처져 있었다. 어제오늘 사이에 그렇게 된 게 아니련만 그 추악함이 충격적이었던 것은 욕실 안의 김 서린 거울에다 상반신만 비춰보면 내 몸도 꽤 괜찮았기 때문이다. 또한 욕조에 잠겨서나 나와서나 내 몸 중에서 보고 싶은 곳만 보고 즐기려는 마음도 없지 않았을 것이다. 그때 나는 급히 바닥에 깔고 있던 타월로 추한 부분을 가리면서 죽는 날까지 그곳만은, 거울 너에게도 보이나 봐라, 하고 다짐했다.

크리스마스에 나는 머플러를 선물로 준비했는데 그는 나에게 스카프를 선물했다. 둘 다 야한 것이었다. 실용보다는 주고받을 때 어떡하면 상대방을 놀라게 하고 즐겁게 해주나를 더 염두에 두고 골랐다는 걸로도 우리는 어쩔 수 없는 닮은꼴이었다. 그러나 닮지 않은 점이 더 많을지도 모르겠다. 그는 여자에게 선물을 해본 지 오랜만이라고 했다. 묻지도 않았는데 삼 년 만이라고 했고, 삼 년 전에 상처한 것을 지나가는 말처럼 비쳤다. 서로 그만큼 친해지는 동안 우리가 과부 홀아비끼리라는 걸 내비칠 기회는 많았다. 그러나 정식으로 그 시기까지 말하긴 처음이었다. 나는 관심 없다는 투로 화제를 바꾸었다. 머플러와 스카프를 교환하는 것처럼 그런 신상 명세까지 교환해야 된다고는 생각하지 않았다.

해가 바뀌니 환갑해였다. 낳은 해의 육갑이 한 바퀴를 돌아온다는 게 무슨 의미가 있을까. '육갑을 한다'는 게 결코 칭찬이 아닐 텐데 너도나도 내 앞에서 육갑을 하려 들었다. 설날 아침 큰아들도 전화로 세배를 대신한다며 그 얘기부터 했다. 나더러 회갑 잔치 대신 미국 구경을 오라는 거였다. 나만 좋다면 잔치는 칠순으로 미루고 그렇게 하기로 저희들 삼남매끼리는 벌써 합의를 본 모양이었다.

"글쎄다. 너희들 신경 쓸 거 없어, 야아. 나 잔치 안 해줘도 조금도 섭섭해하지 않을 거니까. 대신 뭐 해줘야 된다고 생각하덜 말어. 어느새 회갑은, 심란허게……"

나는 시들하고 떨떠름하게 대답했다. 사양이 아니라 마음으로부터 그러했다.

"그러니까 심란해하시지 말고 대신 여행을 하시자는 거 아녜요. 휴가 넉넉히 잡아놓을 테니까 그까짓 거 유럽 구경까지 하시자구요. 저희도 여기 있을 날이 일 년밖에 안 남았어요. 이런 좋은 기회 놓치면 평생 후회하셔요."

아들은 숫제 협박 조였다. 협박할 만했다. 그 애는 미국 지사로 나가던 해부터 구경 오라고 졸랐으니까. 그러나 나는 회갑 잔치만큼이나 안 하고 싶은 것 중의 하나가 자식이 외국 나가 있다고 늙은이들이 처가에서 한 떼, 친가에서 한 떼, 세상 만난 듯이 비행기를 타는 거였다. 나는 가타부타 언질을 안 주고 전화를 끊었다. 국제 전화일 때는 으레 내가 먼저 조바심을 하며 끊게 돼 있었다.

회갑이란 본인에게만 고약한 게 아니라 자식들에게 더 고약하게 돼 있나 보다. 순순히 여행을 가고 싶어하지 않자 그럼 잔치를 하고 싶은가 알고 싶어했고 그도 저도 아니라는 걸 알자 속마음을 알고 싶어 안달을 했다. 나도 모르는 속마음을 저희들이 무슨 수로 알겠다는 건지, 속으로 우습기도 하고 조금은 기분이 좋기도 했다. 남 하는 대로 열심히 효도를 해보려는 자식들이 대견하지 않은 부모가 어디 있겠는가. 나를 떠보는 안테나 노릇은 딸의 차지였다. 맏이여서 어미하고 나이 차이도 자식 중에서 가장 덜 나고 또 동성이기 때문에 편한 것도 있었다. 타고나기도 속 깊어 내가 어려서부터 친구처럼 대했고 제 동생들도 누나를 어려워하면서도 뭐든지 의논해 버릇해서 그런지 친정에서 일어나는 일을 제가 모르고 있는 걸 못 참아했다.

그런 버릇이 이번 일에도 쓸데없는 오지랖을 넓게 한 듯했다. 어렴풋이 알고 있던 어미의 남자 친구에 대해 조금씩 미심쩍어하기 시작했다. 하늘에서 떨어진 종자가 아닌 이상 친인척 빼고도 학연 지연 등의 그물망을 피할 수 없는 게 우리 사회니까, 딸이 알아보려고 나선 이상 이미 내가 다 알고 있는 것은 물론 나에게 가려져 있던 부분까지 드러나는 건 피할 수 없었다. 작년에 정년 퇴임한 지방 대학 교수라는 것, 한국사를 가르치던 퇴직 교수끼리 공동으로 조그만 연구소를 운영하고 있다는 것, 상처한 지 삼 년 됐다는 것 등은 나도 대강 알고 있었지만 부부 금실이 유별났다든가, 아들네 말고도 집 한 채와 시골에 땅도 가지고 있다는 것, 모시고 있는 맏며느리가 부잣집 딸이고 미인이고 머리도 좋다는 것은 처음 알았다. 맏며느리에 대한 정보가 풍부한 것은 딸하고 동갑이기 때문이었을 것이다. 같은 학교인 적은 한 번도 없다고 해도 넓고도 좁은 서울 바닥에서만 초등학교부터 대학까지 나왔으면 어차피 어떤 연줄을 통해서든 걸려들게 돼 있었다. 그쯤 알아보고 난 딸은 정색을 하고 도대체 그 늙은이하고 어쩔

셈이냐고 물었다. 이건 마치 바람난 딸을 잡도리하려는 어미의 태도
였다.

"그 늙은이라니."

"그럼 우리 엄마를 꼬셨는데 고운 말이 나와?"

딸의 눈에 눈물까지 그렁한 걸 보자 당장 그의 역성부터 들려고
한 내 태도가 슬그머니 뉘우쳐졌다. 실상 그하고 나 사이는 자식들한
테 발각이 됐다고 해서 달라질 어떤 건더기가 있는 사이가 아니지 않
은가.

"꼬시긴 누가 누굴 꼬셔? 누구 들을라. 숭하다."

"형국이 형석이는 아직 몰라요?"

"알면 또 어떠냐."

"엄만, 알아서 좋을 건 또 뭐유. 더 늙으면 구박받고 무시당할 빌
미나 될 텐데."

"네가 입 다물고 있으면 걔들이 어떻게 아냐?"

"알았어요. 전 입 봉하고 있을 테니까 엄마나 조심하세요. 자식들
체면이라는 것도 있지 않수."

딸애는 또 같잖게끔 바람난 딸에게 아버지한테 이르지 않을 테니
정신 차리라고 쉬쉬 당조짐하는 어미 시늉을 내는 것이었다. 그러나
딸의 간섭은 그것으로 끝난 게 아니었다. 우리 사이가 더 조심을 하
고 말고 할 것도 없었고 종전과 달라지려는 노력도 하지 않았기 때
문이기도 했지만 그보다는 아마 그의 집안에서 딸한테로 직접 정보
가 흘러나왔기 때문일 것이다. 그의 며느리는 딸하고 단짝이던 고등

학교 친구하고 대학 동창이 되었다. 게다가 그쪽 며느리와 내 딸은 같은 단지에 살고 있었다. 한번 연줄을 트자 마치 겹사돈처럼 알려고만 들면 모르는 게 없을 정도로 서로 비밀의 무방비 상태가 되고 말았다. 중간 역할을 하고 있는, 양쪽을 다 안다는 딸의 친구에 의해 정보가 다소 굴절되거나 과장됐을 가능성이 있다고 해도 속속 드러난 그쪽의 조건은 잔뜩 적의를 곤두세우고 있는 딸의 구미에도 나쁘지 않았던 것 같다. 실실 웃으며 엄마 실력 다시 봐줘야겠다는 무엄한 농담을 하기에까지 이르렀다. 그리고 어느 날 아주 정색을 하고 물었다.

"엄마, 조박사님 사랑해?"

그때 나는 커피를 마시고 있었는데 하마터면 델 뻔했다. 폭소가 치받쳐 사레가 들리면서 들고 있던 잔까지 엎질러버렸기 때문이다. '그 늙은이'가 '조박사님'으로 변한 것도 우스웠고 그가 그렇게 부르는 걸 별로 좋아하지 않는다는 걸 알고 있기 때문이기도 했다. 언젠가 우연히 만난 중년의 제자하고 정답게 인사를 나누고 나서였다. 옛날 제자들은 선생님, 하면서 아는 척을 해서 좋은데 요새 제자들은 교수님 아니면 박사님이라고 불러서 도무지 정이 안 든다고 했다. 그는 그렇게 좀 괴팍한 데가 있었다.

"뭐가 그렇게 우스워요?"

"그 늙은이가 박사님이 됐는데 그럼 안 우습냐?"

"엄마가 좋아하는 걸 보니까, 사랑하는 거 맞죠?"

그러면서 입을 조금 비죽댔는데 혐오스러워하는 기색은 아니었다. 그러나 딸이 쓸쓸해하고 있다는 걸 느끼는 것만으로도 조만간 나의 태도를 분명히 해야 할 것 같았다. 이런 상태를 더는 즐기지 않을 각오를 한다는 것은 딸이 지금 쓸쓸해하는 것 몇 배 더 쓸쓸한 일이 되겠지만 마냥 피할 수는 없는 일이었다.

그 늙은이가 조박사님으로 변하고 난 지 얼마 후였다. 딸이 마침내 그의 며느리하고 인사를 하고 지내게 되었노라고 했다. 중간에 선 친구가 자리를 마련했는데 만나고 보니 슈퍼 같은 데서 종종 마주친 일이 있는 얼굴이더라는 것이었다. 중간에서 개입하던 제삼자가 없어지고 나서 딸이 더욱 그 집에 대해 호의적으로 돼간다는 것을 느낄 수가 있었다. 하루가 다르게 그쪽 입장이 돼가는 딸을 보고 있으면 하염없이 서글퍼지기도 했다.

"엄마, 혹시 형국이 형석이 눈치가 보여 마음을 못 정하시는 거면 염려 말아요. 내가 엄마 위신 조금도 안 떨어지게 걔들을 이해시킬게."

저희끼리 무슨 꿍꿍이속이 있었기에 이렇게 겁없이 구체적으로 나오는 걸까. 보나마나 그쪽 며느리가 급하게 구는 것 같아 그가 안쓰러웠다.

"요는 네 에밀 시집을 보내겠다는 게냐, 시방."

"사랑하시잖아요? 살기가 어렵거나 모시겠다는 자식이 없어서가 아니라 사랑해서 하는 재혼, 얼마나 근사해. 누가 뭐래도 난 엄마를 변호하고 자랑스러워할 거야."

나는 이렇게 열심히 사랑 타령을 하는 딸을 물끄러미 바라만 보았다. 속으로는 제까짓 게 사랑에 대해 뭘 안다구, 사랑이 별거라던? 인생 그 자체일 뿐인 것을, 이렇게 가볍게 만들려고 할수록 짓눌리는 듯한 기분이 들긴 했다.

그의 며느리는 어느 틈에 그하고 나하고 사이에도 자연스럽게 화제에 오르게 되었다. 어머, 그 파카 못 보던 거네요, 너무 야하다. 그러면 그는 며느리가 사주었노라고, 요새 걔가 나를 젊게 꾸며주려고 부쩍 애를 쓰는데 왜 그러는지 모르겠노라고 수줍은 듯이 머리를 긁적거리기도 했다. 아직 본 적이 없는 그의 며느리가 중요 인물로 떠오를수록 짓눌리는 듯한 느낌은 더해갔다. 그후 며느리가 나를 집에 초대하고 싶어하는데 언제쯤이 좋을지 나한테 정하라고 했다는 소리를 그가 했을 때는 며느리 소리 좀 작작 하라고 화를 내고 싶은 걸 참느라고 혼났다. 그는 대답을 회피하는 나에게 당장 무슨 소리를 듣고 싶어하지는 않았지만, 싱그러운 로션 냄새를 풍기고 있음에도 불구하고 추비해 보였다. 딸을 통해서도 그 집 며느리는 같은 전갈을 해왔다. 딸은 내 의중은 떠보지도 않고 나한테 무슨 옷을 입혀야 그 멋쟁이 며느리한테 꿀리지 않을까, 그 걱정부터 했다.

"그 며느리 요새 세상에 드문 효분가 보다."

"그럼, 엄마. 얼마나 잘하는지 몰라. 그래도 홀시아버지 모시기가 보통 힘들겠수. 힘들 때마다 자원 봉사하는 셈 친대요."

가슴이 뭉클했다. 그러나 순간적인 분노와 연민으로 중요한 문제를 결정할 수는 없는 일이었다. 나는 딸에게 분명하게 말했다.

"애야, 형숙아, 잘 들어라. 이 에미는 아버지 곁에 묻히고 싶다."

딸아이도 그 말에는 머쓱해서 더는 아무 말도 안 했다. 비록 선산은 아니었지만 공원 묘지의 남편 묘는 나하고 합장하도록 곁에 가묘까지 만들어져 있었고, 묘비명에도 내 이름이 남편과 나란히 새겨져 있었다. 나는 이미 묘와 묘비를 가지고 있었다. 다만 태어난 연월일 밑에 들어갈 죽은 날짜만이 아직 새겨지지 않았을 뿐이었다. 나는 성묘하기를 좋아했다. 그하고 사귀는 동안도 남편한테 미안한 마음 같은 건 조금도 없었다. 나의 일상적인 행동 중 거기 가고 싶다는 것처럼 완전에 가까운 자유 의사는 없었다. 거기서 느끼는 깊은 평화에다 대면 일상에서 일어나는 아무리 큰 기쁨이나 슬픔도 그 위를 스치는 잔물결에 지나지 않았다. 결코 죽은 평화가 아니었다. 거기 가면 풀도 예쁘고 풀 사이에 서식하는 개미, 메뚜기, 굼벵이도 예뻤다. 그의 육신이 저것들을 키우고 있구나, 나 또한 어느 날부터인가 그와 함께 저것들을 키우게 되겠지, 생각하면 영혼에 대한 확신이 없어도 죽음이 겁나지 않았고, 미물까지도 유정했다. 진이 빠지게 풀들과 곤충들을 키우고 난 찌꺼기는 화장하여 훨훨 산하를 주유하도록 해주기를 자식들에게 부탁할 작정이다. 그 보장된 평화와 자유로부터 일탈할 어떤 유혹도 있을 수가 없었다.

그날은 그쯤 하고 물러난 딸이 다시 또 무슨 얘기를 그쪽에서 들었는지 이런 소리를 했다.

"엄마, 엄마가 재혼해도 돌아가시면 아버지하고 합장해드릴게 염려 마세요. 생각해보니까 그쪽도 마누라 곁으로 갈 거 아뉴."

내가 원하는 평화는 그렇게 구차스러운 것하고는 다르다는 것을 어떻게 설명할 수 있을 것인가. 설명할 필요조차 느끼지 않았다.

"그만 해두거라. 망측하다. 그게 딸년이 에미한테 할 소리냐?"

"뭐가 망측해요. 재클린이 케네디 옆에 묻히는 것도 못 봤수. 친척들이나 동생들이 뭐래도 내가 우기면 그 정도는 문제없을 거야. 아버질 외롭게 놔둘 권리는 아무한테도 없을걸."

"글쎄 듣기 싫대두. 너 정말 왜 이러니?"

"엄마야말로 왜 그러세요. 엄마가 정열적이라는 것은 세상이 다 아는 사실인데. 왕년의 정열 가지면 그까짓 거 뛰어넘는 건 문제없잖우."

듣자 듣자 하니 정말 딸년한테 별소릴 다 듣는구나 싶었다. 그러나 이해 못할 소리는 아니었다. 딸의 노골적인 말투를 통해 나도 그간의 내 마음의 행적을 돌이켜보는 걸 피할 수가 없게 되고 말았다. 딸애는 맏이답게 내 젊은 날에 대해 들은 게 많았다. 그 애는 또 식구만 많고 변변한 집 한 칸 없을 때 태어나서 여고 시절까지도 납입금 한번 독촉 안 받고 내본 적이 없을 만큼 쪼들리는 집안 형편을 보아왔다. 내가 고생을 못 면하는 것을 불쌍히 여기면서도 한편 자업자득이라고 책임 소재를 분명히 밝히기를 잊지 않는 외할머니의 푸념을 가장 많이 들은 것도 그 애였다. 지금은 양가의 형편이 엇비슷해졌지만 그때까지만 해도 친정 쪽은 점잖은 중류 집안인 데 비해, 시집은 남편 빼고는 제대로 교육받은 사람들이 없어서 그랬는지 가난하기만한 게 아니라 사람들이 거칠고 상스러웠다. 한창 민감한 딸이 그걸 이상하게 여기지 않았을 리가 없고, 외할머니의 푸념은 딸의 의문에 적절한 회답도 되었으리라.

남편하고 열렬히 연애할 적에 어머니도 사윗감 하나는 마음에 들어했다. 여북해야 개천에서 용 났다고까지 추켜세웠을까. 그러나 내가 그 용한테로 시집가는 것만은 단호히 반대했다. 개천에서 난 용한테 시집가는 건 용한테 가는 게 아니라 개천에 빠지는 거라고 했다. 어머니가 아무리 울고불고 말려도 나한테는 개천이 보이지 않고 용만 보였다. 어머니의 예언은 적중했고 나의 개천과의 악전고투는 막내시누이를 시집보낼 때까지 계속됐다. 남들에게는 개천으로 보이는 것이 나한테는 사는 보람이요, 씩씩할 수 있는 원천이었다. 그 시절 내 눈을 가리고 오로지 한 남자만 보이게 한 그 맹목의 힘을 딸은 지금 정열이라 부르고 있는 것 같았다. 정열이라 해도 좋고 정욕이라 해도 좋았다.

지금 조박사를 좋아하는 마음에는 그게 없었다. 연애 감정은 젊었을 때와 조금도 다르지 않은데 정욕이 비어 있었다. 정서로 충족되는 연애는 겉멋에 불과했다. 나는 그와 그럴듯한 겉멋을 부려본 데 지나지 않았나 보다. 정욕이 눈을 가리지 않으니까 너무도 빠안히 모든 것이 보였다. 아무리 멋쟁이라고 해도 어쩔 수 없이 닥칠 늙음의 속성들이 그렇게 투명하게 보일 수가 없었다. 내복을 갈아입을 때마다 드러날 기름기 없이 처진 속살과 거기서 우수수 떨굴 비듬, 태산 준령을 넘는 것처럼 버겁고 자지러지는 코골, 아무 데나 함부로 터는 담뱃재, 카악 기를 쓰듯이 목을 빼고 끌어올린 진한 가래, 일부러 엉덩이를 들고 뀌는 줄방귀, 제아무리 거드름을 피워봤댔자 위액 냄새만 나는 트림, 제 입밖에 모르는 게걸스러운 식욕, 의처증과 건망증이 범벅이 된 끝없는 잔소리, 백 살도 넘어 살 것 같은 인색함, 그런 것들이 너무도 빤히 보였다. 그런 것들을 아무렇지도 않게 견딘다는 것은 사랑만 있다고 되는 것은 아니다. 적어도 같이 아이를 만들고, 낳고, 기르는 그 짐승스러운 시간을 같이한 사이가 아니면 안 되리라. 겉멋에 비해 정욕이 얼마나 아름다운 것인지 이제야 알 것 같았다. 재고할 여지는 조금도 없었다. 불가능을 꿈꿀 나이는 더군다나 아니었다. 딸이 안 해도 될 군소리를 덧붙였다.

"엄마가 이 청혼 받아들이지 않으면 조박사님 불쌍해서 어떡허지. 며느리가 글쎄 더는 수발들 수 없대. 이왕이면 시아버지가 좋아하는 사람하고 시켜드리고 싶지만 안 되면 아무나하고 시킬 모양이야. 밥 걱정 노후 걱정 안 하려고 시집오려는 사람은 얼마든지 있대. 그렇지만 너무 젊은 여자는 며느리가 싫은가 봐. 당장 지내기 거북한 것 말고도 나중에 책임질 기간이 길까 봐 그렇겠지 뭐. 기껏 어디서 배고픈 할머니나 한 분 모셔올 모양이야. 엄만 사랑하던 사람이 그렇게 불쌍해져도 좋아?"

친구한테 농담하듯이 버릇없는 말투였다. 나는 발끈했다.

"배고픈 게 왜 나빠? 무시하지 마, 너. 자원 봉사보다 훨씬 거룩한 거다, 그거."

겉멋보다는 더욱 거룩할 터였다. 나는 한 번도 본 적 없는 그의 며느리를 딸의 얼굴과 겹쳐 보면서 속 시원히 내뱉었다. 더는 며느리나 딸이 우리 사이에 끼어들게 하고 싶지 않았다. 그를 마지막으로 만난

날, 곧 미국 갈 수속 중인데 될 수 있으면 오래 머물 거란 얘기를 하고 나서 그의 반지 낀 손 위에다 내 손을 정성스럽게 포개면서, 한 번 과부 된 것도 억울한데 두 번씩 과부 될지도 모르는 일은 저지르고 싶지 않다고 말했다. 완곡하게 말한다는 게 심하게 들리지나 않았을까, 눈치를 살폈지만 아무것도 읽어낼 수 없었다.

생각할 문제

1. 이 소설은 배우자를 먼저 여읜 두 노인 남녀의 교제 이야기이다. 이 작품의 여
주인공이 재혼을 하지 않는 근본 이유는 무엇인가?

2. 우리 사회에서 배우자를 먼저 보내고 홀로 남게 된 노인들의 삶이 문제되기
시작한 지는 오래되었다. 변화하는 사회에서 우리는 노인들의 재혼을 어떻게
바라봐야 할까? 그리고 그런 노인들에 대해 자식들은 어떤 태도를 취하는 것
이 바람직할까? 이 작품에 등장하는 맏딸과 며느리의 태도를 자료로 활용하
면서, 자신의 생각을 말해보시오.

'생각할 문제' 해설

김 경 수

흔히들 우리 사회를 가부장제 사회라고 말한다. 간단히 말해 가부장제란 한 집안의 삶이 아버지를 중심으로 영위되는 것을 말하는데, 그런 가정 내의 권력 관계가 가정의 영역을 넘어서 제도화되어 있는 것을 우리는 가부장제라고 부른다. 이런 가부장제는 당연히 남성이 힘이나 정신 면에서 여성보다 우월하다고 하는 남성 우월주의의 산물인데, 이 가부장제 사회에서 여성의 위치가 어떠했을지 상상하기란 그리 어렵지 않다. 전통적인 가부장제 사회에서 대부분의 여성들은 어릴 때에는 아들에 못 미치는 '딸'로 자라나며, 결혼한 후에는 또다시 한 남편에게 종속된 '아내'로서 살도록 요구되고, 자식을 낳게 되면 이제는 '어머니'라는 역할에 충실할 것을 요구받는다. 즉, 가부장제 사회의 여성들은 태어나면서부터 죽을 때까지 남성과의 관계에서 항상 열등한 존재로 인식되어왔으며, 사회적인 활동보다는 한 집안의 안주인 역할에 충실하도록 구속받아왔던 것이다.

성별에 따라 요구되는 역할을 성 역할이라고 한다면, 남녀의 성

역할에 대한 이런 구별이 당연하고도 의당 그래야 하는 것으로 받아들여지던 사회에서 여성들이 겪었을 고통이 어떠했을지는 쉽게 상상할 수 있다. 이 책에 수록된 여러 편의 우리 소설들은 지나간 시대로부터 오늘에 이르기까지 여성들의 삶이 어떠했는가를 보여주는 대표적인 작품들이다. 김동리의 「동구 앞길」이 그중 단적인 예인데, 이 소설에서 작가는 과거 여성들의 존재가 다른 집안의 대를 이을 아들을 낳아주는 씨받이에 불과했다는 것을 보여주고 있다. 전통 사회에서 여성들은 자신의 의사와는 상관없이 부모가 짝지어주는 사람에게 시집을 가야 했으며, 시집가서는 그 집의 며느리로 종 같은 삶을 살아야 했음은 물론 대를 이을 아들을 낳아야 하는 의무까지 함께 졌던 것이다. 이처럼 여성이 아이를 낳는 수단 정도로 인식되었던 사회에서 여성들이 팔고 사는 물건처럼 대접받았던 것 또한 무리가 아니었다. 김동리의 이 작품은 가난 때문에 첩으로 팔려가 아이를 낳는 족족 본처에게 빼앗기며 사는 여인을 그리고 있다. 물론 그녀의 불행은 일단 집안이 가난했기 때문에 빚어진 것이다. 그러나 근본적으로 보면, 여성을 집안의 혈통을 잇는 방편으로 간주했던 가부장제 이념이 여성들의 삶을 그렇게 왜곡하고 억압했기 때문이다.

여성에게 가해지는 가부장제의 폭력은 비단 여기에만 머물지 않는다. 「동구 앞길」에서 그려지는 것처럼, 자신이 낳은 아이에게 젖 한 모금 마음놓고 줄 수 없는 상황 또한 비극적이지만, 전통 사회에서 한번 시집간 여성은 남편이 죽어도 재혼 같은 것을 할 수 없었다. 그것은 유교적 가부장제가 여성의 수절(守節)을 고귀한 덕목으로 장려

하여 일단 결혼한 여성에게는 영원히 시집의 귀신이 될 것을 강요했기 때문이다. 황순원의 「과부」는 바로 이런 처녀 과부의 일생을 그리고 있는 작품인데, 이 작품에서 우리는 여성의 자연스러운 성적 욕구를 억압했던 가부장제의 폭력과, 그러한 왜곡된 제도로 인해 초래된 비극적인 상황을 목격한다. 비록 작품 말미에서 며느리의 삶을 가로막았던 자신의 행위를 사죄하는 시아버지의 모습을 보기는 하지만, 일차적으로 가부장제에 길들여진 사람들에게 있어서는 개인적 욕망보다 집안의 체면이 더욱 중요했던 것이다. 「동구 앞길」과 「과부」에서 두 여성의 삶을 더욱 비극적이게 만든 것은 사실상 가부장제를 당연시했던 남성들의 무지와 여성에 대한 몰이해라고 할 수 있다.

그렇다면 전통 사회가 여성에게 요구하던 역할을 당연한 것으로 여기고 인고의 세월을 살아오던 여성들이 어떤 계기로, 그리고 어떤 과정을 거쳐 자신들의 운명에 대해 자각하고 여성으로서의 자기 존재를 주장하게 되었을까? 나혜석의 「경희」와 김남천의 「경영」은 이런 질문에 대한 의미있는 답을 제공하고 있다. 「경희」는 한국 최초의 여류 소설가로 평가되고 있는 나혜석의 소설로서, 이른바 신여성을 주인공으로 하고 있다. 신여성이란 1920년대 우리 사회에서 보편화된 말로서, 근대화 과정에서 서구식 교육을 받거나 일본 등지로 건너가 신학문을 배우고 돌아온 여성들을 가리킨다. 이 작품의 주인공 경희 또한 한 사람의 신여성이라 할 수 있는데, 그러나 신여성들이 새로 습득한 가치관은 몸담고 있는 가정 및 주변 환경과 쉽게 조화되지 못한다. 인권과 평등, 여권(女權) 등의 말로 요약되는 새로운 근대적 가치관은, 여전히 완고한 가부장제가 유지되고 있던 당시의 상황에서는 쉽게 용납될 수 없는 것이었기 때문이다.

일본에서 공부하다 돌아온 경희가 처한 상황이 바로 그렇다. 경희의 부모며 주변 사람들 모두는, 여성에게 공부는 무익하며 그저 부모 세대가 그랬듯이 시집 잘 가서 남편과 시부모 봉양하면서 아이를 키우는 삶만이 의미있을 뿐이라는 생각을 철석같이 믿고 있다. 그러나 새로운 가치관을 배운 경희는 여성으로서의 삶 이전에 인간으로서의 삶이 먼저라고 하는 생각을 버리지 못한다. 이런 경희에게 자신의 결혼 문제가 자신의 의사와는 상관없이 결정되어버리는 상황의 모순이 심각하게 인식되는 것은 지극히 당연하다. 이런 상황에서 경희가 어떤 삶을 선택하게 될 것인지는 자명한데, 그것은 작품의 말미에 그려진 경희의 고민과 그 결과가 잘 말해준다. 그러나 여성이 집안의 구속에서 벗어나 자기 스스로 생활을 영위해나갈 수 있기 위해서는 무엇보다도 경제적 조건이 갖추어져야 한다. 이 점을 감안하면 스스로 경제력을 갖추지 못한 그녀가 장차 맞닥뜨리게 될 삶의 고난이 어떠할 것인지에 대해서는 새삼스러운 설명이 불필요할 것이다. 결국 이 작품에서 경희가 처한 가정적·사회적 상황은, 새로운 근대적 가치관과 봉건적인 가부장제 이념 사이에서 고통을 받았던 초기 지식 여성들의 상황을 그대로 보여주는 것이라고 할 수 있다.

이런 맥락에서 김남천의 「경영」은 여성의 사회적 독립의 문제를 그린 문제작이라 할 수 있다. 이 작품의 여주인공 무경은 애인인 오시형이 사상 문제로 수감되자 그를 뒷바라지하기 위해 직업 전선에 나선다. 그러나 그녀가 옥바라지는 물론 감옥에서 나올 그를 맞기 위해 집까지 마련해두었음에도 불구하고, 애인 오시형은 일종의 사상의 전향을 하고 오랫동안 반목했던 아버지의 권유에 따라 평양으로 가버리게 된다. 그러자 홀로 남게 된 무경은 "이제는 방도 직업도 자신을 위해 가져야겠다"고 마음먹는다. 이렇게 요약되는 이 작품의 내용은 언뜻 보기에 단순해 보일지도 모르지만, 한 사람의 여성이 개인으로서는 물론 한 사람의 사회인으로서 자신의 삶을 살아가야 한다는 분명한 자각을 보여준다는 점에서 의미가 있다. 그리고 무엇보다도 그 전제 조건이 경제적 독립이라는 사실을 일깨워주고 있다는 점에서도 의미가 적잖다. 이 점은 무경의 이야기와 나란히 진행되는 그녀 어머니의 재혼 이야기에 의해서도 더욱 강화된다. 이 작품과 같은 시기에 신여성을 주인공으로 해서 씌어진 많은 소설들이 신여성의 허영이나 타락 같은 것에 초점을 맞추었던 것과 비교해 볼 때에도, 이 소설은 새로운 시대를 맞는 변화된 여성의 각성이 어떤 차원에서 이루어져야 하는지를 역설하고 있다. 그 점에서 이 작품은 전보다 한층 진보적으로 여성 문제를 탐구하고 있다 할 수 있다.

그러나 위의 진술에서도 드러났지만, 불행하게도 신여성 및 그들의 각성된 의식은, 그것이 인권과 사회적 평등이라는 근대적 가치관의 세례로 인해 발견된 소중한 자아 각성이었음에도 불구하고, 한때의 유행 정도로 그치고 말았다. 그것은 무경에게서 볼 수 있는 건강한 의식이란 것이 아주 소수의 여성한테서만 볼 수 있는 전위적 사고였기 때문이기도 하지만, 그들의 그런 의식을 받아들이거나 뒷받침

해줄 만큼 우리 사회가 안정되거나 개방되어 있지 못했기 때문이기도 하다. 식민지 시대에 일본 유학까지 다녀왔던 두 신여성이 해방을 맞은 이후에 생존의 문제 앞에서 경제적·정신적으로 황폐해져가는 과정을 그리고 있는 염상섭의 「두 파산」은, 신학문을 배운 여성들의 의식이 격동기의 사회적 정황 속에서 얼마나 무력한 것인지를 잘 보여준다. 물론 이 작품을 본격적으로 여성 문제를 그린 작품이라고 평가하기에는 주저되는 면이 있는 게 사실이다. 그러나 한때는 여성 해방이라고 하는 근대적 이념의 세례를 받고 새로운 세계를 발견한 듯 기뻐했던 두 여인이, 혼란스런 현실 앞에서 좌절하고 정신적으로 속물화되는 모습은, 우리 사회에서 여성의 주체적 각성을 둘러싼 안팎의 조건들이 얼마나 열악한 것이었는지, 그리고 여성 자신들의 자아각성이 얼마나 불완전한 것이었는지를 사실적으로 보여주고 있다.

근대화가 진행되면서 우리 사회의 가부장제가 다소 완화된 것은 사실이지만, 여성을 남성의 부속물 내지는 씨받이 정도로 간주하는 남성들의 의식이 한꺼번에 사라진 것은 아니었다. 다른 이데올로기들과 마찬가지로 전통적인 남존여비의 이데올로기라는 것도 일종의 관성을 지니고 있는 까닭에, 시대의 변화에도 불구하고 여전히 강력한 문화적 억압과 통제의 힘을 발휘한다. 비교적 최근의 우리 사회를 배경으로 이런 양상을 보여주는 작품이 서영은의 「먼 그대」와 오정희의 「순례자의 노래」다. 먼저 「먼 그대」는 시대의 변화에도 불구하고 남성들의 자기 중심적 사고방식이 여전히 횡행하고 있음을 보여준다. 「먼 그대」의 여주인공은 유부남을 사랑하게 된 죄로 자신이 낳은 아이까지 빼앗기고 거기에 더하여 남자의 금전적인 요구에도 순순히 응하는데, 사실상 여성에게 가해지는 남성의 폭력이 성적이면서 물질적이기도 하다는 점은 이미 「동구 앞길」에서 목격한 바 있다. 그렇게 보면 「먼 그대」는 「동구 앞길」의 직접적인 연장 선상에 놓여 있는 작품이라고도 할 수 있다.

그러나 「먼 그대」는 그러한 남성적 폭력을 그려냄과 동시에 한없는 희생만을 강요당하는 여성의 내면의 모습이 어떤지를 섬세하게 보여주고 있다는 점에서 앞의 작품들과는 다르다. 「동구 앞길」과 「과부」에서 여성 인물들의 내면이 다소간 함축적으로 그려져 있는 데 반해, 「먼 그대」의 주인공 문자는 사랑하는 남자로부터 지속적으로 고통을 당하면서도 그것에 반항하지 않는 마음을 계속해서 간직한다. 그것은 어떠한 고통이 와도 그것을 감싸안고자 하는 희생 정신 같은 것인데, 이른바 모성(母性)이라고 불러도 무방한 것이다. 여기서 우리는 여성에게 있어서 모성이라고 하는 것이 아이와의 관계에서뿐만 아니라 남성과의 관계에서도 얼마나 큰 삶의 원동력이 되는가를 확인하며, 아울러 그것 앞에서 남성들의 가부장적인 생각이 얼마나 무모한 것인가를 역설적으로 인식하게 된다. 「동구 앞길」에서부터 「먼 그대」에 이르는 작품들은 지나간 시대에 이 땅의 여성들이 당했던 수난의 정도가 어떠했는지, 또 그 과정 속에서 그들이 어떤 식으로 자신의 삶의 행로를 잡아가는가를 소상히 보여주고 있는 것이다.

가부장제라는 이념적 폭력의 또 하나의 예를 보여주는 작품이 오정희의 「순례자의 노래」다. 이 소설의 여주인공은 결혼해서 아이까지 있는 여성이다. 그녀는 어느 날 인형 작업을 하던 중 도둑이 침입하자 자기 방어를 위해 뜨겁게 달구어진 인두를 그에게 들이대는 사건을 겪고, 그 충격으로 정신병원에 입원까지 하며, 결국은 남편과 이혼까지 하게 된다. 아무것도 아닌 사건으로 인해 그녀가 이런 상태에 떨어지게 된 것은, 공교롭게도 사건 당일 더위를 가시기 위한 그녀의 옷차림이 가벼운 속옷 바람이었다는 사실이 남편을 비롯한 주변 사람들에게 그녀가 외간 남자와 사통했을지도 모른다는 의심을 불러일으켰기 때문이다. 그리하여 그녀는 남편과 아이한테서 버림받는 동시에 가까웠던 친구들마저도 점차 기피하는 인물이 되고 만다. 이 작품이 제기하는 문제성은, 생활 양식이며 사고방식이 근대화된 사회에 있어서도 여성의 정절을 요구하는 가부장적 이데올로기가 완강하게 힘을 발휘하고 있다는 것인데, 작가는 「어둠의 집」이라는 또 다른 작품에서 "지켜야 할 것은 목숨보다 정조였다"는 말로 이런 전근대적 사고의 횡포를 고발한다. 비록 사실이 아니더라도, 여성의 삶은 여전히 그 부정(不貞)의 혐의만으로도 남편은 물론 동성인 여성들로부터도 기피되고 지탄받아야 하는 운명에 처해져 있는 셈인데, 이런 부조리한 상황이 지금까지도 우리 사회에서 많은 여성들의 삶을 좌지우지하고 있음은 두말할 나위도 없다.

하지만 이런 여성에 대한 가부장적 편견은 성에 대한 개방적인 사고의 유입 및 확산과 더불어 상당한 변화를 겪게 되었다. 그에 따라 현재 우리 사회는 이전의 그 어느 시대보다도 성에 대한 이야기를 자유롭게 하게 되었으며, 여성들 또한 남성과의 관계 속에서 더 이상 소극적으로 대처하거나 하지 않고 당당하게 자신의 여성으로서의 권리와 성적인 평등을 주장하기에 이르렀다. 차현숙의 「기다림이 없는 풍경」과 박완서의 「마른 꽃」은 이런 측면에서 현대의 변화된 성 풍속과 새로운 여성의 모습을 엿보는 데 있어서 시사적인 작품이다. 「기다림이 없는 풍경」은 한 20대 여주인공을 중심으로 그녀의 연애 관계와 그녀의 학생이었던 여고생의 이성 교제, 그리고 가족을 버리고 파리로 떠나 소식이 없는 아버지를 기다리는 주인공 어머니의 모습을 나란히 그리고 있는 작품이다. 이 작품에서 우리는 앞의 두 인물의 성에 대한 태도가 그들보다 앞 세대인 주인공 어머니의 태도와 대비되면서, 이전에는 볼 수 없었던 새로운 성에 대한 의식을 보게 된다. 특히 그것은 여주인공의 애인에 대한 태도에서 단적으로 드러나는데, 그녀는 자신과 혼전 성 관계를 맺었던 남성이 그녀를 책임지겠다는 말을 하자, 자신의 육체는 자신이 책임질 것이라면서 오히려 새로운 여성 때문에 그녀를 피해온 애인의 무책임과 비겁함을 질타하는 것이다. 가부장제가 혼인의 전제 조건으로 여성의 순결을 지나치게 강조해왔다는 것은 널리 알려진 사실이다. 이런 사실에 비추어 보면 한때의 애인과의 성 관계를 남녀 당사자의 평등한 애정 표현으로 간주하고, 더 이상 어머니와 같이 일방적으로 떠나가버린 남성을 "기다리는 존재"로 남지 않겠다는 여주인공의 의식은 매우 급진적이면서도 당당한 자기 선언으로 볼 수 있다. 「기다림이 없는 풍경」의 여주인공이 내보이는 이런 의식은, 김남천의 「경영」에 그려진 여성 자신의 삶의 가치에 대한 자각이 남녀의 성 관계로까지 확대된 결과로 볼 수 있는데, 이런 태도는 1990년대 들어서 더욱 보편화된 우리 사회의 개방된 성 의식의 단면을 단적으로 보여주는 사례라 할 수 있을 것이다.

박완서의 소설 또한 여성의 내면을 솔직하게 그려내는 것으로 널리 알려져 있는데, 여기에 수록된 「마른 꽃」 또한 이런 측면에서 아주 이채롭다. 일반적으로 여성 문제를 취급하고 있는 작품들의 주인공이 젊은 여성들인 데 반해 이 작품의 주인공은 남편을 먼저 보내고 홀로된 회갑을 앞둔 여인이다. 그녀는 어느 날 친척의 결혼식에 다녀오던 길에 역시 홀로된 노신사를 알게 되어 얼마간의 교제를 갖게 되는데, 정작 그와의 관계가 드러나 이제는 자식들 편에서 두 사람의 재혼을 주선하게 될 즈음에는 그런 제안을 일축해버린다. 그녀의 이유는, 그 노신사와의 사이에 연애 감정은 있으나 정열 또는 정욕이 없기 때문이라는 것이다. 여기서 그녀가 말하는 정열 또는 정욕이란 배우자의 온갖 좋고 나쁜 점들을 속속들이 알고 또 감싸안을 수 있는 하나의 전제로서 제시되는데, 그녀 자신에게는 그저 겉멋의 정서만이 있다는 것이다. 여기서 여주인공이 말하는 정욕이란 것이 일시적이면서 동물적인 성욕과 구분되는 것임은 새삼 말할 필요도 없다. 가부장제의 전통 속에서 여성의 정욕은 흔히 부정적으로 여겨져왔는데, 이 작품은 어떤 면에서는 그런 편견마저 교정시켜주기에 족하다.

앞서도 말했지만 「마른 꽃」은 또한 그것이 어느 정도 인생을 살아낸 노인을 주인공으로 삼고 있다는 점에서도 시사적이다. 우리는 흔히 노인들이 연애를 할 가능성을 배제하곤 하는데, 이 작품은 그런 우리의 선입견에도 문제를 제기한다. 노인을 '제3의 성(性)'이라고 하는 말에서도 알 수 있듯이 오늘날 현대 사회에서 노인 문제는, 이전의 여성 문제가 그랬던 것처럼 매우 중요하고도 시급한 사회적 문제가 되어 있다. 따라서 박완서의 이 소설은 여성 문제와 노인 문제를 한데 합쳐놓은 양상을 띠고 있는데, 이런 양상을 통해 여성 문제의 복합성이 보다 진지하게 논의될 수 있다. 여성 문제는 그것 자체로도 중요하지만, 우리들 일상 삶의 여러 국면에서 어느 때나 문제적이기 때문이다.

이처럼 이 책에 수록된 작품들은 시대와 사회적 상황의 차이에도 불구하고 일관되게 여성의 문제를 그려내고 있다. 하지만 여성의 문제가 남성과의 관계 속에서 제기되는 것인 만큼 이 작품들은 또한 남성의 문제에 대해서도 그만큼의 문제들을 제기하고 있다고 볼 수 있다. 성 또는 성욕이라는 문제는 언제 어디서나 모든 사람들에게 아주 중요한 관심사다. 인간의 정체성을 확인할 수 있는 여러 가지 가운데 가장 핵심이 되는 것이 바로 성이기 때문이다. 인간은 누구나 남성 아니면 여성으로 태어나며, 사회 속에서 남성과 여성에게 요구되는 일정한 성 역할을 배우고, 커서는 한 사람의 남성 혹은 여성으로서 자신을 확립하고 살아간다. 그러나 일생을 살아가면서 한 사람의 남성 혹은 여성으로서 자신이 누구인지를 진지하게 묻는 경우는 거의 없다고 해도 과언이 아니다. 성의 평등이 그 어느 시대보다도 중요한 화두가 되어가고 있는 지금, 여성의 문제를 처음부터 다시 생각해보는 것은 남녀 모두에게 중요한 일이다. 남성다움과 여성다움에 대한 냉철한 인식만이 온전한 성인으로서의 삶을 든든하게 보장해줄 것이기 때문이다. 그런 필수적인 과정에서 이 책에 수록된 작품들은 그 한편 한편이 의미있는 사색의 계기를 마련해줄 것이다.